낙
천
지
명

강필임 姜必任, Kang Pil-yim

대학 시절 전공 수업에서 자연풍경을 멋지게 표현한 시가 속에 담긴 깊은 철학적 의미를 배우면서 중국고전시가의 매력을 처음 경험했다. 시를 조금 더 알겠다는 마음으로 대학원에 진학했고 현재까지 당시(唐詩)를 연구하고 있다. 학문적으로 시를 연구하면서도 한편으로는 좋은 작품을 감상하고 번역하여 대중들과 함께 읽고 싶은 마음을 늘 갖고 있다. 성균관대학교 중어중문학과에서 공부하고 중국 베이징대학에서 박사학위를 취득했으며 현재는 세종대학교 중국통상학과에서 중국문학과 문화를 강의하고 있다. 중국 악부시(樂府詩)와 남북조(南北朝) 시가, 당시 방면뿐만 아니라 한중문화교류 방면으로 관심을 넓혀 강의와 연구를 하고 있다.

저서로 『시회의 탄생』(한길사, 2016), 역서로 『백화문학사』(후스(胡適), 태학사, 2012), 『한위진남북조시사』(거샤요인(葛曉音), 원서명 『八代詩史』, 역락, 2012), 『악부시집』(지만지, 2011), 『매여 있지 않은 배처럼(백거이 한적시선 1)』(공역, 성균관대 출판부, 2003), 『나 이제 흰구름과 더불어(백거이 한적시선 2)』(공역, 성균관대 출판부, 2003) 등이 있다.

낙천지명―백거이 감상시 100선

초판인쇄 2022년 6월 10일 **초판발행** 2022년 6월 20일
옮기고엮은이 강필임 **펴낸이** 박성모 **펴낸곳** 소명출판 **출판등록** 제1998-000017호
주소 서울시 서초구 사임당로14길 15 서광빌딩 2층 **전화** 02-585-7840 **팩스** 02-585-7848
전자우편 somyungbooks@daum.net **홈페이지** www.somyong.co.kr

값 36,000원
ISBN 979-11-5905-721-2 03820
ⓒ 강필임, 2022

백거이
감상시
100선

낙천지명 樂天知命

THE ACT OF ENJOYING AND ADAPTING TO ONE'S DESTINY
100 SELECTED SENTIMENTAL POEMS BY BAI JUYI

강필임 옮기고엮음

백거이 감상시感傷詩 소개

　낙천지명樂天知命은 천명天命을 기꺼이 받아들이고 순응順應하는 것을 일컫는 말이다. 『주역周易 · 계사전繫辭傳』에 처음 등장하는 용어로, "낙천지명, 고불우樂天知命, 故不憂", 즉 '하늘의 뜻을 편안하게 받아들이고 운명을 따르니 근심이 없다'는 말에서 유래했다. 이백李白, 두보杜甫와 나란히 일컬어지는 당대唐代의 대표 시인 백거이白居易,772~846가 삶의 신조로 지키고자 했던 말이다. 그는 자字도 '낙천지명'이라는 뜻의 '낙천樂天'이라서 백낙천이라고 불린다. 자신의 작품에서도 "그대가 걱정으로 괴롭지 않느냐고 묻는다면, 낙천은 천명을 알고 깨달아서 근심이 없다네若問樂天憂病否, 樂天知命了無憂"「病中詩 · 枕上作」라고, 자문자답의 형식으로 낙천지명의 삶이 주는 평화로움을 표현했다. 이처럼 백거이는 자신의 분수를 아는 안분지족安分知足, 주어진 삶을 천명으로 받아들이는 낙천지명의 삶을 지향했다. 그 구체적인 방식으로 "몸은 비록 이 세상에 두었으나, 마음은 텅 빈 세상에서 노니나니, 아침에 배고플 땐 푸성귀 먹거리가 있고, 저녁에 추울 땐 입고 덮을 베가 있어, 다행히 얼어 죽거나 굶어 죽을 일은 없는데, 이 외에 또 무엇을 얻으려 하겠는가. 욕심이 적어 작은 걱정거리가 있어도, 천명을 기꺼이 즐기니 마음은 근심하지 않네. 어떻게 내 뜻을 확실히 세웠는가 하면, 주역을 책상머리에 두었기 때문이지身雖世界住, 心與虛無游. 朝飢有蔬食, 夜寒有布裘. 幸免凍與餒, 此外復何求. 寡欲雖少病, 樂天心不憂. 何以明吾志, 周易在床頭"「永崇里觀居」라고 설명했다. 즉 낙천지명이란 모든 일이 운명이라고 체념하는 무의지적 삶이 아니라, 불필요한 것을 내려놓고 버리고 사는 삶이고, 그것을 자신의 분수로 편안하게 받아들여 만족하고 즐기는 자세라고 할 수 있다. 백거이가 마음을 다스리고 삶을 마름질하며 안분지족, 낙천지명의 삶을 살게 된 데는 그의 인생 역정도 한몫했다.

백거이는 대력大曆 7년772년 하규下邽에서 출생했다. 대여섯 살 때부터 시 짓기를 배웠고, 열대여섯 살부터 과거시험에 뜻을 두고 공부를 했는데, 잠자는 시간을 줄여가며 과거시험을 위한 시가 창작을 연마하다 보니, 팔꿈치에는 굳은살이 생겨 새 살이 돋지 않았으며 젊은 나이에 이가 약해지고 머리가 세어버렸다고 한다. 스물일곱 살에 향공鄕貢 시험에 응시했고, 정원 14년798년 진사과에 합격하여 비서성교서랑秘書省校書郎을 제수받았다. 이어 헌종憲宗 원화元和 연간에 한림학사翰林學士 겸 좌습유左拾遺가 되어 간관諫官의 지위에서 황제에게 직언하는 일을 했다. 원화 5년810년 모친이 연로하다는 이유로 관직변경을 신청하여, 경조부호조참군京兆府戶曹參軍에, 9년에 태자좌찬선대부太子左贊善大夫에 제수되었다.

원화 10년815년, 44세에 재상 무원형武元衡이 피살되자 백거이는 범인을 찾아 처벌할 것을 주장했는데, 이것이 백거이를 경계하던 관료들에 의해 직분을 잊고 주제넘게 나선다는 비판을 받았다. 이어 백거이의 모친이 꽃을 감상하다 우물에 빠져서 죽었는데, 자식인 백거이가 「꽃을 감상하다賞花」, 「새 우물新井」이라는 시를 지은 것은 명교를 훼손한 것이라는 비방을 받았고, 결국 강주사마江州司馬로 좌천되었다. 그가 강주사마로 좌천된 일은 그의 인생에 있어 큰 전환점이었다. 그 일을 전후로 그는 정치적 열정이 많이 식었고, 점차 낙천지명, 안분지족의 삶을 지향했다. 『구당서舊唐書‧백거이전白居易傳』에,

백거이는 처음에는 (…중략…) 영명한 군주들의 특별한 관심과 대우를 받아서, 은혜를 갚고자 분투했다. 중요한 조정 일에 진실로 자신을 내던져, 세상을 다스리는 일에 뛰어난 능력을 보이기도 했다. 그의 오랜 의도가 결실을 보기 전에, 권력

자들에게 막혀 강호를 떠돌았는데, 4, 5년 동안 남쪽 오랑캐 땅으로 쫓겨나 있었다. 이때부터 버슬길에 대한 애정이 식어 출세에 뜻이 없었으며 오로지 소요자적하고 성정을 음영하는 것을 소일거리로 삼았다.

居易初 (…中略…) 蒙英主特達顧遇, 頗欲奮厲效報, 苟致身於訏謨之地, 則兼濟生靈. 蓄意未果, 望風爲當路者所擠, 流徙江湖. 四五年間, 幾淪蠻瘴. 自是宦情衰落, 無意於出處, 唯以逍遙自得, 吟詠情性爲事.

원화 13년 겨울 사면을 받고 충주자사忠州刺史로 발령이 났고, 이듬해에 장안으로 다시 돌아와 주객랑중主客郎中 겸 지제고知制誥, 중서사인中書舍人 등에 올랐다. 이때 또 백거이는 조정의 무능과 지방의 난리가 겹쳐 나라가 혼란스럽자 이에 대한 상소를 올렸는데, 황제는 그의 뜻을 받아들이지 않았다. 결국 백거이 스스로 외직을 청하여 항주자사杭州刺史로 나갔다. 이후에도 태자좌서자분사동도太子左庶子分司東都, 소주자사蘇州刺史, 비서감秘書監, 형부시랑刑部侍郎, 태자빈객분사太子賓客分司, 태자소부太子少傅, 형부상서刑部尙書 등의 높은 관직에 올랐다. 하지만 그 스스로 당파에 의해 배척되거나 정치적 소용돌이에 휘말릴 것을 피하여, 병을 핑계로 물러나거나 낙양洛陽에서의 분사分司 일을 자청하며 중앙 정치와 거리를 두었다. 대신 만년에는 스스로 "마음은 불도에 깃들이고, 자취는 노장 속에서 유랑하며棲心釋梵, 浪跡老莊", 향산香山의 승려 여만如滿과 불사 모임을 결성하는 등 향산을 왕래하며 지냈다. 회창會昌 6년846년 75세로 사망했고, 호는 취음선생醉吟先生 또는 향산거사香山居士이다.

백거이는 자신의 시 작품을 풍유시諷諭詩, 한적시閒適詩, 감상시感傷詩, 잡률시雜律詩 네 종류로 직접 나누었다. 그가 친구인「원진에게 보내는 편지與元九書」에서 이에 대해 설명했다.

최근 몇 달 동안 시詩상자를 정리하다가 옛날에 지은 시를 발견했는데, 내용에 따라 나누고 구분하여 이름을 붙였다. 좌습유를 맡은 이래로 만나고 느낀 모든 것 가운데 풍자와 비흥에 관련된 것 또는 무덕 연간부터 원화 연간 사이에 일에 따라 제목을 지은 신악부 작품 150수를 풍유시라고 이름을 붙였다. 관직에서 물러나 홀로 기거하며 지은 작품 혹은 병으로 한가하게 지내며 지은 작품은 만족을 알고 평화로움을 유지할 때의 마음을 읊은 것으로 100수인데, 한적시라고 이름을 붙였다. 외부의 사건과 사물에 이끌려 마음속 감정과 이성이 움직였을 때 그 느낌에 따른 탄식과 읊조림을 읊은 작품이 100수인데, 감상시라고 이름을 지었다. 또 5언, 7언, 율시, 절구, 100운부터 2운에 이르는 작품 400여 수를 잡률시라고 이름을 붙였다. 대략 15권 약 800수이다. (…중략…) 나는 뜻은 겸제천하에 있으나 행동은 독선기신에 머물렀는데, 시종 이 원칙을 받들어 인생 원칙이 되었고 말로써 이를 표현해내어 시가 되었다. 풍유시는 겸제천하의 뜻을 표현한 것이다. 한적시는 독선기신의 의미를 표현한 것이다. 그러므로 내 시를 보면 내 생각을 알 수 있게 된다. 그 외 잡률시는 어떤 시대 어떤 사물에 이끌리어 어떤 웃음이나 탄식을 마음대로 지어낸 것으로, 평소에 중요하다고 여기지는 않는다. 다만 혈육이나 벗들과 만나고 헤어질 때, 그 한을 풀고 기쁨을 더한 작품을 지금 그 시기별로 추린 것인데 버릴 수는 없었다. 후일 나 대신 내 글을 편집하는 사람이 있으면 생략해도 된다.

仆數月來, 檢討囊帙中, 得新舊詩, 各以類分, 分爲卷目. 自拾遺來, 凡所遇所感, 關於美刺興比者, 又自武德至元和因事立題, 題爲新樂府者, 共一百五十首, 謂之諷諭詩. 又或退公獨處, 或移病閑居, 知足保和, 吟玩性情者一百首, 謂之閑適詩. 又有事物牽於外, 情理動於內, 隨感遇而形於歎詠者一百首, 謂之感傷詩. 又有五言七言長句絶句, 自一百韻至兩百韻者/四百餘首, 謂之雜律詩. (…中略…) 仆志在兼濟,行在獨善, 奉而始終之則爲道, 言而發明之則爲詩. 謂之諷諭詩, 兼濟之志也. 謂之閑適詩, 獨善之義也. 故覽仆詩者, 知仆之道焉. 其餘雜律詩, 或誘於一時一物, 發於一笑一吟, 率然成章, 非平生所尙者, 但以親朋合散之際, 取其釋恨佐歡, 今銓次之間, 未能刪去. 他時有爲我編集斯文者, 略之可也.

이 편지글의 내용을 다시 분류하여 정리하면 다음과 같다.

① 풍유시諷諭詩 : 간관을 맡은 이후의 풍자나 비흥에 관련된 작품. 또는 일에 따라 제목을 지은 신악부 작품

② 한적시閑適詩 : 관직에서 물러나거나 병으로 한가하게 지낼 때 지은 작품으로 만족함을 알고 평화로운 마음을 읊은 작품.

③ 감상시感傷詩 : 사건과 사물에서 어떤 느낌과 깨달음을 얻어 지은 작품.

④ 잡률시雜律詩 : 5언, 7언, 율시, 절구, 2운부터 100운에 이르는 작품.

풍유시는 정치 사회적 이슈에 대해 지식인이자 관료로서의 사명을 다하고자 한 작품이다. 한적시는 현세 정치에 적극적으로 뛰어들지 않고 안빈낙도安貧樂道하고자 하는 내용이다. 풍유시의 감정 표현이 격렬하다면 한적시는 담박하고 평화롭고 여유롭다. 그는 풍유시와 한적시가 보존하고 알려질 가치가 있다고 설명했는데, 이는 "나아가면 천하를 잘 다스리고, 물러나서는 자신을 잘 지킨다達則兼濟天下, 窮則獨善其身"는 군자의 처세방식이 고스란히 문학에 반영되었기 때문에 특별히 중시한 것으로 볼 수 있다. 풍유시는 겸제천하를, 한적시는 독선기신의 사유나 생활을 반영한 것이다. 풍유시가 "문장은 시대에 부합되게 지어야 하고, 시가는 현실에 부합되게 지어야 한다文章合爲時而著, 歌詩合爲事而作"는 그의 유가적 문학관념이 직접 반영된 작품군이어서 문학사적 의미를 지닌다면, 한적시는 낙천지명의 삶에서 얻은 철학적 사유를 쉬

운 언어로 담담하게 담았다는 점에서 후세 문인이나 문학도에게 미친 영향이 상대적으로 더 크다고 하겠다.

감상시感傷詩는 자신이 겪은 일이나 사물에서 얻은 느낌이나 깨달음을 담은 작품이다. 감상시의 감상은 '感賞'이 아니고 '感傷'이다. '感傷'은 '비애를 느끼다', '슬픔을 느끼다'라는 뜻이다. 내용은 혈육이나 지기와의 이별로 인한 아쉬움, 가족이나 지기의 죽음에 대한 탄식, 사물로 촉발된 감정, 연인에 대한 그리움과 이별의 한, 천명을 수용하는 삶의 철학, 계절의 변화나 노화에 대한 한탄, 인생사의 곡절에 대한 슬픔 등 인류 보편적 삶의 편린과 애상적 감정을 다양하게 반영했다.

감상시의 창작 시기는 백거이가 잘 나가던 조정 관료에서 억울하게 좌천되어 지방을 떠돌다 다시 조정 관료로 임명된 긴 절망과 고통, 희망의 시기였다. 이 시기에는 가난과 첫사랑과의 이루지 못한 사랑도 겪었다. 감상시는 이러한 20대 젊은 시절부터 50대까지의 30여 년에 걸친 작품들이므로, 그의 인생 전체를 관통하고 있다고 할 수 있다. 그가 살았던 시대 역시 당대가 성세에서 혼란으로 넘어가며, 영정혁신永貞革新, 우이당쟁牛李党争, 감로지변甘露之變 등의 정변이 잇달아 발생했던 혼란한 때였다. 감상시는 이렇게 굴곡진 시대와 운명을 겪으며 느꼈던 그의 삶과 감정이 오롯이 담긴 작품들이다. 풍유시나 한적시가 유가에서 추구하는 군자의 삶에 국한된 작품군이라면, 감상시는 한 인간이 인생에서 느끼는 보편적 감성을 다양하게 담았다는 점에서 의미가 크고 또 그래서 후대에 많이 애창되었다고 할 수 있다.

백거이의 작품은 그가 살아있을 당시에 이미 널리 알려졌다. 백거이 스스로 "장안에서 강서 지역으로 삼사천 리를 오는데, 향교, 절, 여관, 배 등에서 종종 나의 시를 적어둔 것을 보았으며, 선비나 서민, 승려, 아낙, 처녀 등 매

번 내 시가를 읊는 자가 있었다自長安抵江西三四千裏, 凡鄉校佛寺逆旅行舟之中, 往往有題僕詩者, 士庶僧徒孀婦處女之口, 每有詠僕詩者"「與元九書」고 했다. 그 가운데 특히 회자되었던 작품이 「긴 한의 노래長恨歌」이다. "지금 내 시가 가운데 사람들이 좋아하는 것은 모두 잡률시와 「긴 한의 노래」뿐이다. 시대가 중시하는 것을 나는 가벼이 여긴다. 풍유시는 사상은 격렬한데 언어는 질박하고, 한적시는 사상은 담담한데 수사는 시대에 어울리지 않는다. 질박하면서 시대에 이울리지 않으니 세상 사람들이 좋아하지 않는 것이다今僕之詩, 人所愛者, 悉不過雜律詩與長恨歌已下耳. 時之所重, 僕之所輕. 至於諷諭者, 意激而言質. 閒適者, 思澹而辭迂. 以質合迂, 宜人之不愛也."「與元九書」 즉 사람들이 좋아하는 시는 풍유시나 한적시가 아닌 다른 것임을 백거이 스스로도 인지한 것이다.

「긴 한의 노래」는 감상시에 속한다. 「긴 한의 노래」는 백거이가 황제인 현종과 귀비인 양옥환楊玉環의 사랑을, 그들의 신분을 끌어내려 사랑을 위해 눈물을 흘리는 평범함 사나이의 이야기로 만듦으로서, 역사에 회자되는 영원한 로맨스로 만들어낸 작품이다. 「긴 한의 노래」와 더불어 백거이의 대표작품이 「비파의 노래琵琶引, 琵琶行」인데, 역시 감상시에 속한다. 백거이가 청춘을 흘려보낸 노기老妓의 굴곡진 삶에 눈높이를 맞추고 그녀의 눈물을 진정으로 공감하며 자신의 인생 좌절과 연결함으로써, 평범한 인생이 한번쯤 겪게 되는 시리고 매운 인생사의 감회를 담았다. 그런 점에서 이 작품들은 평범한 삶에서의 경험과 느낌에 마음의 눈높이를 맞추었던 것이고 이 두 작품이 시대를 넘어 많은 사람들에게 애송되는 이유이다.

이처럼 백거이의 감상시는 시인이 극단적으로 관직을 외면하고 은거를 선택한 것이 아니라 현실 정치에 참여하면서도 출세나 명예 등과 일정한 거리를 두면서, 가족과 형제, 친구들과의 감정과 인생, 늙음, 사랑, 운명, 삶과 죽음, 명예 등 현실적 삶에서 부딪는 중요한 가치에 대한 성찰을 통해, 점차 삶을 관조하며 천명을 즐기고 순응하는 '낙천지명'의 자세를 수용해 가는 내면의 변화를 담은 작품이다.

본 번역은 감상시 215편 가운데 100편을 역자가 시기와 내용을 참조하여 고르게 선별하고 번역했다. 한글 번역은 백거이가 지향하는 문학관에 맞추어 쉬운 언어와 간결한 표현으로 번역하고자 했다. 한글 번역시의 느낌을 살리기 위해 원시의 구를 서로 합하거나 나누어 번역하기도 했으며 주석과 역자의 주관적 감상을 통해 작품에 대한 독자의 이해를 도모했음을 밝힌다.

차례

제2장 하규로 돌아오다

제4장 충주자사로 옮기다

제5장 **다시 장안으로**

제1장

장안으로 출사하다

001
요주로 가는 길, 밤에 강가에 정박하고
將之饒州[1] 江浦夜泊

달빛은 깊은 강가에 가득한데
시름 안고 외로운 배에 누웠다.
답답한 심사에 잠 못 이루니
여름밤이 가을밤보다 길구나.

먹고살 돈이 없어 고생하다가
멀리 강남땅까지 떠밀려 왔다.
흐르는 세월 그저 나이만 먹고
고향은 갈수록 멀어지는구나.

나는 병든 채 파양 땅 향하고
식구는 가난하게 서주에 산다.
지나간 옛일과 앞으로 닥칠 일
그 온갖 근심을 어찌 견딜거나.
근심겨워 일어나 멀리 바라보니

그저 보이는 건 흐르는 강물뿐.
구름가 나무 무성히 짙푸르고
안개 낀 물결 담담히 유유하다.

고향 어느 쪽인지 알 수 없어도
늘 그리우니 백발 어찌 막으랴.

明月滿深浦	愁人臥孤舟
煩寃寢不得[2]	夏夜長於秋
苦乏衣食資	遠爲江海遊[3]
光陰坐遲暮[4][5]	鄕國行阻修[6]
身病向鄱陽[7]	家貧寄徐州[8]
前事與後事	豈堪心幷憂[9]
憂來起長望	但見江水流
雲樹靄蒼蒼[10]	烟波澹悠悠[11]
故園迷處所	一念堪白頭

주석

[1] 饒州요주: 장시성江西省 파양鄱陽 현에 있는 지명.

[2] 煩寃번원: 답답하고 화가 나다.

[3] 江海강해: ① 강과 바다. ② 사방 각지. 여기서는 요주饒州로 가는 도중에 거치는 강남 지역 강가를 지칭.

⁴光陰광음: 시간. 세월.

⁵遲暮지모: 만년. 노년.

⁶阻修조수: 길이 막히고 멀다.

⁷鄱陽파양: 파양호鄱陽湖. 중국 최대의 담수호로 장시성江西省 북쪽에 있으며, 호
  수 북쪽이 장강과 연결된다.

⁸徐州서주: 지명. 현 장쑤성江蘇省 북부에 위치.

⁹豈堪개감: 어찌 감당하랴.

¹⁰藹蒼蒼애창창: 무성하고 푸르다.

  (참) 藹애: 무성한 모양.

  (참) 蒼蒼창창: 짙푸르다.

¹¹澹悠悠담유유: 강물이 조용하고 느릿하게 흐르는 모양.

  (참) 澹담: 담담하다, 조용하다의 뜻.

  (참) 悠悠유유: 한가하고 여유 있는 모양 또는 아득한 모양.

감상

   이 시는 백거이가 27세 여름정원(貞元) 14년, 798년에 부량현浮梁縣의 주부主簿로
부임한 형 백유문白幼文을 만나기 위해 요주饒州로 가던 중, 밤에 강변에 정박하
고 지은 작품이다. 이때는 그가 진사과에 급제하기 두 해 전이다. 부량현은 현
재의 장시성江西省 징더전시景德鎭市에 위치한 지명이다.

   백거이는 어려서부터 집안이 가난했는데 특히 부친이 별세한 23세 이후
에는 생계에 상당한 곤란을 겪었다. 형이 부량현 주부에 오른 후에는 형의
수입에 의존하여 생활했는데, 주부라는 자리도 높은 관직이 아니라서 생계
는 여전히 어려웠다. 이 시에서 백거이가 요주로 가는 이유도 요주를 거쳐

부량현에 가서 양식을 받아오기 위한 것이다. 그런데 그 거리가 이천 오백 리 길이다. 생계를 꾸리는 일이 힘에 버거우니 그런 현실에 마음이 착잡하고 우울할 수밖에 없다. 스물일곱 젊은 청년이 짊어지기에는 그 어깨에 걸린 삶이 너무 무겁다.

그래서일까, 깊은 밤을 가득 채우는 강가의 달빛은 먹고사는 현실적 고민에 빠진 사람을 더욱 잠 못 들게 한다. 달빛 아래 고고한 나무나 유유히 흐르는 강물은 야속하리만큼 평온하다. 지나온 날들도 고달팠거늘 앞으로 닥칠 일은 또 얼마나 될까 알 수 없고, 어떻게 살아내야 할지 막막하다. 게다가 과거급제라는 관문을 생각하니 흐르는 세월, 늘어가는 나이에 한없이 초라해지고 숨 막히게 답답해진다.

002

양영사 노극유 은요번과 이별하며
別楊穎士[1]盧克柔[2]殷堯藩[3]

지친 새도 해 저물면
숲속으로 되돌아가고
저 구름도 비 개이면
산으로 되돌아가건만
길 떠나는 이 몸만은
아득하구려!
언제 돌아갈 수 있을까.

사람이 살아간다는 건
온종일 몸을 움직여도
시드럽게 바쁜 것이라
하는 일 다르다 하여도
누구나 한가하지 않네.

조각배로 초향 왔다가

필마로 진땅 향하려니

이별슬픔 마음에 감겨

맴돌고 또 맴도는구나.

우리 이별주라도 들고

잠시 한 번 웃어보세나.

倦鳥暮歸林　　浮雲晴歸山

獨有行路子[4]　悠悠不知還[5]

人生苦營營[6]　終日群動間[7]

所務雖不同　　同歸於不閑

扁舟來楚鄕　　匹馬往秦關

離憂繞心曲[8]　宛轉如循環[9]

且持一杯酒　　聊以開愁顔

주석

[1] 楊穎士양영사: 백거이 처의 외사촌. 『구당서舊唐書 · 백거이전白居易傳』: "양영사
와 양우경은 이종민과 사이가 좋았다. 백거이의 처는 양영사의 사촌누이
이다楊穎士楊虞卿與宗閔善, 居易妻, 穎士從父妹也."

[2] 盧克柔노극유: 사람 이름. 구체적 사적 미상.

[3] 殷堯藩은요번: "수주秀州 사람이며, 원화 9년 과거에 낙제했으나 상서尙書 양한
공楊漢公에 의해 진사로 발탁되어 영락현령永樂縣令 등을 역임했다. 심아지沈
亞之, 마대馬戴 등과 시문을 교류했다『唐才子傳』卷6 : "秀州人. (…中略…) 元和九年韋貫之放

榜, 堯藩落第, 楊尙書大爲稱屈料理, 因擢進士. 數年, 爲永樂縣令. (…中略…) 及與沈亞之馬戴爲詩友, 贈答甚多". 백거이가 항주자사杭州刺史, 소주자사蘇州刺史로 있을 때 그 속관으로 있었고 백거이와 주고받은 시도 여러 편이 전해진다. 시어사侍御史로 관직을 마쳤다.

4行路子행로자: 길 가는 사람. 여기서는 백거이 자신을 지칭.

5悠悠유유: 아득하게 먼 모양. 때가 오랜 모양.

6營營영영: 여기저기 왕래하는 모양 혹은 왕래가 빈번한 모양.

7群動군동: 여러 가지 활동, 움직임.

8心曲심곡: 마음속. 심중.

9宛轉완전: 구르는 모양.

감상

___

이 시는 백거이가 29세인 정원貞元 16년800년 전후에 지은 작품으로 추정된다. 이 해 낙천은 진사에 급제했고 그 후 강남지방을 여행했는데, 이 시에서 "조각배로 초향楚鄕 왔다"라고 한 것으로 보아 이 무렵에 지은 작품으로 보인다.

당대에는 진사과에 급제했다고 해서 바로 관직이 제수되는 것이 아니어서, 진사에 급제하고도 여전히 현실적 삶의 방편을 고민하고 관직을 모색해야 했다. 이 시에서도 황혼녘에 자기 둥지로 돌아가는 새나 구름이 산으로 돌아간다는 비유로, 자신도 고향으로 돌아가고 싶은 마음 또는 그러지 못하는 현실을 비유했다. 이 당시 사람들은 구름이 산에서 생겨났다가 산으로 돌아간다고 여겨, 산 위의 구름을 보고 원래 있던 곳으로 '돌아간다'고 여겼다. 백거이도 마음은 고향으로 돌아가고 싶어도 현실은 삶의 방편을 모색해야 하니, 조각배로 강남 초楚 땅을 향하고 필마로 진秦 땅 장안을 떠돌며 만남과 이별을 거듭하고 있다.

그대들! 산다는 게 원래 멈춰있는 것이 아니라 끝없이 발버둥을 쳐야 하는 것 아니겠소! 그래도 오늘 밤만은 마음 맞는 그대들과 흠뻑 취해야겠소. 그대들이나 나나 앞에 놓인 길은 여전히 거칠 터이고, 또 언제 어디 어떤 길에서 다시 만날지도 알 수 없지 않소? 내일은 헤어져 각자의 길을 가더라도, 오늘 밤은 함께 술잔 나누며 수심 풀어보세나.

003

고향 생각

思歸[1]

[교서랑에 막 제수된 때임 · 時初爲校書郞]

부모를 봉양하려고 해도
조석 끼니 변변치 않고
산속으로 은거할까 해도
사시사철 생활비가 없어

봉양할 녹봉을 구하고자
마지못해 도성에 왔건만
봉양도 버거운 박봉이요
가족과도 헤어진 한세월.

따스하게 모시고픈 간절함
난초 캐 봉양하겠단 기약
어느 하나 지키지 못했네.

일음 생기는 하지를 지나니

저녁 물시계 소리 늦어진다.
외로이 근심에 찬 사람만이
밤 길어졌음을 알 수 있지.

아득하구나, 고향 가는 일
꿈속 내 넋은 돌아갔건만
이 몸은 따라갈 수 없으니.
계절 바뀌어 서글픈 터에
홰나무의 매미마저 울어댄다.

養無晨昏膳	隱無伏臘資[2]
遂求及親禄	黽勉來京師[3]
薄俸未及親	別家已經時
冬積溫席戀[4]	春違採蘭期[5]
夏至一陰生[6]	稍稍夕漏遲[7]
塊然抱愁者[8]	長夜獨先知
悠悠鄉關路[9]	夢去身不隨
坐惜時節變	蟬鳴槐花枝

주석

[1] 思歸사귀 : 고향 생각. 귀향을 생각하다.

[2] 伏臘資복랍자 : 여름 겨울을 지낼 비용. 즉 생활비.

　참 伏臘복랍 : 삼복과 납일臘日을 말하며 한여름과 한겨울을 의미.

³黽勉^{민면}: 애쓰다.

⁴溫席^{온석}: 한겨울에 몸으로 잠자리를 따뜻하게 만들어 부모를 모시다. 부모를 모시는 효행을 의미함.

⁵採蘭^{채란}: 난초를 캐어 부모를 봉양하다.『문선文選 · 속석束晳』의 시에 '저「남해南陔」에서 말한 대로 난초를 캐리라. 고향을 그리워하는 마음, 편할 수 없네'에 대한 이선의 주석「남해」편을 본받아 향초를 캔다는 것은 그것으로 부모를 공양하려는 것이다循彼南陔, 言采其蘭. 眷戀庭闈, 心不遑安. 李善注 : 循陔以采香草者, 將以供養其父母「文選 · 束晳」「補亡詩 · 南陔」에서 유래함.「남해」는『시경詩經 · 소아小雅』의 편명인데 가사는 전해지지 않고 다만 부모를 봉양하는 효자의 도리를 경계한 내용이라고 전해진다.

⁶一陰^{일음}: 하지夏至. 고대에 하지와 동지를 측정하는 방법으로, 흙과 재를 저울에 올려 무게가 수평이 되도록 올려두고 동지에는 양의 기운이 생겨 재가 무거워 가라앉고 하지가 되면 음의 기운이 생겨 흙이 무거워 가라앉는 것으로 동지와 하지를 측정했다고 함.

⁷夕漏^{석루}: 저녁을 알리는 물시계 소리.

⁸塊然^{괴연}: 외로운 모양.

⁹鄕關路^{향관로}: 고향 가는 길.

참 鄕關^{향관}: 고향.

감상

이 시는 백낙천이 비서성秘書省 교서랑校書郎에 막 제수되어 장안에서 생활하게 된 서른두 살정원 19년, 803년 경에 지은 작품이다. 교서랑은 비서성 소속 정구품상正九品上의 관직으로, 궁중 도서관의 서적 교감校勘을 관장한다. 백거이는 35세원화 원년, 806년까지 비서성 교서랑을 지냈다.

옛 문인들에게 과거에 급제하여 관직에 나아가는 것은 "뜻을 이루어 나라에 나아가게 되면 천하를 잘 다스리고, 막혔을 때는 그 자신을 잘 돌보는 것達則兼濟天下, 窮則獨善其身"이라는 가르침의 실천이었다. 이 작품도 과거시험에 급제한 후 몇 년 만에 교서랑이라는 관직에 제수되어 조정으로 출근하게 되었을 때의 작품이므로, 겸제천하兼濟天下라는 원대한 이상을 실천할 기회가 왔다고 들뜰 만도 하나, 백거이는 오히려 냉정하리만큼 현실에 발 딛고 있다. 관직이 절실했던 것은 겸제천하 이전에 우선 부모를 잘 봉양하기 위한 것이었고, 따뜻한 잠자리와 좋은 음식이 급선무였다. 그러나 교서랑 박봉으로는 좋은 음식이나 포근한 솜이불로 모시기 힘들었고 가족과도 떨어져 살아야만 했다. 세상일은 참 뜻대로 되지 않는다. 소란한 마음에 매일밤 잠을 이루지 못하는데 오늘밤엔 저 눈치 없는 매미마저 죽어라 울어댄다.

그런데 그나마도 먹고살아야 하니 벼슬을 버리고 돌아갈 수는 없다. 시대를 달리해도 월급쟁이는 마찬가지다. 현실은 늘 참으로 박정하다.

004

기주성 북쪽 언덕에서 적다
冀城[1]北原作

들판 풍경 아스라한데
소슬한 가을바람 소리.
바람에 부연 먼지 이는
이 황혼녘 수레를 본다.

어느 시대였을까? 여기
나라가 세워졌던 때는.
그 경계가 아득하구나.

세월은 기다리지 않고
번화가도 사라졌으니
옛날 성읍이었던 이곳
지금은 빈터로 변했고
옛날 묘지였을 저곳도
지금은 마을로 변했지.

홍망은 서로 재촉하고
일월도 오고 가고 하니
세상은 변해 가버리고
전하던 풍속도 사라졌네.
어찌 애초 모습을 알랴.

천년 후에 한 나그네가
역사 돌이키며 배회할 뿐.

野色何莽蒼²³　　秋聲亦蕭疏⁴

風吹黃埃起　　落日驅征車

何代此開國　　封疆百里餘⁵

古今不相待　　朝市無常居⁶⁷

昔人城邑中⁸　　今變爲丘墟⁹

昔人墓田中¹⁰　　今化爲里閭

廢興相催迫　　日月互居諸¹¹

世變無遺風¹²　　焉能知其初

行人千載後¹³　　懷古空躊躇¹⁴

주석

¹冀城기성：기주冀州의 옛 성. 기주冀州는 한대漢代에서 청대淸代까지의 행정구역
이름인데, 그 권역은 시대에 따라 조금씩 다르나 대체로 지금의 허베이성

河北省 중남부, 산둥성山東省 서부, 허난성河南省 북부를 포함하는 지역임. 이 시에서의 기성은 지금의 허난성 린장현臨漳縣 서남부에 해당.

[2] 野色야색 : 들판이나 교회의 풍경.

[3] 莽蒼망창 : 끝없이 넓은 모양. 경치가 아득함을 형용.

[4] 蕭疏소소 : 적막하다. 처량하다. 소슬하다.

[5] 封疆봉강 : 제후를 봉한 땅. 국경.

[6] 朝市조시 : 조정과 저자. 일반적으로 명리의 경쟁이 심한 곳을 비유하나, 여기 서는 사람들이 많이 오가는 중심지로 해석.

[7] 常居상거 : 항상 있다. 언제나 남아있다.

[8] 城邑성읍 : 성으로 둘러싸인 읍. 도읍.

[9] 丘墟구허 : 큰 언덕. 빈터. 성터.

[10] 墓田묘전 : 묘지.

[11] 居諸기제 : 오가다. '居'는 어조사 기.

[12] 遺風유풍 : 전대로부터 내려온 풍교風敎 혹은 예부터 전해오는 풍습.

[13] 行人행인 : 여기서는 백거이 자신을 가리키는 말.

[14] 躊躇주저 : 방황하다. 배회하다.

감상

이 시는 백거이가 33세이던 해정원 20년, 804년에 지은 작품으로 추정된다. 해질 무렵 가을바람이 옛 기주성冀州城 터에 불어온다. 가을, 황혼녘, 쓸쓸한 바람, 아득한 들판, 옛 황성 터 등 시인의 예민한 감수성을 자극할만한 시공간적 요소가 다 갖추어졌다. 수천 년 전 이곳에는 어떤 사람들이 살았을까. 요즘 말로 시내, 번화가라 할 수 있는 조시朝市는 흔적이 없고 저쯤 어디 있었을

황성도 폐허로 변했다. 어디에 남아있든, 어느 시대 역사의 흔적이건 옛 성
터는 늘 쓸쓸하고 허무하다. 그 허무한 자리에 하나둘 풀들이 자라며 인간의
역사는 흔적없이 자연의 일부로 사라져갈 것이다. 또한 흥망은 영원한 것이
없고 돌고 도는 것이라, 한때 무덤이었을 이곳에 지금은 큰 마을이 서 있다.

　이 순간 여기에 서 있는 나는 일월이 교체하고 흥망이 뒤바뀌는 거대한
흐름 속에 어디쯤 있는 것일까? 천년 전 황성의 옛터를 바라보는 나처럼, 천
년 후에 지금의 세상을 쓸쓸하게 회고할 누군가가 또 있으리라. 석양은 뉘엿
뉘엿 흐린 발자국을 남기고 넘어가지만 내일 다시 떠오를 것이고, 강산은 여
전히 사계절 의연하며 초목을 푸르게 할 것인데, 한때 세상의 주인인 양했던
인간만이 스러지고 스러져간다. 기주성 옛터에서 인간 존재의 미미함과 근
원적 허무함에 눌린 서른셋 청년의 발길이 정처 없다.

005

서명사에 모란꽃이 피어 원구를 생각하다
西明寺[1]牡丹花時憶元九[2]

옛날 급제하고 이름 새긴 절
오늘은 모란 구경을 왔다오.

운향각의 관리가 된 후로
세 번째 핀 모란꽃이지요.

꽃 지는 것만 안타깝겠소?
늙음도 어느새 쫓아왔구려.

게다가 함께 꽃구경하던 동무
낙양에서 돌아오지 않았으니.

아시는가, 붉은 모란 옆에서
봄 가도록 그대 그리워함을.

前年題名處³　　今日看花來

一作芸香吏⁴　　三見牡丹開

豈獨花堪惜　　方知老暗催

何況尋花伴　　東都去未回⁵

詎知紅芳側　　春盡思悠哉

주석

¹**西明寺**서명사 : 장안성 서쪽 연강방延康坊 구역 서남쪽에 있는 절. 홍선사興善寺, 자은사慈恩寺, 청룡사青龙寺와 함께 장안의 4대 불교 사원으로 꼽힘. 당대에 서명서에서는 많은 역경譯經 사업을 진행했는데, 신라, 일본 등 외국의 승려들이 이곳에 거주하며 역경에 참여했다. 당대에는 모란 명소로도 유명했다.

²**元九**원구 : 즉 원진元稹, 779~831. 구九는 항렬. 자는 미지微之, 허난성河南省 사람. 15세이던 덕종德宗 정원貞元 9년793년에 진사과進士科와 명경과明經科에 합격하고, 22세 어린 나이에 관직에 나갔다. 비서성秘書省 교서랑校書郎, 좌습유左拾遺 등의 관직을 거쳐 헌종 원화元和 4년809년에 감찰어사監察御史가 되었는데, 환관과의 불화로 강릉江陵 참군參軍으로 좌천되기도 했다. 이후 환관 등 구세력과 타협하여 중서사인中書舍人, 어사대부御史大夫, 절동관찰시浙東觀察使, 상서좌승尙書左丞에 오르는 등 잠시 풍파를 겪은 적이 있어도 비교적 높은 관직에 올랐다. 그러나 구세력과 영합하는 등 정치적 변절을 보여 정치적인 면에서 후대의 평가는 높지 않다. 문학적으로는 현실을 반영하는 작품을 창작하여 시대의 모순을 극복하고자 하는 의도로 백거이와 함께 신악부新樂府 창작에 몰두했다. 백거이보다 나이가 어렸지만 평생 뜻을 함께 하고 진심

을 교유했던 지기로 유명하고, 백거이와 많은 작품을 창화唱和하면서 이름을 날려 '원백元白'으로 불리었다. 그의 시는 7백여 수가 전해지는데, 대표 작품으로 「연창궁사連昌宮詞」, 「전가사田家詞」 등을 들 수 있다. 『원씨장경집元氏長慶集』 60권과 당대 단편소설인 『앵앵전鶯鶯傳』이 전한다.

3 題名제명 : 과거에 급제한 사람이 벽이나 비석에 이름을 새겨두는 것. 『당척언』 권3 "진사의 제명은 중종中宗 신룡神龍 연간705~706부터 시작되었는데, 관연關宴을 치른 후에 대부분 자은사 탑에 제명했다." 『唐摭言』 卷3 「慈恩寺題名遊賞賦詠雜記」 관연은 이부의 시험을 통과한 사람을 축하하기 위한 연회를 말한다.

4 芸香吏운향리 : 운향각芸香閣의 관리라는 뜻으로, 비서성秘書省 교서랑校書郎의 별칭임. 비서성은 궁중의 도서를 관장하는 관서.

5 東都동도 : 동쪽의 도읍. 장안의 동쪽인 낙양洛陽을 가리킴.

이 작품은 백거이가 영정永貞 원년805년, 34세에 장안長安에서 비서성秘書省 교서랑校書郎으로 있을 무렵 지은 시다.

요즘은 꽃 중의 꽃, 꽃의 여왕이라고 하면 장미를 꼽는다. 그런데 전통적으로 동아시아의 '화중왕花中王'은 모란꽃이었다. 모란의 '화중왕' 등극은 최소한 천삼백 년 전의 일로 거슬러 올라간다. 수나라 양제煬帝가 낙양洛陽에 도읍을 정하고 황실 정원을 꾸밀 때 하북河北 역주易州라는 곳에서 천외홍天外紅이라는 모란 명품 품종을 헌상했다고 한다. 모란 열풍에 본격적인 불을 지핀 인물은 당나라의 여황제 무측천武則天이다. 무측천은 무주武周를 건국한 이듬해인 691년, 자신이 신神을 부리고 자연의 변화도 거스르는 절대 권력을 지녔다는 것을 나타내기 위해 참으로 기가 막힌 명령을 내린다. 납팔절臘八節 즉 겨울 한기가 가장 세고 꽃이 피기까지는 아직 한참 이른 시기에 조서를 대신하여 아래와 같은 시를 내렸다.

> 내일 상원에 나들이 할 테니
> 화급하게 봄이 왔음을 알리라.
> 밤을 새워 꽃을 피워야 할 터
> 새벽을 기다리는 일 없게 하라.
> 明朝游上苑 火急報春知
> 花須連夜發 莫待曉風吹
>
> —「臘日宣詔幸上苑」

한겨울에 하룻밤 새에 꽃을 피우라는 명령이다. 천자다운(?) 명령이다. 꽃이 피는 것은 자연의 섭리라는 신하들의 간언도 없지 않았을 텐데 듣지 않고 조서를 내렸다. 신하들은 이제는 목숨 걸고 밤을 새워 화톳불을 피우는 수밖에 없다. 신하들의 분투 결과, 온갖 꽃들이 성급히 꽃을 피워댔으나 오로지 모란만은 꽃을 피우지 않았고, 이에 화가 난 무측천은 모란을 모두 뽑아 장안 동쪽 낙양洛陽으로 추방해버렸다고 한다. 모란에 화를 낸 황제도 우스꽝스럽지만, 황제의 자존심을 구긴 모란은 그 '덕분'에 자존심 센 고고한 꽃으로 등극했고 낙양을 상징하는 낙양화洛陽花가 되었다. 물론 이 이야기는 조그마한 사실에 덧대어져 만들어진 이야기인데, 온갖 정치적 암투를 배경으로 하여 다양한 버전으로 해석된다. 자연의 변화마저 부릴 수 있는 신권神權을 지닌 여왕의 이미지를 만들어내기 위한 것이라는 해석도 그중 하나이다. 어찌되었든, 때 아닌 밤중에 시 한 수로 불을 피워 꽃을 피우게 한 것도 엄청난 권위이자 권력이기는 하다. 이후 당대에는 불을 피워 꽃을 피우는 기술이 발전했다고 한다.

무측천의 이 황당한 일을 계기로, 당대에는 황실과 귀족들이 모란을 애호하면서 모란은 점차 권력과 부의 상징이 되었는데, 그 정도가 보통 사람은 접근하기도 힘든 정도였다. 백거이도 "도성에 봄이 저물 무렵, 덜컹덜컹 수레 오가는 소리. 너도나도 모란 철이라며, 줄지어 꽃을 사러 간다네. 귀하거나 천하거나 정해진 가격도 없이, 꽃송이 숫자만 헤아려 값을 치른다네. (…중략…) 한 떨기 짙은 색 꽃값이, 중인 가구 열 집의 세금과 맞먹는구나帝城春欲暮, 喧喧車馬度. 共道牡丹時, 相隨買花去. 貴賤無常价, 酬直看花數. (…中略…) 一叢深色花, 十戶中人賦"「秦中吟十首·買花」라고 모란을 즐기는 풍조가 지나침을 지적했다.

모란이 아니면 꽃이 아니라고 할 정도로 모란을 애호하는 풍조가 퍼지자, 장안성 여기저기 모란 명소가 생겨났다. 거기에 더해 당대에는 탐화연探花宴 즉 과거에 급제한 진사들을 축하하는 연회에서도 탐화랑探花郎들을 뽑아 예쁜 꽃을 빨리 꺾어오는 내기를 하는 등 꽃을 즐기는 문화가 남녀를 불문하고 성행했었다. 자은사를 필두로 이 시에 나오는 서명사도 장안에서 모란꽃으로 유명한 곳이었는데, 낙천은 오늘 그 서명사에 모란꽃 구경을 나왔다.

서명사에 온 백거이는 자기가 과거시험에 급제하고 이름을 새겨둔 곳임을 회고한다. 당대에 진사과는 수천 명의 응시자 가운데 열 명 정도, 많아야 서른 명 정도 합격하는 매우 어려운 시험이었다. 그러다 보니 과거 합격은 매우 영광스러운 일이어서, 합격을 축하하는 행사가 아주 다양하고 거창하게 열렸다. 황제가 곡강曲江에서 연회를 개최하고 부근에 있는 자은사의 탑에 이름을 새기는 제명題名 행사도 열었다. 백거이도 덕종德宗 정원貞元 16년800년에 29세의 나이로 진사에 합격하고 자은사 탑에 제명했는데, 그때의 의기양

양했던 기분을 "자은사 탑 아래 이름 적은 곳, 열일곱 명 중 내가 제일 젊다네 慈恩塔下題名處, 十七人中最少年"라고 시에 표현하기도 했다.『唐摭言』卷3 이 「서명사에 모란꽃이 피어 원구를 생각하다」시에 의하면, 백거이와 그의 과거시험 동기들은 자은사 탑 외에 서명사에도 제명을 했던 것으로 보인다.

5년 전 의기양양하게 제명을 했던 곳 서명사. 그 서명사에 내 이름과 나란히 있는 여러 동년同年들의 이름. 그중에 멀리 낙양에 있는 절친한 벗 원구의 이름이 가장 먼저 눈에 들어온다. 그리움이 이내 감정을 이끈다. 그가 장안에 있다면 오늘 이 서명사에는 당연히 함께 왔을 것이다. 서서히 시들어가는 꽃이 눈에 들어오면서 감정은 더욱 복잡해진다. 아직 서른넷 젊은 나이지만 지는 꽃 앞에서 청춘도 이렇게 스러지리라는 생각이 자연스럽게 밀려온다. 그러니 좋은 시절을 시간 아껴가며 누리고 싶은데 함께 하고픈 벗이 멀리 있으니 아쉽고 또 그립다.

백거이는 5년 후인 원화 5년810에도 서명사로 모란꽃 구경을 갔다. 이때 원진은 낙양보다 더 먼 강릉江陵에 참군으로 좌천되어 있었다. 이때도 백거이는 원진이 옛날처럼 멀리 있어 또 혼자 꽃구경한다고 아쉬워하며, 이 영정 원년에 서명사에 갔던 일을 추억한다. "그대가 낙양에 있던 그 옛날에도, 모란은 피었건만 그대는 없다고 한탄했었지. 올해는 더 먼 강릉으로 헤어졌으니, 슬프구려! 만발한 꽃밭에 또 홀로 오다니. 늘 이렇게 헤어져 있어 안타까우니, 내년에는 차라리 꽃이 피지 말았으면往年君向東都去, 曾嘆花時君未回. 今年況作江陵別, 惆悵花前又獨來. 只愁離別長如此, 不道明年花不開."「重題西明寺牡丹:時元九在江陵」차라리 꽃이 피지 않으면 그리움이 덜할까. 꽃을 보면서 내년에는 꽃이 피지 않을 수 없을까 하는 허튼 소망에 그의 그리움이 시리게 다가온다.

그래서인지 모란꽃에 투영된 원진에 대한 그리움은 이 서명사의 모란꽃으로는 위로가 되지 않은 듯하다. 낙천은 원진이 살던 집에도 모란꽃이 피었었던 것을 떠올리며 주인 없는 그 집을 찾아간다. 장안 주작대로朱雀大街 동쪽 두 번째 거리인 정안방靖安坊에 있는 원진의 집에서 이렇게 적었다. "붉디붉던 모란꽃이 시들자 아무도 봐주지 않던 차에, 비바람에 꺾여 다 스러져버렸네. 어디에서 보아도 늘 슬프지만, 내 친구 원구의 집 작은 정자 앞만 하랴殘紅零落無人賞, 雨打風摧花不全. 諸處見時猶悵望, 況當."

006

가을장마 속에 윤종지의 선유산 거처에 들르다
秋霖中過尹縱之¹仙遊山²居

어둑어둑 저무는 팔 월달
길고 긴 사흘 간의 가을비
마을에 살아도 울적하거늘
산에서야 말해 무엇 하리.

선유산 숲속의 지사 그대
촌음 아껴 학문 닦아오다
늘그막에 천만 가지 번민
모두 마음에 묻어둔 채로
산새들과 어울려 잠자고
풀벌레와 구슬피 읊네요.

가을이라 잠자리 썰렁하고
밤비 속 등불이 깊어 가면
쓸쓸해질 그대 위로하고자

술 한 병 들고 찾아왔다오.

惨惨八月暮[3]　　連連三日霖

邑居尙愁寂　　况乃在山林

林下有志士　　苦學惜光陰[4]

歲晚千萬慮　　幷入方寸心

巖鳥共旅宿　　草蟲伴愁吟

秋天床席冷　　夜雨燈火深

憐君寂寞意　　携酒一相尋

> 주석

[1]尹縱之윤종지 : 사람 이름. 구체적인 생평은 알 수 없다.

[2]仙遊山선유산 : 지금의 산시성陝西省 주질현盩厔縣 남쪽에 위치한 산. 그 안에 선
　유사仙遊寺라는 절이 있음.

[3]惨惨참참 : 어둑어둑한 모양.

[4]光陰광음 : 흐르는 시간. 세월.

> 감상

　이 시는 백거이가 35세원화 원년, 806년에 주질현盩厔縣에서 주질현위盩厔縣尉로
있을 때 선유산仙遊山에 사는 윤종지尹縱之를 만나러 가서 지은 작품이다. 위尉
는 병사兵事나 형옥刑獄을 관장하는 벼슬이다.

　추적추적 가을비가 사흘째다. 가을비치고는 뜻밖에 길다. 이 긴 비가 그치
면 가을빛 역시 뜻밖의 빠른 속도로 사방에 내려앉을 것이다. 가을비로 우울

해지고, 가을도 순식간에 왔다가 가버릴 것이라는 생각에 또 우울하다.

빗줄기가 쉼없이 계절을 내모는 때, 한때 맹렬하게 불태웠던 청운의 꿈을 내려두고 산속에 사는 이의 심정은 어떠할까? 세속의 욕심 이미 다 내려놓은 후라 차라리 자유로울까, 여전히 나처럼 필부匹夫 범부凡夫의 마음으로 우울할까? 그래서 일단 술 한 병 챙겨 들고 길을 나선다. 가을비 주룩주룩 내리는 밤, 초라한 등불을 홀로 마주하고 앉아 있으면 누군들 고독하지 않겠는가. 게다가 깊은 산 속에서라면.

007

긴 한의 노래
長恨歌

황제가 여색 밝혀 경국미색 구하고자
온 나라를 뒤져도 오래도록 못 찾았네.
양 씨 가문 한 규수 이제 막 자랐으나
그 깊은 규중을 사람들이 알 수 없지.

천생의 고운 미모 어찌 몰래 버려지랴?
하루아침에 뽑혀 임금님을 모셨다네.
살포시 웃는 웃음에 온갖 아양 더해져
화장한 후궁 미인 얼굴을 들 수 없네.

쌀쌀한 봄 화청지 온천욕을 하사받고
매끄러운 물결로 고운 살결 씻어낼 제
애교 짓는 나른한 몸 시녀에 의지하니
임금님의 사랑을 처음 받들 때였어라.

구름머리 꽃얼굴에 금보요 살랑살랑
따스한 연꽃 휘장에서 봄밤 보내노니
짧디짧은 봄밤이라 한낮에야 일어나고
그때부터 임금님은 조회를 안 하셨네.

즐겁게 술자리 모시며 한가할 새 없어
봄이면 봄놀이요 밤이면 총애 독차지.
후궁의 미녀가 삼천 명이나 있건마는
삼천 궁녀 받을 사랑 혼자서 받았다네.
금궐에서 단장하고 교태로 밤시중이요
옥루의 주연 끝엔 술기운 속 춘정이라.

형제자매 너도나도 높은 벼슬 오르니
빛나도다! 빛나도다! 집안의 영광이여.
부럽고나, 부럽고나, 온 세상 부모들
아들보다 딸이 더 좋다 좋다 하더라.

드높은 화청궁 구름 위에 솟았으니
신선의 음악소리 바람결에 전해오매,
느린 가락 완만한 춤 관현악에 섞이면
임금님 넋 놓고 싫증 없이 바라보네.

적군의 북소리 지축 흔들며 다가오니

아뿔사! '예상우의곡' 꿈에서 깨었더라.
구중궁궐 깊은 곳에 연기가 자욱해져
수천만 수레와 말 촉땅으로 피신하네.

천자 깃발 휘날리다 도중에 멈춰서니
궁궐 서문 나온 지 겨우 백여 리라.
군인들 버텨서니 어찌할 도리 없어
곱디고운 얼굴 군마 앞에 죽었도다.

꽃비녀 떨어져도 거두는 이 하나 없고
온갖 꾸미개도 이리저리 흩어진 채라.
임금도 어찌지 못해 얼굴을 외면터니
고개 돌려 바라보매 피눈물 끊임없네.

흙먼지 짙게 일고 바람도 어지러운데
굽이굽이 구름 잔도로 검각산을 넘어
아미산에 왔을 때는 행인도 뵈지 않고
깃발은 바래고 햇빛도 이미 엷었어라.

짙푸른 촉강 새파란 촉산 그대로건만
지나새나 못 잊는 정, 임금님 어이할꼬?
행궁 위 떠오른 달 애달프게 비추고
밤비 속 풍경 소리 구슬프게 울어대네.

세상이 회복되어 어가로 돌아갈 제
머뭇머뭇 예 그곳 차마 떠나지 못해.
마외파 그 언덕 아래 진흙 속에는
말없이 죽은 옥안 보이지도 않더라.

신하들 어찌 못하고 흥건한 옷깃으로
동쪽 성문 향하니 그저 말 발길대로라.
돌아온 궁궐은 여기저기 예 같아서
태액지엔 연꽃이요 미앙궁엔 버들이라.

연꽃은 그 얼굴, 버들잎은 그 눈썹이니
어찌 눈물 없이 대할 수 있으리요?
봄바람에 복사꽃 오얏꽃 피는 밤이나
가을비에 우수수 오동잎 지는 때를.

서궁이요 남원에는 가을풀 우거졌고
쓸지 않는 낙엽 온 뜰에 가득 붉다.
이원의 악사들 흰머리가 성성하고
내궁의 시녀들 고운 얼굴 사라졌네.

침전에 반디 날고 심사도 스산하여
등잔 심지 불붙이며 잠을 못 이루니

더디구나 북소리, 가을밤은 길디길고.
은하수는 덧없이 새벽으로 넘어가네

원앙 기와 싸늘하고 서리꽃도 짙으니
시린 비취 수 금침 뉘와 함께 하랴!
생과 사로 헤어진 채 벌써 여러 해
혼백은 꿈에도 한 번 오지 않는구나.

장안땅 사는 임공 출신 한 도사가
정성으로 죽은 혼백 잘 부른다기에
전전반측 잠 못 드는 임금님 위해
마침내 그에게 남몰래 찾게 했네.

하늘 헤쳐 대기 몰고 번개처럼 내달아
하늘로 땅으로 여기저기 헤매면서
위로는 푸른 하늘 아래로는 황천까지
두 곳을 다 뒤져도 아득히 안 뵈더라.

문득 바다 저 너머 신선산 있다 하매
아득히 바라보니 허공에 있듯 없듯.
영롱한 누각 위에 오색구름 서려 있고
아리따운 고운 선녀 많고도 많더구나!

그중 한 사람 그 이름이 태진이라
눈같은 살결 꽃같은 얼굴이 귀비네라.
금궐 서쪽의 옥 대문을 두드려보니
소옥이 나왔기에 시녀에게 말 전하네.

황제가 사자를 보냈단 말 전해 듣고
겹겹 꽃휘장 속 꿈꾸던 넋 놀라더라.
옷 걸치고 베개 밀며 서서 배회타가
구슬발과 은병풍이 차례로 열리는데

비스듬한 구름머리 풋잠을 깬 듯이
화관도 못 다듬고 당에서 내려온다.
바람에 가볍게 들날리는 선녀 소매
그 옛날 예상우의무 추는 모습일세.

고운 얼굴 쓸쓸하고 눈물은 그렁그렁
온 배꽃 가지가 봄비 흠뻑 젖은 듯이.
그리움 찬 눈길로 임금님께 전하는 말.
"한 번 이별한 후로 음용 아득하옵고

소양전에서 주신 사랑과 총애 끊어져
외롭게 봉래궁에서 긴 세월 보냈지요.
아래로 고개 돌려 인간 세상 굽어보면

장안은 안 보이고 먼지만 자욱합니다.

옛날 쓰던 물건으로 내 마음 표하고자
자개 향합과 금비녀를 전할까 하오니
금비녀와 자개 향합 반쪽씩 나누고자
금비녀도 자르고 향합도 갈랐답니다.

그저 이것들처럼 마음만 굳사오면
하늘과 땅의 우리도 만날 날 있으리다."

헤어질 때 다시 조용히 전하는 말
"언약 중에 오직 우리만 아는 서약.
칠 월 칠 일 그곳 장생전에서
깊은 밤 남몰래 속삭였던 맹서.
하늘에선 비익조가 되고
땅에선 연리지가 되자"고

하늘땅 영원해도 언젠가는 끝날지나
이들의 한은 끝날 날이 없으리라.

漢皇重色思傾國[1][2]　御宇多年求不得[3]
楊家有女初長成　養在深閨人未識
天生麗質難自棄　一朝選在君王側

回眸一笑百媚生[4]　六宮粉黛無顏色[5][6]

春寒賜浴華淸池[7]　溫泉水滑洗凝脂[8]

侍兒扶起嬌無力　始是新承恩澤時

雲鬢花顏金步搖　芙蓉帳暖度春宵

春宵苦短日高起　從此君王不早朝

承歡侍宴無閑暇[9]　春從春遊夜專夜[10]

後宮佳麗三千人　三千寵愛在一身

金屋妝成嬌侍夜[11]　玉樓宴罷醉和春[12]

姊妹弟兄皆列土　可憐光彩生門戶

遂令天下父母心　不重生男重生女

驪宮高處入靑雲[13]　仙樂風飄處處聞[14]

緩歌慢舞凝絲竹[15]　盡日君王看不足

漁陽鞞鼓動地來[16]　驚破霓裳羽衣曲[17]

九重城闕烟塵生　千乘萬騎西南行[18]

翠華搖搖行復止[19]　西出都門百餘里

六軍不發無奈何[20]　宛轉蛾眉馬前死[21][22]

花鈿委地無人收[23]　翠翹金雀玉搔頭[24]

君王掩面救不得　回看血淚相和流

黃埃散漫風蕭索[25][26]　雲棧縈紆登劍閣[27][28][29]

峨嵋山下少人行[30]　旌旗無光日色薄

蜀江水碧蜀山靑[31]　聖主朝朝暮暮情

行宮見月傷心色　夜雨聞鈴腸斷聲

天旋日轉回龍馭[32]　到此躊躇不能去

馬嵬坡下泥土中[33]　　不見玉顔空死處

君臣相顧盡沾衣　　東望都門信馬歸[34 35]

歸來池苑皆依舊　　太液芙蓉未央柳[36 37]

芙蓉如面柳如眉　　對此如何不淚垂

春風桃李花開夜　　秋雨梧桐葉落時

西宮南苑多秋草　　宮葉滿階紅不掃

梨園弟子白髮新[38]　　椒房阿監靑娥老[39 40 41]

夕殿螢飛思悄然[42]　　孤燈挑盡未成眠

遲遲鐘鼓初長夜　　耿耿星河欲曙天[43]

鴛鴦瓦冷霜華重[44]　　翡翠衾寒誰與共[45]

悠悠生死別經年　　魂魄不曾來入夢

臨邛道士鴻都客[46 47]　　能以精誠致魂魄

爲感君王展轉思　　遂敎方士殷勤覓[48 49]

排空馭氣奔如電　　升天入地求之遍

上窮碧落下黃泉　　兩處茫茫皆不見

忽聞海上有仙山　　山在虛無縹緲間[50]

樓閣玲瓏五雲起　　其中綽約多仙子[51]

中有一人字太眞[52]　　雪膚花貌參差是

金闕西廂叩玉扃[53 54 55]　　轉敎小玉報雙成[56 57]

聞道漢家天子使　　九華帳裏夢魂驚[58]

攬衣推枕起徘徊　　珠箔銀屛邐迤開[59 60 61]

雲鬢半偏新睡覺[62]　　花冠不整下堂來

風吹仙袂飄飖擧[63 64]　　猶似霓裳羽衣舞

玉容寂寞淚闌干	梨花一枝春帶雨
含情凝睇謝君王^65	一別音容兩渺茫^66 ^67
昭陽殿里恩愛絕^68	蓬萊宮中日月長^69
回頭下望人寰處^70	不見長安見塵霧
唯將舊物表深情	鈿合金釵寄將去^71 ^72
釵留一股合一扇	釵擘黃金合分鈿^73
但教心似金鈿堅	天上人間會相見
臨別殷勤重寄詞	詞中有誓兩心知
七月七日長生殿^74	夜半無人私語時
在天願作比翼鳥^75	在地願爲連理枝^76
天長地久有時盡	此恨綿綿無絕期^77

주석

[1] 漢皇한황: 한漢나라 황제. 여기서는 당 현종玄宗을 비유함.

[2] 傾國경국: 나라를 기울게 할 정도로 매우 아름다운 여인.

[3] 御宇어우: 천하를 다스리다.

[4] 百媚백미: 사람의 마음을 호리는 온갖 태도.

[5] 六宮육궁: 후궁. 후궁이 거처하는 곳.

[6] 粉黛분대: ① 얼굴에 바르는 하얀 가루와 눈썹을 그리는 검은 먹을 말하며 화장품을 두루 지칭함. ② 꾸미다. ③ 미녀.

[7] 華淸池화청지: 당대 화청궁華淸宮의 온천욕장. 현 산시성陝西省 린통현臨潼縣 남쪽 여산驪山 자락에 위치.

[8] 凝脂응지: 하얗고 고운 피부.

⁹承歡^{승환}: 다른 사람의 마음에 맞추어 환심을 사다.

¹⁰專夜^{전야}: 혼자 잠자리를 모시다. 또는 왕비나 첩이 총애를 독점하다.

¹¹金屋^{금옥}: 화려하고 아름다운 집.

¹²玉樓^{옥루}: 화려하고 아름다운 누각.

¹³驪宮^{여궁}: 화청궁華淸宮. 현 산시성陝西省 린통현臨潼縣 남쪽 여산驪山 자락에 위치. 여산驪山에 있어서 여궁이라고도 지칭. 당대 초기인 정관貞觀 18년644년에 탕천궁湯泉宮이라는 이름으로 건설되었고, 현종 천보天寶 6년747년에 확장하면서 화청궁으로 개명함. 안사의 난이 있던 천보 15년에 화재로 훼손됨.

¹⁴仙樂^{선악}: 신선 세계의 음악.

¹⁵凝絲竹^{응사죽}: 관현악을 연주하다. 악기로 연주하다.

> 참 絲竹^{사죽}: 현악기와 관악기의 통칭. 또는 음악을 의미.

¹⁶漁陽^{어양}: 지명. 현 베이징시北京市 미윈현密云縣 서남쪽.

¹⁷霓裳羽衣曲^{예상우의곡}: 당대의 유명한 법곡法曲. 개원開元 연간 하서절도사河西節度使 양경충楊敬忠이 올린 「바라문곡婆羅門曲」을 당 현종玄宗이 윤색하고 가사를 지으며 이름을 예상우의곡으로 바꾸었다고 함.

¹⁸千乘萬騎^{천승만기}: 수레나 마차가 많음.

¹⁹翠華^{취화}: 비취새의 깃털로 장식한 황제 의장대의 깃발이나 수레지붕. 황제의 수레 또는 제왕을 비유.

²⁰六軍^{육군}: 당대의 금위군.

²¹宛轉^{완전}: 돌다. 구르다.

²²蛾眉^{아미}: 나방의 촉수가 가늘고 굽은 것에서 유래하여 여인의 아름다운 눈썹을 의미. 미녀를 비유.

²³委地^{위지}: 땅에 버려지다. 땅에 흩어지다.

²⁴翠翹金雀玉搔頭취교금작옥소두 : 여인의 머리 꾸미개를 일컬음.

  참 翠翹취교 : 비취새 꼬리의 깃털을 닮은 여인의 머리 장식.

  참 金雀금작 : 머리 장식 이름.

  참 玉搔頭옥소두 : 옥비녀. 옥잠玉簪.

²⁵散漫산만 : 어수선함.

²⁶蕭索소삭 : 고요하고 쓸쓸하다.

²⁷雲棧운잔 : 구름처럼 높은 잔도.

²⁸縈紆영우 : 빙 둘러쌈.

²⁹劍閣검각 : 장안에서 쓰촨성四川省으로 가려면 거쳐야 하는 지역으로 대검산大 劍山과 소검산小劍山 사이를 말함. 군사적 요충지 또는 험난한 지역의 의미로 사용됨.

³⁰峨嵋山아미산 : 쓰촨성에 위치한 중국 불교의 명산.

³¹蜀촉 : 현 쓰촨성의 옛 지명. 촉강蜀江이나 촉산蜀山은 쓰촨성 내의 강 또는 산 을 두루 지칭.

³²龍馭용어 : 황제의 수레.

³³馬嵬坡마외파 : 지명. 중국 산시성陝西省 싱핑시興平市 서쪽으로 10여 킬로에 위 치한 지역. 양귀비楊貴妃가 목숨을 잃은 장소.

³⁴都門도문 : 도성의 성문. 또는 도성을 비유.

³⁵信馬신마 : 말이 가는 대로. 상심하여 의욕이 없음을 의미.

³⁶太液태액 : 즉 태액지太液池. 당대의 정궁인 대명궁大明宮에 있던 연못 이름.

³⁷未央미앙 : ① 미앙궁未央宮. 한漢 고제高帝 7년에 세워진 궁궐 이름으로 위치는 장안성 서남쪽이었음. ② 당대 대궐 내에 있는 전각 이름. 당말에 훼손됨.

³⁸梨園弟子이원제자 : 이원에서 궁정 가무를 담당하는 예인의 통칭.

참 梨園이원 : 당 현종玄宗 시대에 궁정의 가무 예인들이 훈련하던 곳.

39 椒房초방 : 후궁이 거주하는 궁실宮室 또는 후궁.

40 阿監아감 : 태감太監. 당대 내시성內侍省에 소속된 관원. 환관.

41 靑娥청아 : 아름다운 젊은 여자.

42 悄然초연 : 의욕이 떨어져 기운이 없음.

43 耿耿경경 : 불빛이 깜박깜박함. 마음에서 잊혀지지 아니함.

44 鴛鴦瓦원앙와 : 서로 짝을 이룬 기와.

45 翡翠衾비취금 : 비취새가 수 놓아진 이불.

46 臨邛임공 : 지명. 현재의 쓰촨성四川省 총라이시邛崍市.

47 鴻都客홍도객 : 장안에 와 있는 사람.

참 鴻都홍도 : 동한東漢의 도성인 낙양洛陽의 궁문. 여기서는 장안을 지칭.

48 方士방사 : 도사. 신선의 도술을 익힌 사람.

49 殷勤은근 : 행동이 드러나지 않고 조심스럽게.

50 縹緲표묘 : 높고 멀어 흐릿한 모양. 아득한 모양.

51 綽約작약 : 미녀.

52 太眞태진 : 양귀비楊貴妃의 호.

53 金闕금궐 : 도가에서는 말하는 황금궐黃金闕. 천상의 세계에서 신선이나 천제 天帝가 기거하는 곳.

54 西廂서상 : 집의 서쪽 채. 서쪽에 있는 행랑.

55 玉扃옥경 : 옥으로 장식한 문.

56 小玉소옥 : 신화 속 선녀의 시녀 이름. 시녀를 두루 지칭함.

57 雙成쌍성 : 동쌍성董雙成. 신화 속 서왕모西王母의 시녀 이름.

58 九華帳구화장 : 화려한 휘장.

⁵⁹珠箔^{주박}: 구슬을 꿰어 만든 주렴.

⁶⁰銀屏^{은병}: 은을 박은 병풍.

⁶¹邐迤^{이이}: 구불구불 이어지다. 쭉 이어지다.

⁶²雲鬢^{운빈}: 구름 같은 머리.

⁶³仙袂^{선메}: 선녀의 옷소매.

⁶⁴飄颻^{표요}: 나부끼다. 바람에 날리다.

⁶⁵凝睇^{응제}: 시선을 두다. 응시하다.

⁶⁶音容^{음용}: 목소리와 용모.

⁶⁷渺茫^{묘망}: 넓고 멀어서 아득함.

⁶⁸昭陽殿^{소양전}: 한 성제成帝의 총비寵妃 조합덕趙合德의 처소. 당대 양귀비의 처소를 일컫기도 함.

⁶⁹蓬萊宮^{봉래궁}: ① 신선이 산다는 궁궐 이름. ② 당대 궁궐 명. 장안에 있던 대명궁大明宮을 고종高宗 때에 봉래궁으로 개명했음.

⁷⁰人寰^{인환}: 인간 세상.

⁷¹鈿合^{전합}: 금이나 은, 자개 등으로 마무리한 장식품 보관 상자.

⁷²金釵^{금채}: 여인들이 머리에 꽂는 금제 장식. 여인을 비유하기도 함.

⁷³擘^벽: 쪼개다.

⁷⁴長生殿^{장생전}: 화청궁華淸宮에 있는 전각 명. 또는 당대 궁궐 속의 침전寢殿을 지칭.

⁷⁵比翼鳥^{비익조}: 새 두 마리가 서로 날개를 나란히 맞대어야 날 수 있다는 전설상의 새. 남녀 사이 혹은 부부애가 두터움을 이르는 말.

⁷⁶連理枝^{연리지}: 두 나무의 가지가 서로 붙어 자라는 것. 화목한 부부를 비유함.

⁷⁷綿綿^{면면}: 끊임없이 이어짐.

　백거이는 주질현위盩屋縣尉로 있던 35세원화 원년, 806년에 진홍陳鴻, 왕질부王质夫와 선유사에 놀러 간 적이 있었는데, 이 모임에서 5~60년 전의 현종玄宗과 양귀비楊貴妃의 사랑에 느낀 바가 있어, 진홍은 「장한가전長恨歌傳」을, 백거이는 「긴 한의 노래長恨歌」를 지은 것으로 추정된다.

　현종 이융기李隆基, 685~762는 예종睿宗의 셋째 아들이자 측천武則天의 손자이다. 선천先天 원년712년에 예종이 양위하여 당 제7대 황제로 즉위했으며 사후의 시호는 명황明皇이다. 현종은 즉위 초에는 영명하여 요숭姚崇, 송경宋璟 등의 현신을 재상으로 임용하고, 검약을 숭상했으며 행정을 잘 정비하고 경제를 비약시켜 역사적으로 개원성세開元盛世라는 융성기를 만들어냈다. 천보天寶 초 양귀비와의 사랑으로 정사에 손을 놓으면서 주변 신하들에게 권력 암투의 계기를 제공했고, 나라가 기울기 시작하여 결국 안사의 난을 초래했다.

　백거이의 이 장편의 서사시는 현종과 양귀비의 사랑에 대한 역사적 해석에 구속되지 않고, 두 사람의 사랑과 안사의 난으로 인한 비극적 결말, 영원한 사랑에의 갈구 등을 아름다운 형상 묘사, 서사와 서정의 절묘한 결합, 정련된 시어를 통해 독창적으로 표현해냄으로써, 역사적 사건과 인물을 예술적으로 승화해낸 작품이다. 시는 내용에 따라 네 단락으로 구분할 수 있다.

　①제1단락 : 황제가 여색 밝혀 경국미색 구하고자漢皇重色思傾國

　　　　　　　　　~임금님 넋 놓고 싫증 없이 바라보네盡日君王看不足

　이 부분은 양귀비의 진궁과 총애 독점, 현종과 양귀비의 애정 생활을 표현했다. 현종이 여색을 밝혀 온 나라에서 미인을 찾다가 양귀비를 만났고, 귀비는 입궁한 후 총애를 독차지하면서 형제자매들까지 은혜를 입게 되었는데, 이후 현종이 정사에 손을 놓으면서 서서히 비극이 만들어지고 있었다는 내용이다.

②제2단락 : 적군의 북소리 지축 흔들며 다가오니漁阳鼙鼓动地来

~고개 돌려 바라보매 피눈물 끊임없네回看血泪相和流

안록산의 난이 일어나 현종이 촉으로 몽진을 떠난 일, 도중에 양귀비에게 죽음을 내리게 된 일을 순서대로 묘사했다. 바로 이 시의 제목인 '긴 한'을 만들어낸 비극적인 사건이다. 시인은 이 대목에서 현종이 황음荒淫으로 나랏일에 관심을 두지 않아 안사의 난을 초래한 역사는 의식적으로 외면하고, 두 사람의 비극적 이별에 집중하여 전개한다. 이를 통해 이 시가 역사가 아닌 비극적 사랑을 담은 서사시로 재탄생하게 된다.

③제3단락 : 흙먼지 짙게 일고 바람도 어지러운데黃埃散漫风萧索

~혼백은 꿈에도 한 번 오지 않는구나魂魄不曾来入夢

이 부분은 양귀비가 죽은 후, 현종의 촉 지방 행궁에서의 적막함, 돌아오는 도중 마외파에서의 비통한 회고, 쓸쓸한 궁궐에서 잠 못 드는 밤 등을 표현했다. "마외파 그 언덕 아래 진흙 속에는 말없이 죽은 옥안 보이지도 않더라", "생과 사로 헤어진 채 벌써 여러 해, 혼백은 꿈에도 한 번 오지 않는구나" 등의 표현은 사랑하는 사람을 잃은 노황제의 아픔과 그리움을 잘 전달하고 있다.

④제4단락 :장안땅 사는 임공 출신 한 도사가臨邛道士鴻都客

~이들의 한은 끝날 날이 없으리라此恨綿綿無絶期

이 부분에서는 낭만적 기법으로 두 사람의 비극적 사랑을 영원한 사랑으로 승화시켜 낸다. 방사를 파견하여 양귀비의 혼백을 찾게 하고, 양귀비의 말을 통해 현종과의 사랑에 대한 슬픈 회고와 영원한 서약을 서술한다. 이 부분을 배치함으로써 이들의 사랑은 전란을 초래한 황음荒淫의 역사에서 환상적 서사를 지닌 낭만적 사랑으로 전환한다. 이 부분에서 나온 "하늘에선 비익조가 되고, 땅에선 연리지 되자"는 시구는 영원한 사랑을 맹세하는 표현으로 회자된다. 마지막 두 구 "하늘땅 영원해도 언젠가는 끝날지나, 이들의 한은 끝날 날이 없으리라"라는 표현은 정치적 이해로 인해 지키지 못한 사랑에 대한 탄식이자 그리하여 이 긴 한이 시공을 초월한 영원한 사랑으로 남았음을 표현한다.

이 시의 주제 혹은 백거이의 창작 의도에 대해서는 의견이 분분하여 쟁론이 끊이지 않는다. 그 중 대표적인 주장이 애정주제설, 정치주제설, 이중주제설 등이다. 애정주제설은 말 그대로 현종과 양귀비의 진실 되고 변함없는 사랑을 표현한 작품이라는 해석이다. 정치주제설은 이 서사시가 임금이 여색에 빠져 정치를 등한시하다 안사의 난을 초래했다는 것을 폭로하면서 후세에 경계를 하고자 하는 의도에서 창작했다는 주장이다. 마지막으로 이중주제설은 이 두 내용을 다 포괄하는, 즉 사랑을 찬양하면서 한편으로는 그로 인한 실정失政도 경계하는 작품이라는 설이다. 이 가운데 정치주제설은 전통적인 유가적 시교설詩教說의 각도에서 본 해석이다. 하지만 이 작품은 두 사람의 애정에 많은 무게가 실린 작품이라고 할 수 있는데, 그런 점에서 이 시는 전통적 문학관을 뛰어넘은 독창적 작품이라고 할 수 있다.

백거이의 「긴 한의 노래長恨歌」 이후, 두 사람의 사랑이야기는 수많은 문학작품과 예술의 소재로 재탄생했는데, 안사의 난과 당 왕조의 쇠락을 초래한 역사로서가 아닌, 순수하고 영원한 사랑의 아이콘으로 해석되고 수용되었다.

008

대나무를 새로 심고
新栽竹

고을일 마음이 내키지 않아
문 닫고 왕래 하지 않으니
마당에 가을풀이 자라난다.

야생 정취를 즐길 요량으로
대나무 백여 그루 심었는데
보고 있으면 산골짜기인 듯
마음속에 산속 정취가 이니
이따금 공무 한가로울 때면
하루종일 그 둘레를 맴돈다.

뿌리 덜 견고한들 어떠하랴.
그늘이 지지 않은들 어떠랴.
이미 뜨락의 작은 우주에는
청량한 기운 점점 넘치는데.

그 가운데 가장 좋은 것은
창문 가까이에 누워서 듣는
더넘바람에 사그락 사그락
댓잎이 서로 부딪는 소리.

佐邑意不適[1][2]	閉門秋草生
何以娛野性	種竹百餘莖
見此溪上色	憶得山中情
有時公事暇	盡日繞欄行[3][4]
勿言根未固	勿言陰未成
已覺庭宇內[5]	稍稍有餘淸[6]
最愛近窗臥	秋風枝有聲

주석

[1] **佐邑**좌읍 : 고을의 사무를 관장하다. 고을일을 보는 벼슬.

[2] **適**적 : 마음에 들다. 일치하다. 기쁘다. 평화롭다.

[3] **繞**요 : 두르다. 둘러싸다.

[4] **欄**란 : 난간. 울타리.

[5] **庭宇**정우 : 가옥. 정원.

[6] **稍稍**초초 : 점점. 차차로.

이 시는 백거이가 원화 원년806년 35세에 주질현위盩厔縣尉로 있을 때 지은 작품이다. 정원에 새로 대나무를 심고 얻게 된 정취를 노래했다.

고을 일이 마음에 내키지 않는 심사다. 문을 닫아걸고 이런저런 얽매임에서 벗어나고 싶다. 이럴 때 귀향하거나 자연으로 돌아간다고들 하지만, 그것도 쉽지 않은 일. 마당에 있는 어린 대나무로 그나마 만족해야 할 듯하다.

그런데 심은 지 얼마 안 된 대밭에서 뜻밖에도 죽림의 풍경과 정취가 묻어난다. 어린 대나무가 작은 뜨락에 온 우주를 담아내어 청량한 기운이 넘쳐난다. 아직 뿌리도 견고하지 않고 덜 자라서 댓잎도 무성치 않은데 말이다. 그뿐이랴. 가을바람 살랑살랑 불어올 때 댓잎이 엮어내는 자연의 소리란 세상 그 무엇과도 바꿀 수 없다. 댓잎이 무성해질 그 날을 기다리는 마음이 조급해진다.

백거이는 이 시에서 야생정취가 좋아서 정원에 대나무를 심었다고 했지만, 그보다도 올곧은 군자의 삶을 스스로에게 다지고자 대나무를 가까이 두었던 것으로 보인다. 정원 19년803에 지은 「양죽기養竹記」라는 글에서, 대나무를 빌어 현명함과 도를 지키고 자신을 굳게 지키고 살겠다는 의지를 표현했다. 그 일부를 보면, "대나무가 현인賢人과 같다고 하는데, 왜 그런가? 대는 근본이 굳으니, 굳기 때문에 덕을 세울 수 있다. 군자가 그 굳은 근본을 보면, 뽑히지 않게 잘 서야겠다고 생각하게 된다. 대는 성질이 곧으니, 곧기 때문에 입신할 수 있다. 군자가 그 굳은 성질을 보면, 우주 가운데 서서 기대지 않아야 한다고 생각하게 된다. 대는 속이 비었으나, 비었기 때문에 도를 체득할 수 있다. 군자가 그 빈 속을 보면, 쓰임을 위해 마음을 비워야 한다고 생각하게 된다. 대나무는 마디가 곧으니, 곧기 때문에 뜻을 세울 수 있다. 군자가 그 곧은 마디를 보면, 이름과 행동을 연마하여 쉬울 때든 어려운 때든 같은 자세를 취해야 한다고 생각한다. 이러한 이유로 군자는 대나무를 정원에 많이 심는 것이다竹似贤. 何哉? 竹本固. 固以树德. 君子见其本. 则思善建不拔者. 竹性直. 直以立身, 君子见其性. 则思中立不倚者. 竹心空. 空以体道, 君子见其心. 则思应用虚受者. 竹节贞. 贞以立志, 君子见其节. 则思砥砺名行. 夷险一致者. 夫如是. 故君子人多树之. 为庭实焉"라고 했다. 자연물 하나도 가벼이 대하지 않고 자신을 비추어 본 시인이다.

009

이 소부가 관사에서 보낸 시에 답하다

酬李少府[1]曹長[2]官舍見贈

허리를 숙이며 굽실거리고
두 손은 공손히 모으느라
심신이 편할 틈 없었지요.

한 번 벼슬길로 떨어지고야
관직의 고단함 알았답니다.

관청 일이 날마다 늘어가며
벼슬할 마음 날로 줄어드니
슬프군요, 푸른 관복 소매에
운향 향기 거의 남지 않았죠.

그나마 이 소부 그대가 있어서
이런 마음 풀어낼 수 있었으니
우리 둘은 흐르지 않는 물처럼

서로 아무런 갈등이 없었지요.

이따금 공무 도중 틈이 생기면
일부러라도 즐기라 권해주어서
저녁에 백마 타고 눈을 밟거나
봄엔 맑은 술로 한기 녹였지요.

달이 좋아 밤이면 함께 지내고
산을 즐겨 맑은 날 함께 봤으니
순박한 성품 서로 닮은 것이요
동료 관직이라서가 아니랍니다.

低腰復斂手[3 4]   心體不遑安[5]

一落風塵下[6]   方知爲吏難

公事與日長   宦情隨歲闌[7]

惆悵靑袍袖[8 9]   芸香無半殘[10]

賴有李夫子[11]   此懷聊自寬

兩心如止水[12]   彼此無波瀾

往往簿書暇[13]   相勸强爲歡

白馬晩蹋雪   渌觴春暖寒[14]

戀月夜同宿   愛山晴共看

野性自相近   不是爲同官

¹**李少府**^{이 소부}: 이름 등 구체적인 사적은 미상. 주금성朱金城의 전箋에 의하면 백 거이가 주질현위로 있을 때 알게 된 동료로 추정.

　참 小府소부: 상서성尙書省에 속하여 궁중에서 필요한 음식과 의복을 관장하는 관직.

²**曹長**^{조장}: 상서성의 승랑丞郞과 낭중郞中이 서로를 호칭할 때는 쓰는 말.

³**低腰**^{저요}: 허리를 굽히다. 비굴함을 표현하는 행위.

⁴**斂手**^{염수}: 손을 모아 공손함을 나타냄.

⁵**遑安**^{황안}: 편안하고 한가하다.

⁶**風塵**^{풍진}: 바람에 흩날리는 먼지와 흙. 진세塵世 즉 어지러운 세상이나 속세, 관직 세계 등을 비유.

⁷**宦情**^{환정}: 벼슬을 하고자 하는 의지. 벼슬하는 마음.

⁸**惆悵**^{추창}: 슬프다.

⁹**靑袍袖**^{청포수}: 푸른색 도포의 소매. 당대 정관貞觀 3년에 8품과 9품의 관복을 청색으로 지정함.

¹⁰**芸香**^{운향}: 풀 이름.

　참 芸香吏운향리: 비서성 교서랑을 지칭함.

¹¹**李夫子**^{이부자}: 이 소부를 말함.

¹²**止水**^{지수}: 흐르지 않는 물.

¹³**簿書**^{부서}: 관청의 정부 문서. 여기서는 그와 관련된 일을 하다는 뜻.

¹⁴**淥觴**^{녹상}: 술을 거르다. 걸러낸 맑은 술.

감상

이 시는 백거이가 35세^{원화 원년, 806년}에 주질현위盩厔縣尉로 있을 때, 동료인이 소부가 보낸 시에 답으로 적은 작품이다.

옛날 대장부가 벼슬을 꿈꾸는 것은 임금을 보좌하여 나라가 잘 다스려지도록 하기 위함이었다. 그러나 현실에서 하급관리가 할 수 있는 일이란 그 높은 이상과는 거리가 멀고, 높은 벼슬아치 앞에서는 자신을 낮추느라 정신없고, 날마다 늘어가는 격무 앞에서는 바쁘고 고단할 뿐이다. 그렇게 관직 생활의 어려움과 허무함을 알아가면서, 점차 열정보다 회의감이 가슴을 채운다. 이럴 때마다 마음 맞는 이 소부가 동료로 있어 직무의 어려움과 고민을 나누고 짬을 내어 함께 달을 감상하거나 산에 올랐으며 술잔을 기울일 수 있었다.

오늘 그런 벗이 편지를 보내왔고, 반가운 마음에 써 내려가는 답신에는 진실한 속마음이 절로 담긴다. 그대의 순박한 성품이 나와 비슷하여 자연스럽게 그대에게 다가갈 수 있었노라고, 결코 업무상 동료라는 이유로 피치 못해 어울렸던 것이 아니라고, 우리는 진심이 통하는 친구 아니겠냐고.

요즘도 직장 생활을 힘들게 하는 것은 업무의 내용보다는 인간관계 때문이라고들 한다. 이 시를 보면 이 시절 백거이도 상사를 대하느라 힘들었고 이 소부와 같은 동료가 있어 그나마 버텨낼 수 있었던 듯싶다. 예나 지금이나 직장 생활은 인간관계가 좌우한다.

010

강남에 있는 형제에게

寄江南[1]兄弟

멀리 헤어진 골육이 그리워도
명리에 이끌려 나다니다 보니
하나는 먼지 속에 말을 내닫고
하나는 세찬 파도에 배를 띄운다.

우리 형제 헤어지던 그 날
차마 말을 못 잇고 우두커니
가을바람 앞에 서 있었지.

그리고 수많은 낮과 밤이
쌓이고 쌓여 어느덧 일곱 해.

이곳 장안성에는 꽃이 지는데
그곳 장강 하늘엔 봄 깊으리라.

누대에 높이 올라서서
아득히 동남쪽을 바라본다.
날던 새도 점으로 사라지고
아지랑이 흐릿한 먼 저곳.

거기까지 거리는 얼마나 될까?
여정으로 치면 근 삼천 리 길
평지라 해도 보기 어려운 거리
하물며 산천이 막고 있음에랴.

分散骨肉戀	趨馳名利牽 [2][3]
一奔塵埃馬 [4]	一泛風波船
忽憶分手時	憫黙秋風前 [5]
別來朝復夕	積日成七年
花落城中池	春深江上天
登樓東南望	鳥滅烟蒼然 [6]
相去復幾許	道里近三千
平地猶難見	況乃隔山川

주석

[1]江南강남: 장강長江 남쪽.

[2]趨馳추치: 분주히 다니다. 직책에 임하다.

[3]名利명리: 명예와 이익. 주로 관직 생활을 의미함.

⁵ 憫黙민묵: 근심으로 인해 아무 말을 하지 않다.

⁶ 蒼然창연: 빛이 흐릿함. 저녁 빛이 어둑어둑함.

감상

　이 시는 백낙천이 36세원화 2년, 807년에 주질현위盩厔縣尉로 있을 때, 멀리 떨어진 형제에 대한 그리움을 담은 작품이다.

　현실은 거부하기 힘든 힘을 지녔다. 내 앞에 얽히고설킨 온갖 일들과 수많은 인연, 거기에 더해 내 욕망까지. 그래서 현실을 떠난다는 것은 누구도 쉽게 선택할 수 있는 일이 아니어서, 마음은 저기 있어도 몸은 여기에 두고 하루하루 살아가곤 한다. 그런 현실은 때로는 부모형제와의 만남이나 간절한 그리움도 저 뒤로 밀어두게 한다. 내가 바쁜 것을 부모님은 다 이해하시겠지, 형제들은 내 마음 다 알거야 하는 말로 나를 위로하며 오늘도 우리는 그렇게 살고 있다.

　젊은 백거이도 출세와 명리를 위해서든 먹고살 방도를 위해서든, 관직에 치여 형제는 늘 그리움으로 남겨두었다. 어릴 적부터 먹고살기 위해 고생을 함께 해왔던 가슴 아픈 형제들 아닌가! 그런데 정신을 차리고 보니, 어느새 7년 세월을 만나지 못했다. 언제 다시 만날 수 있을지 기약도 없이 헤어져야 했던 그 날, 먹먹해 오는 심정을 누르느라 차마 말을 잇지 못했던 기억. 그리고 현실에 치여 한 사람은 이곳 장안성에서, 한 사람은 저 먼 장강 가에서 객살이 중이다.

　형제가 있는 그곳은 여기와 많이 다르리라. 여기는 봄꽃이 막 필 무렵인데 거기는 이미 봄이 다 익었을 것이고, 여기에 흰 눈이 내릴 때도 거기는 여전히 가을빛이 남아있으리라. 만나러 가자 하니 거리가 너무 멀고 내가 매여 있는 현실도 녹록치 않다. 이럴 때면 요즘이야 영상통화로 간단하게 해결이 되겠지만, 이 형제들에겐 그저 편지를 주고받거나 높이 올라 그쪽을 바라보며 위로 삼는 수밖에 없었으리.

하늘을 나는 새도 점으로 사라져버리는 저 하늘 그 너머 어디쯤, 산천이 가로막고 있어 볼 수 없다는 것을 알면서도 마음과 눈길은 여전히 그곳으로 달려간다. 그리운 형제는 오늘도 잘 있겠지?

011

곡강의 이른 가을
曲江[1]早秋
[원화 2년작 · 二年作]

붉은 여뀌꽃 핀 연못에

가을이 일렁이고

푸른 풀 무성한 언덕에

석양이 비칠 제

홀로 말에다 몸을 맡긴 채

곡강 연못 사방을 거닌다.

비 그치고 기운 선선하더니

해지며 남은 더위 사라졌네.

무더위 식었단 기쁨도 잠시

계절변화가 어느새 슬프다.

내 나이 이제 서른여섯이오

저녁은 아침으로 이어질 터

일흔까지 사는 인생도 드문데
그 일흔에 반이 막 지났구나.

이젠 술도 마시고 웃으며 살리라
갈바람 인다고 탄식도 않고.

秋波紅蓼水[2]	夕照靑蕪岸
獨信馬蹄行	曲江池四畔
早涼晴後至	殘暑暝來散
方喜炎燠銷[3]	復嗟時節換
我年三十六	冉冉昏復旦[4]
人壽七十稀[5]	七十新過半
且當對酒笑	勿起臨風嘆

주석

[1] 曲江곡강 : 곡강지曲江池. 장안長安 즉 현재의 산시성陝西省 시안西安 시 동남쪽에
있는 연못. 당대에는 중화절中和節이나 삼짓날上巳日과 같은 명절이면 많은
사람이 이곳에 모여 놀았다고 함.

[2] 紅蓼홍료 : 붉은색 여뀌 풀.

[3] 炎燠염욱 : 무더위. 불볕더위.

[4] 冉冉염염 : 천천히 나아가는 모양.

⁵人壽七十稀인수칠십희 : 일흔까지 사는 사람은 많지 않다는 뜻. 두보의 시 「곡강 2수曲江二首」 제2의 "술빚은 자주 가는 곳마다 있지만, 인생에 칠십까지 사는 사람은 예부터 드물다酒債尋常行處有, 人生七十古來稀"에서 유래함.

감상

이 시는 백거이가 36세원화 2년, 807년에 주질현위盩厔縣尉 겸 집현교리集賢校理로 있을 때 작품이다. 이른 가을 곡강을 산책할 때 드는 감회를 표현했다. 곡강은 옛날에는 의춘원宜春苑, 낙유원樂遊原, 부용원芙蓉園으로도 불렸던 이름에서 알 수 있듯이, 장안성에서 봄맞이 소풍을 하거나 연꽃을 구경하는 대표적인 행락지였다.

가을 산책을 나섰다. 발길이 자연스레 곡강으로 향한다. 곡강 연못 주위를 이리저리 거닐다 보니 비가 그친 후라 가을 기운이 어느새 성큼 와 있다. 나도 모르는 사이 계절도 바뀌고 나도 나이를 먹어가는구나 싶으니, 이제 좀 느긋하게 즐기면서 살아가리라는 마음 다짐을 문득 한다는 내용이다. 서른여섯에 하는 마음 다짐치고는 요즘 기준으로는 좀 생경하지만 그 시대를 감안해서 이해할 일이지 싶다. 그보다도 가는 세월 오는 계절 탓하지 말고 즐기며 살아야 한다는 것만큼은 그 시대나 지금이나 변함없는 명제다.

당대의 장안성은 대명궁大明宮 남쪽으로 뻗은 주작대로朱雀大街를 증축선으로 하여 좌우 대칭형 구조였다. 성 사방으로 출입문이 있고, 성 내에는 격자형으로 108개의 방坊이 배치되었다. 곡강은 장안성 동남쪽에 있는 커다란 연못인데, 장안성 궁성이 해발 400m인데 곡강은 해발 460m여서 지형적으로는 장안성에서 가장 높은 곳이었다. 최근의 연구를 종합하면, 황실 연못 구역인 부용원과 일반 백성이 자유롭게 이용할 수 있는 곡강지曲江池로 구별되었는데, 이 둘을 아울러 곡강이라고 불렀다고 한다.

곡강은 이름 그대로 물이 굽어 흐르기 때문에 생긴 이름으로 남북 약 5km, 동서 5~600m 정도이다. 진秦 나라 때는 이곳에 황실의 이궁과 원림이 있었는데, 수나라 때에 성 밖을 흐르던 물길을 성안으로 끌어들여 부용지와 부용원芙蓉苑을 만들었다고 한다. 당대에는 측천무후則天武后의 딸 태평공주太平公主가 곡강에 정자를 짓고 즐기면서 황실의 주목을 받기 시작했다. 이후 현종玄宗이 "개원 연간 땅을 뚫어 막힌 물을 통하게 하자 빼어난 풍광이 되었다. 남쪽에는 자운루紫雲樓와 부용원芙蓉苑이, 서쪽으로는 행원杏苑과 자은사慈恩寺가 있었다. 꽃과 초목이 주위를 둘러싸고 안개 낀 물이 아름답고 예뻐서 도성 사람들이 노닐며 즐겼다"康駢, 『劇談錄』 卷下 「曲江」. 이렇게 현종이 보수공사를 진행하여 백성들에게 개방하면서 중화절中和節이나 삼짓날上巳日 등 명절이 되면 많은 사람이 모여 노는 곳이 되었다.

곡강에서의 행락에 빠질 수 없는 것이 과거 급제자들을 위한 축하연이었다. 대표적인 것이 이부吏部의 시험을 통과한 사람들을 위한 축하연인 관연關宴이다. "진사들의 관연은 늘 곡강에서 벌어졌다. 주연을 마친 후에는 뱃놀이를 하며 풍류를 즐겼는데, 대체로 이것이 관례가 되었다. 연회가 벌어지기 며칠 전부터 임시 점포들이 곡강 나루 주변에 빽빽이 들어섰다. 연회 당일에는 온 도성의 귀족 집안에서 모두 나와 구경했는데, 그중에 사윗감이 될 만한 사람이 있으면 열에 여덟아홉은 금은보화로 아로새긴 수레에 구슬로 장식한 말안장을 얹어 다투어 왔다."『당척언(唐摭言)』 卷3 참조 이처럼 곡강은 상춘객과 과거 급제자들의 축하 연회가 개최되던 지역이었다. 이러한 곡강의 유흥 문화는 당 현종 대에 성행하다가 안사의 난으로 곡강이 훼손되자 점차 쇠퇴했다. 문종文宗 때 곡강 주위의 누각을 다시 수리하면서 잠시 부흥했으나 다시 쇠퇴의 길을 걸었다.

012

원구와 헤어진 후 소회를 읊다
別元九[1]後詠所懷

시들어 떨어지는 오동잎 비
쓸쓸히 무궁화꽃에 부는 바람.
서늘하게 이는 초가을 기운이
이런 으늑함 속에서 생겨나네.

게다가 친한 벗과 헤어졌으니
마음에 어떤 기쁨이 있겠는가.
배웅하지 않았다 하지 마시게
마음은 청문에 가 있었다네.

벗이 많고 적음이 중요하랴?
그저 마음이 같으면 그만이지.
내 지기 한 명 떠났을 뿐인데
온 장안성이 텅 빈 듯하다오.

零落桐葉雨^2　　蕭條槿花風

悠悠早秋意^3　　生此幽閑中

況與故人別　　中懷正無悰^4

勿云不相送　　心到靑門東^5

相知豈在多　　但問同不同

同心一人去　　坐覺長安空

감상

　이 시는 백거이가 36세이던 원화 2년807년 장안에서 지은 작품이다. 원화 1
년 9월 원진이 하남위河南尉로 좌천되어 장안을 떠날 때 백거이는 주질현위盩
厔縣尉로 재직 중이어서 배웅을 하지 못했다. 이 시는 그 이듬해에 당시 원진을 직접 배웅하지 못한 아쉬움과 그리움을 담아낸 시다.

넓은 오동잎이 후두둑 후두둑 비처럼 떨어지며 사람들의 마음을 공연히 들쑤셔 놓는다. 청나라 강희제도 "오동나무 잎새 하나 지고 나면, 온 세상 사람들이 가을이 왔음을 안다梧桐一落葉,天下盡知秋"고 했었다. 이 시도 그런 계절에 촉발된 감정이다. "자네 아는가? 이렇게 오동잎이 비처럼 요란하게 지는 날이거나 무궁화 꽃에 부는 바람이 유독 소슬한 날이면, 장안성은 텅 빈 듯하다네. 그대 한 사람 떠난 후로는 말이지."

이 시에서 백거이가 몸은 갈 수 없어도 마음은 가 있었다는 청문靑門은 장안성 동문 가운데 하나로 전통적으로 송별을 상징하는 장소로 여겨졌다. 청문을 거쳐 나가면 파수灞水가 흐르고 그 위에 파교灞橋가 있었다. 장안에서 낙양성과 같은 동쪽을 갈 때는 이 청문과 파교를 거쳐야 했고 서쪽 실크로드를 향할 때는 서북쪽 위수渭水의 함양교咸陽橋를 건너야 했다. 원진은 하남위로 좌천되어 가는 것이라 당연히 이 청문과 파교를 통해 장안을 떠나게 된다.

파교는 주변 방죽에 버드나무가 많이 늘어서 있어 길 떠나는 사람에게 버드나무 가지를 꺾어주는 풍습이 생겨난 곳이다. 그 의미에 대하여 여러 가지 해석이 있으나, 번식을 잘하고 잘 자라는 버드나무의 강인한 생명력을 빌어, 길 떠나는 사람의 안녕을 기원하는 마음을 담은 것이라는 견해가 일반적이다. 『개원천보유사開元天寶遺事』에 의하면 "장안 동쪽 파릉灞陵에 있는 다리는 오는 이를 맞이하고 떠나는 이를 전송하는 곳이어서, 모두 이 다리를 이별의 장소로 삼는다. 그래서 사람들은 이 다리를 쇄혼교鎖魂橋라고 부른다". 쇄혼교 즉 혼이 사라져버리는 다리라는 뜻인데 헤어짐이 너무 슬퍼 정신을 가눌 수 없음을 표현한 것이다. 그래서일까. 이곳 방죽의 버드나무는 가지가 너무 짧아져서 원래의 축축 늘어진 모습을 보기 힘들었던 듯하다. 맹교의 「절양류絶

楊柳」에 "멀리 가는 길손마다 꺾어줬으니, 가지를 어찌 길게 늘어뜨릴 수 있겠는가贈遠累攀折, 柔條安得垂"도 그런 느낌을 담은 싯구다. 늘어선 버드나무의 연한 가지가 초록빛을 띠고 봄바람에 살랑거리며 흔들리는 모습은 헤어지는 사람들의 차마 돌아서지 못하는 애절한 마음을 시각적으로 보여주는 듯하다. 그런데 하도 꺾어서 가지가 늘어져 흔들리는 모습을 볼 수 없다면, 차마 떠나보내지 못하는 마음은 또 어떻게 표현할 수 있을까.

013

주질현 청사 앞 소나무 두 그루를 읊어 부치다

寄題盩厔廳前雙松

[소나무 두 그루는 선유산에서 현 청사로 옮겨 심은 것이다 · 兩松自仙遊山[1]移植縣廳]

옛날 주질현위로 있던 시절
온종일 굽실대며 힘들었지.
퇴근해도 마음 놓지 못하니
심신을 달랠 방법이 없었네.

소나무 두 그루 직접 옮겨와
반가운 손님 대하듯 키웠지.

봄부터 하루 한 번씩 가보니
생기가 돌아 점차 푸릇푸릇
맑은 솔바람 가을에도 여전코
푸른 솔잎도 나날이 새로웠네.

원래가 계곡 풍경을 좋아하여
성안의 봄은 즐기지 않았는데

가끔씩 낮에도 문을 닫아걸고
나홀로 두 소나무를 마주하면
하루종일 있어도 심심치 않아
마음엔 세 사람 있는 듯했네.

갑작스레 대궐의 조서 받들며
한림원 신하로 불리어 왔는데
한가해지자 슬픈 기분이 드니
마치 친한 벗과 헤어진 느낌.

예감했었네. 푸른 솔가지 보며
감상할 시간이 길지 않을 것을.
후회스럽네. 흰 구름 속 너를
시끄런 세상에 밀어 넣었음을.

憶昨爲吏日	折腰多苦辛[2]
歸家不自適	無計慰心神
手栽兩樹松	聊以當嘉賓
乘春日一往[3]	生意漸欣欣[4]
清韻度秋在[5]	綠茸隨日新[6]
始憐澗底色[7]	不憶城中春
有時晝掩關	雙影對一身
盡日不寂寞	意中如三人

忽奉宣室詔[8]　　征爲文苑臣[9]

閑來一惆悵　　恰似別交親

早知烟翠前[10]　　攀玩不逡巡

悔從白云里　　移爾落囂塵

주석

[1]仙遊山선유산: 지금의 산시성陝西省 주질현盩厔縣 근처에 위치한 산. 그 안에 선유사라는 절이 있음.

[2]折腰절요: 허리를 굽히다. 『진서晉書·은일전隱逸傳·도잠陶潛』에서 "나는 쌀 다섯 말 때문에 허리를 굽히며 향리의 소인을 받들 수 없다吾不能爲五斗米折腰, 拳拳事鄉里小人耶"에서 유래. 이후에는 자신을 굽혀 남을 받들다는 뜻으로 사용됨.

[3]乘春승춘: 봄이 되어.

[4]欣欣흔흔: 초목이 무성한 모양.

[5]淸韻청운: 맑고 조화로운 소리. 여기서는 소나무에 부는 바람소리를 지칭.

[6]綠茸녹용: 가늘고 빽빽한 푸른 풀 또는 그러한 모양.

[7]澗底色간저색: 간저송澗底松의 느낌.

(참) 澗底松간저송: 계곡 아래에서 자라는 소나무를 말하며 능력과 인품이 뛰어나지만 지위는 낮은 사람을 비유.

[8]宣室선실: ① 상商나라의 궁궐 이름. ② 한나라 미앙궁未央宮에 있던 전각 이름이 선실전宣室殿임. ③ 궁궐의 의미로 쓰임.

[9]文苑문원: 문인들이 많이 모인 곳. 여기서는 백거이가 벼슬을 하던 한림원.

[10]烟翠연취: 안개 낀 듯한 푸르름. 여기서는 솔가지의 모습을 묘사한 것으로 해석.

攀玩반완: 매달려 놀다. 붙잡고 오르며 장난하다.

逡巡준순: 지연하다. 늦추다.

囂塵효진: 시끄러움과 먼지. 걱정 많은 속세를 비유.

감상

　이 시는 백낙천이 36세원화2년, 807년에 장안에서 좌습유左拾遺 겸 한림학사翰林學士로 있으면서 지은 작품이다. 좌습유는 황제 가까이에서 백관을 탄핵하고 천자에게 간諫을 올리는 간관諫官이다. 중서성中書省 소속 간관을 우습유右拾遺, 문하성門下省 소속 간관을 좌습유左拾遺라 하며 종팔품상從八品上의 관직이다. 백거이는 원화 5년까지 이 관직에 있었다.

　이 시는 장안으로 오기 전 주질현에서 청사 앞에 소나무를 심어두고 마음의 위로를 얻었던 것을 내용으로 한 시이다. 백거이는 벼슬살이를 하며 자신을 굽히거나 다스려야 했던 시절에, 그 심신의 괴로움을 소나무의 푸르름과 솔바람 맑은 소리를 통해 위로받을 수 있었음을 표현했다. 그리고 원래 흰 구름 속에 있던 소나무를 시끄럽고 복잡한 세상으로 옮겨 심었다고 하면서, 그 소나무가 지닌 고고한 품격의 의미를 살려냈다. 비슷한 시기에 지은 「소나무 장사꾼에게」라는 시에서도 "푸르고 푸른 저 소나무, 깊은 계곡에서 옮겨 온 것. 파온 지 며칠이나 되었다고, 잎이고 가지고 온통 먼지투성일세. 사지 않은 것은 다른 이유가 아닌, 장안성 안에는 심을 곳이 없어서라오―束蒼蒼色, 知從澗底來. 斸掘經幾日, 枝葉滿塵埃. 不買非他意, 城中無地栽"「贈賣松者」라며 소나무의 고고한 품격이 장안성과 같은 명리 다툼이 치열하고 시끄러운 세속에는 어울리지 않는다는 마음을 표현했다.

014

한림원에 가을이 느껴져 왕질부를 그리워하다

翰林院¹中感秋懷王質夫²

[그는 선유산에 산다 · 王居仙遊山]

가을은 어느 때 느껴지는가.
궁궐에 매미소리 막 들릴 때.

회화나무에 가을기운 돌더니
저녁 바람에 꽃잎 분분하다.

몸은 벼슬살이를 하면서도
마음은 저 갈매기를 따르니

오로지 왕 거사 자네만은
내 백운의 꿈을 이해하리라.

언제쯤이나 선유사에 들러
못가에서 자네를 만나런지.

何處感時節　新蟬禁中聞[3][4]

宮槐有秋意[5]　風夕花紛紛

寄跡鴛鷺行[6]　歸心鷗鶴群[7]

唯有王居士[8]　知予憶白雲[9]

何日仙遊寺[10]　潭前秋見君[11][12]

주석

[1] **翰林院**한림원 : 당대에 황제에 직속되어 조서나 외교문서 작성, 역사서 편찬 등의 업무를 보던 곳. 주로 문장에 뛰어난 문인들이 선발되어 배치됨.

[2] **王質夫**왕질부 : 사람이름. 구체적인 생평은 미상. 주질현 근처 선유사仙遊寺에 은거했던 인물. 백거이가 주질현위이던 시절부터 교유가 있었음.

[3] **新蟬**신선 : 쓰르라미.

[4] **禁中**금중 : 궁궐 안.

[5] **宮槐**궁괴 : 회화나무. 일명 홰나무. 콩과에 속하는 낙엽교목으로 8월에 연한 황색꽃이 핀다. 주대周代에 조정에 이 나무를 세 그루 심어서 삼공三公의 좌석표지로 삼았는데, 이후로 궁중에 홰나무를 많이 심어 얻게 된 이름임.

[6] **鴛鷺行**원로행 : 조정에 늘어선 관리의 지위나 순서. 넓은 의미로는 조정 관직의 뜻.

> **참** **鴛鷺**원로 : 원앙과 백로. 혹은 '鵷鷺원로'라고 쓰기도 하는데, 원추새와 백로를 말한다. 이 새들의 모습이 단정하고 우아하여 조정에 늘어선 백관의 질서 정연함이나 관리 행렬을 일컫기도 함.

[7] **鷗鶴群**구학군 : 갈매기나 학의 무리. 벼슬을 버리고 물러나 자연에서 갈매기나 학처럼 자유롭고 한가롭게 사는 생활이나 심경을 비유함.

⁸王居士왕거사: 왕질부를 말함.

참 居士거사: 재주와 덕망은 있으나 벼슬을 하지 않는 사람.

⁹白雲백운: 흰 구름. 은거를 비유.

¹⁰仙遊寺선유사: 절 이름. 지금의 산시성陝西省 주질현盩厔縣 남쪽에 위치. 수대隋代
에는 선유궁仙遊宮으로 불리며 문제文帝의 피서행궁避暑行宮이었다가 당 선종
宣宗 때 절로 바뀜. 흑하黑河를 경계로 두 개의 절로 나뉘는데, 남쪽의 절을
선유사仙遊寺, 북쪽의 절을 중흥사中興寺라 함.

¹¹潭담: 선유담仙遊潭. 오룡담五龍潭으로도 불림. 선유사와 중흥사 사이에 있는
연못으로, 당대 시인들이 자주 모이는 장소였다.

¹²君군: 왕질부를 일컬음.

감상

이 시는 백거이가 장안長安에서 좌습유左拾遺 겸 한림학사翰林學士로 있을 때
주질현盩厔縣의 선유산仙遊山에 사는 왕질부王質夫를 그리워하며 지은 작품이
다. 백거이가 37세원화 3년, 808년이던 해 가을에 지었다. 한림학사는 황제를 가
까이에서 모시며 조서詔書를 작성하는 일을 한다. 당 초에는 한림대조翰林待詔,
한림공봉翰林供奉으로 불리다가 개원開元 26년 한림학사로 개명했다. 정식 관
청이 아니기 때문에 학사들은 본 관직을 갖고 있으면서 한림학사 일을 겸하
며, 별도의 품계는 없다. 백거이는 원화 2년807년, 36세부터 원화 6년811년, 40세
모친의 죽음으로 복상服喪하기 전까지 한림학사를 지냈다.

궁중 한림원 근처 한 귀퉁이에서 쓰르라미가 애처롭게 울어댄다. 저녁 무
렵에는 바람이 선선하더니 궁중의 회화나무 꽃이 분분히 흩날린다. 가을이
왔음이라. 뜨거웠던 여름, 계절도 이제 그 절정을 넘어섰고, 오늘 하루도 이

제 저물어간다. 상념이 깊어지는 시간, 시인의 마음이 쓸쓸해진다. 마음은 저 갈매기나 학처럼 자연 속에서 자유롭고 한가하게 살고 싶은데 몸은 이 구중 궁궐에 매여 있다. 말로도 할 수 없는 이 심정, 내 백운의 꿈을 왕질부 말고 누가 이해해 주랴.

그러나 벼슬살이에 매여 있는 이 몸은 선유사에 있는 왕질부도 언제 찾아가 만날 수 있을지 기약할 수가 없다. 겨우 이 편지를 써서 그리움을 달래보지만, 쉬이 만날 수 없으면 더 그리운 법이다.

015

주진촌 이야기
朱陳村[1]

서주 옛골 풍현의
주진촌이라는 마을.
현청에서 백여 리
뽕나무 무성한 곳.

베 짜는 소리는 짤깍짤깍
소 나귀 오가느라 부산한,
여자는 계곡에서 물 긷고
남자는 산에서 땔감하는 곳.

현청이 멀어 늘 공무가 적고
산이 깊어 풍속 순박한 동네.
재물 있어도 내다 팔지 않고
장정도 군대 소집이 없는 곳

집집마다 마을 농사 참여하고
머리가 세도 마을 뜨지 않아
살아서는 주진촌의 주민이요
죽어선 주진촌 먼지로 남는 곳.

논밭에 있던 늙은이와 젊은이
서로 만나면 어찌나 반기는지.
마을에는 오직 주 씨 진 씨뿐
대대로 혼인으로 이어져 왔네.

가까우나 머나 일족으로 살며
젊으나 늙으나 어울려 즐기니
누런 닭과 맑은 술 마련하여
열흘이 멀다 하고 함께 노네.

산 사람은 멀리 안 헤어지려고
시집도 장가도 이웃으로 가고
죽은 사람은 멀리 묻지 않으니
무덤들이 모두 마을을 둘렀네.

삶과 죽음이 이렇게 편안하니
육신도 마음도 괴롭지 않아서
장수하는 노인은 부지기수요

현손을 보는 이들도 있다네.

나는 예의지향에서 태어났고
어려서부터 외롭고 가난했네.
배운 것이라고는 시비 분별
스스로 매운 노력을 해왔네.

세상 법도는 명교를 떠받들고
선비는 관직과 혼사 중시하니
그런 것에 내 삶을 얽어매어
인생사 참으로 크게 그르쳤네.

열 살에 책을 읽어 이해했고
열다섯에 글을 잘 지었으며
스무 살에 수재에 합격하여
서른에 간관 벼슬에 올랐지.

아래로 아내와 자식 여럿이요
위엔 임금과 부모 은혜 가득해
가문 계승하고 나랏일 받들 일
불초한 이 한 몸에 맡겨졌다네.

여기저기 떠돌았던 지난 세월

세어보니 지금까지 열다섯 해.
일엽편주로 초땅을 세 번이요
여윈 말로 장안을 네 번 갔지.

낮 길엔 배고픔 따라 다녔고
밤 잠도 편히 잠들지 못한 채
쉴 새 없이 동서로 움직이고
구름 오가듯 이리저리 오갔네.

난리 통에 고향 버려 떠나니
부모 형제 뿔뿔이 헤어졌고
먼 강남땅에 강북 지역까지
친척 친지가 흩어져 산다네.

평생을 헤어진 채 살다 보니
죽었단 소식 해 지나 들으면
아침에 괴로워 누워 저녁맞고
밤새 앉아 울다 새벽 맞았네.

슬픔의 불꽃 마음을 불태웠고
시름의 서리 귀밑털 파고드니
한세상 이토록 고달픈 내 인생
늘 주진촌 사람이 부러웠다오.

徐州古豐縣² 有村曰朱陳

去縣百餘里 桑麻青氛氳

機梭聲札札³ ⁴ 牛驢走紜紜⁵

女汲澗中水 男采山上薪

縣遠官事少⁶ 山深人俗淳

有財不行商 有丁不入軍

家家守村業 頭白不出門

生爲村之民 死爲村之塵

田中老與幼 相見何欣欣⁷

一村唯兩姓 世世爲婚姻

親疏居有族 少長遊有群

黃鷄與白酒 歡會不隔旬

生者不遠別 嫁娶先近鄰

死者不遠葬⁸ 墳墓多繞村

旣安生與死 不苦形與神

所以多壽考⁹ 往往見玄孫

我生禮義鄉 少小孤且貧

徒學辨是非 只自取辛勤

世法貴名敎¹⁰ 士人重冠婚¹¹

以此自桎梏¹² 信爲大謬人¹³

十歲解讀書 十五能屬文¹⁴

二十擧秀才¹⁵ 三十爲諫臣

下有妻子累 上有君親恩

承家與事國　　望此不肖身¹⁶

憶昨旅遊初　　迨今十五春¹⁷

孤舟三適楚　　羸馬四經秦

晝行有飢色　　夜寢無安魂

東西不暫住　　來往若浮雲

離亂失故鄉¹⁸　　骨肉多散分

江南與江北　　各有平生親

平生終日別　　逝者隔年聞

朝憂臥至暮　　夕哭坐達晨

悲火燒心曲¹⁹　　愁霜侵鬢根²⁰

一生苦如此　　長羨村中民

주석

[1] 朱陳村주진촌: 장쑤성江蘇省 서주徐州 부리현符离縣에 있는 마을.

[2] 徐州서주: 장쑤성 북쪽의 지명.

[3] 機梭기사: 베틀과 북. 베를 짜는 행위를 일컬음.

[4] 札札찰찰: 베틀 소리의 의성어.

[5] 紜紜운운: 복잡하고 어지러운 모양.

[6] 官事관사: 관가의 일. 공무.

[7] 欣欣흔흔: 기뻐하는 모양.

[8] 不隔旬불격순: 열흘을 넘지 않다.

[9] 壽考수고: 오래 살다. 장수.

[10] 名教명교: 유교에서 말하는 일체의 예의와 가르침. 개인과 국가 간에 필요한

모든 윤리와 예의를 말함.

¹¹冠婚관혼: 관직과 혼사. 관冠은 관모, 관직의 의미.

¹²桎梏질곡: 속박. 족쇄.

¹³謬人유인: 사람을 그르치다. 인생을 그르치다.

¹⁴屬文속문: 글을 짓다.

¹⁵秀才수재: 뛰어난 인재. 여기서는 과거의 진사과에 급제한 사람.

¹⁶不肖身불초신: 못나고 어리석은 사람. 자신을 겸손하게 낮추어 이르는 말. 여기서는 백거이 자신을 지칭.

¹⁷迄今태금: 지금까지.

¹⁸離亂이란: 난을 피하여 도망하다.

¹⁹心曲심곡: 마음 깊은 곳. 심정.

²⁰愁霜수상: 근심으로 인해 생긴 흰머리.

감상

이 시는 백거이가 자신이 생각하는 이상적인 삶의 방식을 주진촌에서 발견하고, 이와 상반된 삶을 살고 있는 자신의 삶을 돌아보며 인생의 의미를 성찰하는 내용으로 구성되었다. 대략 37세에서 39세 사이원화 3~5년, 808~810년에 서주徐州 또는 장안에서 지은 작품으로 추정된다.

백거이는 팽성현령彭城縣令으로 부임하는 부친을 따라 열한 살 때부터 서주 부리현符離縣 주진촌朱陳村에서 약 십여 년을 살았다. 이 시와 다음에 나오는 시 「술을 마신 후 유 주부가 준 긴 시에 빠르게 써서 화답하고 이를 또 장대와 가이십사 선배의 형제들에게 부치다醉後走筆酬劉五主簿長句之贈兼簡張大賈二十四先輩昆季」의 내용을 보면, 어릴 적 주진촌에 살던 때가 백거이에게는 나름대로 평화로운 시기여서 좋은 기억으로 남아있는 듯하다.

주진촌은 남자는 남자대로 여자는 여자대로 그 역할을 잘 지키고 개인의 이욕보다는 마을의 화목을 우선하여 서로 화합하며 살아가는 마을이다. 그 래서 사람들은 마을을 떠나길 원하지 않아, 동네에서 배필을 찾고 마을 주변 에 무덤 자리를 만든다는 설명이다. 삶과 죽음이 편안한 곳, 몸과 마음이 수 고롭지 않고 평화로운 곳이 바로 주진촌이고 자신이 부러워하는 삶이었다. 그러나 현실 속 백거이는 벼슬과 집안의 명성에 얽매여 삶을 계획하거나 혼 인을 해왔는데, 돌아보니 그것이 구속이었음을 발견한다. 또 예의지향禮儀之 鄕에서 태어나 부모 잘 봉양하고 나랏일 온 마음으로 받들고자 했으나, 현실 은 육친과 헤어져 동분서주하고 춥고 배고픈 삶이었다. 심지어 사랑하는 이 의 죽음조차 해를 넘겨 알게 되어 슬픔으로 몇 날을 지새운, 시리고 맵고 고 달픈 삶이었다. 숯덩이처럼 타버린 가슴, 시름으로 가위눌린 몸짓으로, 주진 촌 사람들이 늘 부러웠다고 하는 마지막 한 줄에 백거이의 인생 가치관이 잘 드러난 시라고 할 수 있다.

016

술을 마신 후 유 주부가 준 긴 시에 빠르게 써서 화답하고 이를 또 장대와 가 이십사 선배의 형제들에게 부치다

醉後走筆[1]酬劉五主[2]簿長句之贈兼簡張大[3]賈二十四[4]先輩[5]昆季[6]

유 형은 글이 뛰어나고 행동 올연하여
십오 년 전 이미 이름이 났었습니다.
그때 부리현에서 서로 알게 되었는데
제 나이 스물 형 나이 서른이었지요.

마음 서로 통하니 나이 차이 상관없어
한 고을 살며 날마다 어울렸었습니다.
아침이면 쓸쓸한 누옥에 저를 방문했고
저녁엔 적막한 고찰로 형을 찾아갔지요.

아침저녁 오가며 언제나 함께 했는데
궁벽한 동네 뭐 할 것이 있겠습니까?
가을밤이면 등잔불 아래 연구시 짓고
춘설 내린 아침엔 난한주 기울였지요.

푸른 비호의 흰 갈매기를 좋아했고
맑은 수수의 살진 잉어 사랑했답니다.
한가롭게 꽃가지 잡고 서서 담소하고
취한 몸 부축하며 낙화 밟고 돌아왔죠.

장 씨 가 씨 형제도 한 마을에 살아서
한가한 틈을 타 자주 찾아오곤 했는데
장마철엔 몇날며칠을 초당에서 지새고
달밤에는 석교를 산책하기도 했었지요.

내 나이가 점점 들어가던 그 어느 날
거울 속 무성한 수염에 흠칫했습니다.
마음은 앞날 걱정하며 서로 격려했지만
몸은 현실에 매여 각자 입신 쫓았지요.

저더러 어딜 그리 급히 가냐셨던가요?
향공진사 되어 과거 보러 떠났답니다.
이천 리 길 먼 이별로 교유 끊어지자
삼십 운 송별시로 제 길 걱정하셨지요.

처량했답니다. 이 몸 홀로 길 나서서
초라한 행색으로 도성에 왔으니까요.
둥둥 통행금지를 알리는 북소리에

붉은 먼지까지 자욱하게 일던 곳
그런 장안 땅에 밤늦게 도착했는데
절 맞아주는 이가 아무도 없더군요.

가 씨 장 씨 형제들과 제 동생까지
잇따라 수레 몰고 장안으로 따라와
시부 짓는 것을 무기 삼아 겨루니
예리한 칼끝에 승리 기세 가득했죠.

나란히 과장에서 힘든 전쟁 치루고
십 년동안 다섯 명 수차례 뽑혔어요.
장 씨 형제들은 장원으로 급제하고
자미와 지퇴도 연거푸 승전보 울려
형제가 영예롭게 계수나무 꺾으니
가문의 영화 멀리멀리 퍼졌답니다.

오직 원강의 물소만 움츠린 채로
닭이나 놀랄 재주라며 겸손하지만
삼 년 만에 울면 크게 울 겁니다.
어찌 닭만 일까요, 사람도 놀랄테죠.

원화의 천운 열리고 천년 성군 오셔서
함께 이렇게 태평한 시절을 만났는데

제가 그중 운이 최고로 좋았나 봅니다.
비서성 그만두고 도성 근처 벼슬하다
갑자기 간관 올라 궁궐로 들어왔지요.

비척비척 어찌 감히 패옥 울리겠습니까?
늙은 용모라 관복도 안 어울렸답니다.
새벽에 궁문 열리고 백관이 조회하면
면류관 쓴 황제는 근엄히 앉아계시고
대전의 향연香烟은 푸르게 퍼져갔지요.

용미도를 걸어 궁궐 대전에 올랐고
지척 거리에서 천자를 모셨답니다.
궁궐 꽃눈 흩날릴 제 어가를 따랐고
대궐 달빛 서리같을 때 숙직 섰지요.

비천한 소생은 궁중연회가 늘 겁났고
미천한 재주로 조서쓰기 버거웠답니다.

노송과 대나무 드리운 신창리 제 집
직책이 임금을 곁에서 모시는 것이라
집 대문은 언제나 굳게 닫혀있답니다.

한림원 당직을 마치고 온 해 질 녘

옛 벗 왔다기에 잠시 문을 열었지요.

고개 돌려 말에서 내리는 이를 보니
흙먼지가 온 옷에 수북한 모습이라.
유 형, 지금 어디서 오시는 길인지요?

손 맞잡고 안부 묻느라 끝이 없어
처음에는 고향 소식을 주고받다가
나중엔 떠나온 것이 후회된다 라고.
기양에서 벼슬찾아 떠도느라 괴로웠고
강동에서 노닌 일도 시간낭비였다고.

그리고 제게 지어주신 행로음 한 수
한 구 한 구가 사금을 입힌 듯합니다.

세월 부질없이 빨라 백발 재촉하는데
삶 험해도 청운의 꿈 버리지 않았군요.

누가 아득한 자연의 뜻 알겠습니까?
재능이 얄팍한 이런 사람은 쓰이고
뛰어나신 형은 버려져 있는 걸 요.

저는 관리반열 올라 높은 구름 속에

과분하게 붉은 궁궐계단 근신 되었고
형은 난새와 봉황처럼 가시덤불 속에
외려 청포 걸친 채 벼슬 찾고 있군요.

슬픕니다.
인재임을 알고도 추천하지 못하면서
그저 봉래전을 들락날락하니까요.
한 달 간언용지 이백 장이 부끄럽고
일 년 삼십만 냥 봉급이 창피하군요.

흔히 말하듯,
허튼 영예 뭐 그리 중요하겠습니까.
겨우 몇 번 만났는데 늙어버렸네요.
잠시나마 서로 술잔을 기울여가며
타향살이의 슬픔을 위로해 봅시다.
부리촌 이야기를 다시 주고받고
옛 친구의 안부를 물어보렵니다.

북쪽 길녘 이웃 몇 집이나 떠났고
동쪽 숲 옛집엔 누가 살고 있는지
무리촌 봄꽃은 여전히 피고 질 터
유구산 풍경도 응당 그대로겠지요.

이렇게 그대 긴 시에 화답합니다만
술 취해 떠나 어디로 가시려는지요?

통함과 막힘 늘 있음을 명심하십시오.
부침 늦다는 탄식도 마시기 바랍니다.

슬픔 참고 기로에서 재차 격려하노니
이별 후에도 잘 챙겨 드셔야 합니다.

유 형!
주매신의 금의환향을 잘 아시지요?
쉰 살에 영광 얻어도 늦지 않답니다.

劉兄文高行孤立　　十五年前名翕習[7]
是時相遇在符離[8]　　我年二十君三十
得意忘年心迹親[9][10]　寓居同縣日知聞[11]
衡門寂寞朝尋我[12]　　古寺蕭條暮訪君
朝來暮去多携手[13]　　窮巷貧居何所有
秋燈夜寫聯句詩　　春雪朝傾暖寒酒[14]
陣湖綠愛白鷗飛[15]　　灘水淸憐紅鯉肥[16]
偶語閑攀芳樹立[17]　　相扶醉踏落花歸
張賈弟兄同里巷　　乘閑數數來相訪[18]
雨天連宿草堂中[19]　　月夜徐行石橋上

我年漸長忽自驚　　　鏡中冉冉髭鬚生[20]

心畏後時同勵志　　　身牽前事各求名

問我棲棲何所適[21]　　鄉人薦爲鹿鳴客[22]

二千里別謝交遊　　　三十韻詩慰行役

出門可憐唯一身　　　弊裘瘦馬入咸秦[23]

鼕鼕街鼓紅塵闇[24 25]　晚到長安無主人[26]

二賈二張與余弟　　　驅車邐迤來相繼[27 28]

操詞握賦爲干戈　　　鋒銳森然勝氣多[29]

齊入文場同苦戰[30]　　五人十載九登科

二張得雋名居甲[31 32]　美退爭雄重告捷[33 34 35]

棠棣輝榮幷桂枝[36 37 38]　芝蘭芳馥和荊葉[39 40 41]

唯有沅犀屈未伸[42]　　握中自謂駭鷄珍[43]

三年不鳴鳴必大　　　豈獨駭鷄當駭人

元和運啓千年聖[44]　　同遇明時余最幸

始辭秘閣吏王畿[45]　　遽列諫垣升禁闈[46 47 48]

蹇步何堪鳴珮玉[49 50]　衰容不稱著朝衣

閶闔晨開朝百辟[51 52]　冕旒不動香烟碧[53]

步登龍尾上虛空[54]　　立去天顏無咫尺[55]

宮花似雪從乘輿[56]　　禁月如霜坐直廬[57 58]

身賤每驚隨內宴[59]　　才微常愧草天書[60]

晚松寒竹新昌第[61 62]　職居密近門多閉[63]

日暮銀臺下直迴[64 65]　故人到門門暫開[66]

迴頭下馬一相顧　　　塵土滿衣何處來

斂手炎涼敘未畢^{67 68}　先說舊山今悔出⁶⁹

岐陽旅宦少歡娛^{70 71}　江左覉遊費時日^{72 73}

贈我一篇行路吟　吟之句句披沙金

歲月徒催白髮貌　泥塗不屈靑雲心⁷⁴

誰會茫茫天地意　短才獲用長才棄^{75 76}

我隨鵷鷺入烟雲⁷⁷　謬上丹墀爲近臣⁷⁸

君同鸞鳳棲荊棘^{79 80}　猶著靑袍作選人^{81 82}

惆悵知賢不能薦　徒爲出入蓬萊殿⁸³

月慚諫紙二百張　歲愧俸錢三十萬

大底浮榮何足道^{84 85}　幾度相逢卽身老

且傾斗酒慰覉愁　重話符離問舊遊⁸⁶

北巷鄰居幾家去　東林舊院何人住

武里村花落復開⁸⁷　流溝山色應如故⁸⁸

感此酬君千字詩　醉中分手又何之

須知通塞尋常事⁸⁹　莫歎浮沉先後時

慷慨臨歧重相勉　殷勤別後加餐飯

君不見買臣衣錦還故鄉⁹⁰　五十身榮未爲晚

주석

¹走筆^{주필}: 빠르게 글을 쓰다.

²劉五主簿^{유오주부}: 유 씨 성의 주부主簿. 구체적인 생평은 알 수 없다. 이 시의
내용에 의하면, 15년 전 백거이가 부리촌符離村에 살 때 사귄 친구임. 오五는
항렬을 말함.

🔣 主簿주부:지방관에 소속된 사무관.

³張大장대: 장철張徹을 말함.

⁴賈二十四가이십사: 가속賈餗. 자 자미子美. 정원貞元 19년 진사에 급제했고, 원화 3
년 제책갑과制策甲科에 합격하여 상주자사常州刺史, 중서시랑中書侍郎, 동평장사
同平章事 등의 관직에 오른 인물. 이훈李訓 사건에 연루되어 죽음. 이십사二十四
는 항렬을 말함.

⁵先輩선배: 당대에 같은 시기에 진사에 합격한 사람들이 서로를 부르던 존칭어.

⁶昆季곤계: 형제.

⁷翕習흡습: 위엄이 성한 모양. 위세가 대단한 모양.

⁸符離부리: 지명. 즉 부리현符離縣. 백거이는 11세 때 부친이 팽성현령彭城縣令으
로 부임하면서 부리현符離縣 주진촌朱陳村에 살았었음.

⁹得意득의: 뜻이 서로 맞음.

¹⁰忘年망년: 망년지우忘年之友. 나이나 항렬에 상관없이 어울리는 벗. 주로 연장
자가 젊은 사람의 재덕을 인정하여 교류할 때 사용.

¹¹知聞지문: 알다. 교류하다. 왕래하다.

¹²衡門형문: 나무를 가로 눕혀 문으로 삼음. 누추한 집이나 은자의 거처를 의미.

¹³攜手휴수: 손을 잡다. 함께 분투하다. 모이다.

¹⁴暖寒난한: 겨울에 술을 마셔 몸을 따뜻하게 함.

¹⁵陴湖비호: 부리현 동북쪽 90리에 있는 호수명으로 湃湖비호로 표기하기도 함.

¹⁶濉水수수: 부리현 북쪽 20리에 있는 지명.

¹⁷偶語우어: 함께 모여 의논하다. 소곤거리다. 비밀히 이야기하다.

¹⁸數數삭삭: 누차. 항상. 자주.

¹⁹連宿연숙: 며칠 밤을 계속하다.

²⁰冉冉염염: 사물이 점점 변화하거나 시간이 점점 흐름을 형용.

²¹棲棲서서: 바쁘고 불안한 모양.

²²鹿鳴客녹명객: 과거시험에 참가하는 사람.

²³咸秦함진: 진秦의 도성인 함양咸陽을 가리킴. 여기서는 장안長安을 의미.

²⁴鼕鼕동동: 의성어. 북 소리.

²⁵街鼓가고: 도성 거리에 설치하여 야간 통행의 금지와 해지를 알리던 북.

²⁶主人주인: 손님을 맞아주는 사람.

²⁷邐迤이이: 비스듬히 이어진 모양. 구불구불 이어진 모양.

²⁸相繼상계: 따르다. 계속 이어지다.

²⁹森然삼연: 성한 모양.

³⁰文場문장: 과장科場. 과거시험장.

³¹二張이장: 장철張徹과 장복張復 형제를 일컬음. 장철은 원화 4년 진사에 급제
했고, 장복은 원화 원년에 급제함.

³²得雋득준: '득준得俊'과 동의어. 급제하다. 승리하다.

³³美退미퇴: 가속賈餗과 백행간白行簡을 일컬음. 가속賈餗의 자가 자미子美이고 백
행간의 자가 지퇴知退임. 가속은 정원貞元 19년, 백행간은 원화 2년에 진사에
급제함.

³⁴爭雄쟁웅: 우열을 다투다. 승리를 다투다.

³⁵告捷고첩: 승전보를 알리다. 전쟁이나 경기 등에서 이기다.

³⁶棠棣당체: 상체常棣라고도 함. 『시詩·소아小雅·상체常棣』편에서 형제간의 우
애를 노래한 데서 유래하여 훗날 '형제'를 지칭함.

³⁷輝榮휘영: 영광. 영예. 영광스럽다.

³⁸桂枝계지: 계수나무 가지. '계수나무 가지를 꺾다'라는 표현으로 과거에 급

제함을 비유함.

³⁹芝蘭^{지란}: 지초芝草와 난초蘭草의 줄임말로 향기로운 풀을 말함.

⁴⁰芳馥^{방복}: 향기.

⁴¹荊葉^{형엽}: 가시나무 잎. 여기서는 형화荊花의 뜻으로 형제가 모두 번성하다는
의미.

⁴²沅^원: 후난성湖南省에 있는 강 이름.

⁴³駭雞^{해계}: 해계서駭雞犀를 일컬음.『포박자抱朴子·등섭登涉』에 의하면 "통천서
뿔 전체에 붉은 실선 무늬가 나 있는데, 이 뿔에 쌀을 담아 닭 무리 속에 두
면, 닭들이 와서 몇 번 쪼아 먹다가 놀라 달아난다. 그래서 남쪽 사람들은
이 통천서를 해계서 즉 닭을 놀라게 하는 무소라고 부른다通天犀角有一赤理如
縋, 自本徹末, 以角盛米置群雞中, 雞欲往啄之, 未至數寸, 卽驚卻退, 故南人名通天犀爲駭雞犀"

⁴⁴千年聖^{천년성}: 천 년에 한 번 나올까 말까 하는 성군. 여기서는 헌종憲宗을 지칭.

⁴⁵秘閣^{비각}: ① 고대 궁중에서 진귀한 도서를 관리하는 곳. ② 상서성尙書省을
일컬음. 여기서는 백거이가 비서성교서랑秘書省校書郞과 주질현위盩厔縣尉에
있었던 일을 말함.

⁴⁶遽^거: 갑자기.

⁴⁷諫垣^{간원}: 간관諫官의 관서官署. 좌습유左拾遺 직을 의미.

⁴⁸禁闈^{금위}: 금위禁闈, 내궁內宮을 말함.

⁴⁹蹇步^{건보}: 보행이나 행동이 곤란하다.

⁵⁰珮玉^{패옥}: 왕이나 왕비, 문무백관들이 관복의 좌우에 차던 옥.

⁵¹閶闔^{창합}: 궁문. 도성의 문.

⁵²百辟^{백벽}: 백관百官.

⁵³冕旒^{면류}: 황제의 관.

⁵⁴龍尾^{용미} : 용미도龍尾道. 당대 대명궁大明宮 내 함원전含元殿 앞에 있던 길로, 위에서 내려다보면 용이 꼬리를 내린 것처럼 굽었다 하여 붙여진 이름. 조정을 비유하기도 함.

⁵⁵天顔^{천안} : 천자의 용안.

⁵⁶宮花^{궁화} : 궁궐 정원의 꽃.

⁵⁷禁月^{금월} : 궁궐에 비치는 달.

⁵⁸直廬^{직려} : 옛날 신하들이 숙직하던 곳.

⁵⁹內宴^{내연} : 내연內燕. 궁정의 연회. 황제가 궁중에서 신하들에게 베푸는 연회.

⁶⁰天書^{천서} : 제왕의 조서詔書.

⁶¹寒竹^{한죽} : 대나무.

⁶²新昌^{신창} : 지명. 백거이가 살던 장안의 신창리新昌里.

⁶³密近^{밀근} : 임금을 가까이서 모시는 사람. 임금과 가까이서 일하는 요직.

⁶⁴銀臺^{은대} : 한림원翰林院을 말함.

⁶⁵下直^{하직} : 궁중의 당직이 끝나다. 퇴근하다.

⁶⁶故人^{고인} : 벗. 즉 유오주부劉五主簿를 말함.

⁶⁷斂手^{염수} : 손을 모으다. 손을 맞잡다.

⁶⁸炎涼^{염량} : ① 더위와 추위. 기온 ② 세월을 비유. ③ 서로의 지난 세월을 묻는 것을 서염량敍炎涼이라 함.

⁶⁹舊山^{구산} : 고향.

⁷⁰岐陽^{기양} : 봉상부鳳翔府를 가리킴. 기산岐山의 남쪽. 지금의 산시성陝西省 기양현岐陽縣.

⁷¹旅宦^{여환} : 관직을 구하거나 관직을 하기 위해 외지로 다님.

⁷²江左^{강좌} : 강동江東. 장강 하류 동쪽 지역을 말함.

⁷³羈遊^{기유} : 이리저리 떠돌아다니다.

⁷⁴泥塗^{이도}: 진흙길. 재난이나 고난 등의 상황이나 그러한 상황에 빠져있음을 비유.

⁷⁵短才^{단재}: 천박한 재주 또는 그런 사람.

⁷⁶長才^{장재}: 뛰어난 재주 또는 그런 사람.

⁷⁷鵷鷺^{원로}: 원추와 해오라기. 관열官列을 비유.

⁷⁸丹墀^{단지}: 붉은색으로 칠한 궁전의 계단이나 바닥.

⁷⁹鸞鳳^{난봉}: 난새와 봉황. 현재賢才나 군왕을 비유.

⁸⁰荊棘^{형극}: 가시가 많고 무리 지어 자라는 관목을 두루 지칭함. 아첨하는 소인이나 분란, 험난한 곳 등을 비유.

⁸¹靑袍^{청포}: 푸른색 도포로 주로 학자들이 입던 옷. 학자나 신분이나 직위가 낮은 사람을 비유.

⁸²選人^{선인}: 당대에 관직에 뽑히기를 기다리는 사람을 가리킴.

⁸³蓬萊殿^{봉래전}: 장안 대명궁 자신전紫宸殿 뒤편의 전각.

⁸⁴大底^{대저}: 대저大抵와 같은 뜻으로, 대체로, 대략, 일반적으로.

⁸⁵浮榮^{부영}: 헛된 영화.

⁸⁶舊遊^{구유}: 옛날 교유했던 벗.

⁸⁷武里村^{무리촌}: 부리촌符離村에 있는 마을 이름.

⁸⁸流溝山^{유구산}: 부리촌 부근에 있는 산.

⁸⁹通塞^{통새}: 통함과 막힘.

⁹⁰買臣^{매신}: 한漢 무제武帝 때 회계태수會稽太守에 오른 주매신朱買臣. 젊은 시절 가난하여 땔나무를 팔아가며 학문을 하였고, 뒤늦은 나이에 추천을 받아 관직에 오른 인물.

이 시는 백거이가 38세원화4년, 809년에 장안에서 좌습유 겸 한림학사翰林學士로 있을 때 지은 작품이다.

백거이는 11세 때 부친이 팽성현령彭城縣令으로 부임하면서 부리현符離縣 주진촌朱陳村으로 이사했고, 약 십여 년을 그곳에서 살았다. 이 시는 그때 그곳에서 사귄 유 주부가 장안의 백거이 집으로 찾아왔을 때, 과거를 추억하고 현재까지의 삶을 이야기하면서 유 주부가 시를 지어주자 백거이가 답시의 형식에 그 내용을 담은 것인데, 옛 부리촌 벗인 장대張大, 즉 張徹와 가 이십사賈二十四, 즉 賈餗에게도 보내어 고향 친구의 소식과 마음을 알린 작품이다. 유 주부가 지은 시는 전해지지 않는다. 백거이는 그의 마음을 받아 '주필走筆' 즉 내달리듯 빠르게 이 시를 적어냈다. 마음이 절실하면 충만한 감정은 그대로 밀려 나와 자간과 행간에 고스란히 담긴다. 전체 시가 7언시 100구로 된 장시이다.

그 옛날 부리촌에 살던 가난한 시절, 초라한 집과 고찰을 오가며 서로 꿈을 이야기했었고, 호숫가 풍경 좋은 곳에서 함께 술을 마시거나 낙화를 감상하기도 했었다. 긴긴 가을밤에는 흐릿한 등불 아래 서로 연구시聯句詩를 지어가며 즐겼고, 달빛이 교교한 때는 석교를 산책하기도 했었다. 춘설 내린 아침이면 난한주暖寒酒를 나눠 마시며 추위를 물리치던 따뜻한 시절이었다. 서로 뜻이 통하고 감정이 비슷했으니 열 살의 나이 차이도 문제가 되지 않는 망년지우忘年之友였던 이들. 그러다가 어느 날, 철이 들 듯 현실에 이끌려 길을 떠나야 했던 백거이에게, 삼십 운 육십 구의 긴 송별시를 지어주며 청운의 길을 격려했고 후일의 만남을 약속했었다.

이후 과거시험을 보러 시골에서 올라와 홍진 가득한 장안 땅을 처음 밟았을 때 신세의 초라함, 의지할 벗도 없을 때의 쓸쓸함, 낯선 도시가 주는 두려움에 주눅이 들었던 기억이 생생하다. 가 씨 장 씨 형제들과 자신, 동생이 과거시험에 영예롭게 급제했던 일도 어제인 듯 생생하고, 그렇게 해서 자신은 운 좋게도 간관諫官 직에 올라 임금을 지척지간에서 모시며 어가를 따르거나 대궐에서 조회를 모실 수 있었다. 그러나 솔직히 재주가 미천해서 궁중연회를 모시거나 조서를 써내는 일이 늘 버거웠었다. 이어 아직 벼슬길에 오르지 못한 유 주부에게, 지금은 물소처럼 웅크리고 있지만 한 번 소리 내어 울부짖으면 반드시 크게 울 것이고 당연히 사람들을 놀라게 할 것이라고 위로한다. 지금 백거이가 유 주부에게 할 수 있는 것이라곤 이렇듯 진심 가득한 위로밖에 없다.

절친했던 친구, 늘 마음 한구석에 미안함으로 남아있는 벗, 소식도 모르던 그 벗을 헤어진 지 근 이십 년 만에 만났다. 그것도 수천 리 밖 먼 객지에서. 한 사람은 출세의 가도에 있고, 한 사람은 아직 청운의 뜻을 펼치지 못한 채 이리저리 떠도는 신세다. 두 사람에게 궁달은 엇갈렸지만, 흐르는 세월은 같았던지라 둘 다 백발이 성성하다. 서로 옛정을 확인하고 신세를 걱정해 주며 옛날을 회상한다. 이 상황에서 어찌 술을 마시지 않을 수 있겠는가! 백거이는 일찍이 "어느 때 술이 없으면 안 되나, 하늘 끝 외진 곳에서 옛 친구를 만나 정담할 때라. 청운의 뜻을 둘 다 펴지 못하고, 성성한 백발에 서로가 놀랐지何處難忘酒, 天涯話舊情. 青雲俱不達, 白髮遞相驚"「何處難忘酒」其一라고 하지 않았던가! 그런데 그 벗이 지금 다시 헤어져야 한다며,「행로음行路吟」한 수를 지어준다.「행로음」, 인생길 험난함을 노래하는 전통 곡조다. 고단했던 친구의 삶, 그 노래말고 무엇으로 표현해낼 수 있으리! 이후 백거이는 유 주부가 써준 그 장편의 「행로음」 시에 답하여, 미친 듯이 빠르게 진술한 마음을 담아 이 시를 써 내려갔을 것이다. 의기투합하여 청운의 뜻을 함께 했던 벗이니, 하고픈 말도 산처럼 많을 뿐더러, 복잡한 감정까지 북받쳐 감당하기 힘들다. 하지만 시간은 한정되어 있다. 벗은 또다시 기약 없는 길을 나서려 한다. 할 말은 많지만, 그래도 무엇보다 몸조심 하라는 말, 너무 낙심하지 말라는 말, 희망을 잃지 말라는 격려가 빠질 수 없다. 백거이의 진정성이 그대로 묻어난다. 작아지는 유 주부의 뒷모습을 끝내 붙잡고 서 있을 백거이의 모습이 눈에 선하다.

017

늦은 봄 원구에게

暮春寄元九[1]

배꽃이 영글어 열매가 되고
제비알 부화해 새끼가 되지.
시절 경물이 또 이러하거늘
사람의 기분 어떠하겠는가!

하루가 빠르다고만 느낄 뿐
세월 가는 것은 탄식 않는데
덧없는 인생 모두 꿈인 것은
늙으나 젊으나 마찬가지지.

다만 한 가지, 옛 벗과 헤어져
강릉으로 막 좌천된 간 그대.
수시로 한 번씩 보고픈 심정
그 마음 없어지지 않았으리라.

梨花結成實	燕卵化爲雛
時物又若此[2]	道情復何如[3]
但覺日月促	不嗟年歲徂[4]
浮生都是夢	老小亦何殊
唯與故人別	江陵初謫居[5]
時時一相見	此意未全除

주석

[1] 元九원구: 원진元稹을 말함. 시 「서명사에 모란꽃이 피어 원구를 생각하다西明寺牡丹花時憶元九」 참조.

[2] 時物시물: 시절 경물. 제철의 식물이나 작물.

[3] 道情도청: 사람의 인정과 도리.

[4] 徂조: 앞으로 가다. 세월 같은 것이 흐르다.

[5] 江陵初謫居강릉초적거: 원진元稹이 원화 5년 3월에 환관과의 갈등으로 강릉江陵 사조참군士曹參軍으로 좌천되어 간 것을 말함.

감상

이 시는 백거이가 장안에서 좌습유 겸 한림학사로 있으면서 원진에 대한 그리움을 적은 작품이다. 39세인 원화 5년810년의 작품이다.

봄이 다시 돌아왔다. 산에 들에 붉고 노란 꽃들이 피고 지고 열매를 맺는다. 꽃이 피고 지는 일, 알이 부화해서 새끼가 되고 성장해서 다시 알을 낳는 일체의 모든 순환, 늘 그러한 자연의 움직임이다.

사람의 인생도 그렇게 태어나고 죽는 것이지만, 우리 인생은 한 번 가면 그만이다. 영원한 자연 속 무상無常한 인간 존재. 이 시는 자연은 유상有常한 존재지만 인간은 무상한 존재라는 인생에 대한 근원적 질문, 삶에 대한 근원적 고독감이 전편에 흐른다. 그래서 어쩌면 돌아올 기약 없이 좌천 길을 떠난 친구에 대한 그리움이 더욱 애절할 수 있다.

친구여, 무상한 인생이니 살아있는 동안만이라도 좋은 사람과 함께 해야 잖소. 남은 꽃잎들이 몸부림치며 봄을 사정없이 쓸어 거두고 있소. 우리네 젊음을 거두고 있소. 그런데 그대는 강릉에 있구려. 자네도 가끔씩은 내 생각을 하오?

018

청룡사의 초여름
靑龍寺[1]早夏

먼지도 보슬비에 내려앉는
지세 높은 언덕에 기댄 절.
절문 밖으로 해가 스러지니
그 풍경이 맑고도 온화하다.

한가하게 노승은 나와 섰고
지나는 속객도 없어 고요한
늦봄 꾀꼬리 울다 지치는 곳
신록이 시원한 그늘 드리웠네.

봄이 간 지 얼마나 되었다고
여름 구름 어느새 뭉게뭉게.
하루하루 시절은 변하는데
몸은 늙고 되는 일은 없구나.

명리 뒤엉킨 세속에 연연하며

어찌 산으로 돌아가지 않는가!

한 걸음 내디디면 청산이거늘.

내 스스로에게 물어보노니

너는 장차 어찌할 것인가.

塵埃經小雨　　地高倚長坡

日西寺門外　　景氣含淸和

閑有老僧立　　靜無凡客過

殘鶯意思盡　　新葉陰涼多

春去來幾日　　夏雲忽嵯峨²

朝朝感時節　　年鬢暗蹉跎³

胡爲戀朝市⁴　　不去歸烟蘿⁵

靑山寸步地　　自問心如何

주석
---

¹ **靑龍寺**청룡사: 절 이름. 당대 장안성 동쪽 신창방新昌坊에 위치한 밀종密宗의 사원. 수隋 나라 개황開皇 2년582년에 영감사靈感寺라는 이름으로 건설되었고, 당 경운景雲 2년711년에 청룡사로 개명함.

² **嵯峨**차아: 높거나 험함.

³ **蹉跎**차타: 미끄러져 넘어짐. 시기를 놓침. 일을 이루지 못하고 나이가 듦.

⁴ **朝市**조시: 조정과 저자. 명리의 경쟁이 심한 곳을 비유함.

⁵ **烟蘿**연라: 안개와 이끼. 자연이나 은거처 등을 비유함.

이 시는 백거이가 장안에서 경조호조참군京兆戶曹參軍 겸 한림학사翰林學士로 있던 39세원화 5년, 810년에 쓴 작품이다. 경조호조참군은 경조부京兆府의 호조참군戶曹參軍을 말한다. 호조참군은 정칠품상正七品上에 해당하는 관직으로, 호구戶口, 호적戶籍, 혼인婚姻, 전택田宅, 요역徭役 등의 일을 관장한다. 경조부京兆府는 현 산시성陝西省 시안시西安市 등지의 행정구역이다. 백거이는 원화 5년부터 이 듬해 모친의 복상服喪에 들기 전까지 이 관직에 있었다.

이 시에서 말하는 '명리 뒤얽힌 세속'이란 한때 간절히 원했던 벼슬길이다. 지금은 그 세속에 발을 디디고 서 있지만 마음은 늘 청산을 꿈꾼다. 세속과 절연을 해야만 갈 수 있을 청산은 기실 큰 호흡으로 한 걸음만 떼면 닿을 수 있는 가까운 곳에 있다. 절문 밖으로 스러지는 해가 배경을 만들고 그 앞으로 푸른 신록이 으늑한 정경을 만들어내는 그런 청산의 주인이 되어 사는 삶. 저 아랫동네를 내려다보니, 한 걸음 크게 내디뎌 이런 곳에 숨어 살고 싶다.

숨어 산다는 것은 인간의 부귀영화, 입신출세라는 현세적 욕망을 모두 스스로 억제하는 일이고 그 욕망 가운데 일부는 선택적으로 거세해야 하는 일이다. 관직에 대한 욕망을 거세하고 속객을 멀리한 채, 뜻이 맞는 벗을 찾아 자연과 동화되어 내 본능에 충실하게 사는 것, 그것이 숨어 사는 방법의 한 모습이리라. 결국 제일 중요한 것은 명리에 관계되는 일체의 외적 요소를 멀리할 수 있는 용기가 우선 필요하다.

그런데 어쩌면 차라리 벼슬길에 오르지 않았다면 자연으로 귀화하여 숨어 사는 것이 더 쉬울지도 모르겠다. 가진 것이 없으니 버릴 것도 적을 터. 이 시를 지을 당시 낙천은 과거에 급제하여 한림학사로 조정을 드나들고 있을 때다. 그쪽으로 한 걸음만 더 나아가면 평평한 출셋길이 펼쳐져 있을지도 모른다. 그래서 이쪽으로 한 걸음을 내디뎌 청산으로 향하는 일이 참으로 쉽지 않다. 스스로에게 묻고 또 묻게 된다.

019

원구와 헤어지고 문득 그의 꿈을 꾸다 깨었는데
그의 편지와 함께 동화시가 때마침 도착하였다.
슬픔이 몰려와 이 시를 지어 부친다.
初與元九[1]別後忽夢見之及寤而書適至兼寄桐花詩悵然感懷因以此寄

영수사에서 이야기 나누고
신창방 북쪽에서 이별했었지.
돌아와 흘렸던 눈물 몇 가닥
세상사를 슬퍼했을 뿐이요.
그대 때문은 아니었다오.

아득한 남전 거쳐 먼 강릉행
떠나간 후로 소식이 없으나
그대의 숙박과 여정 따져보매
이미 상산 북쪽을 지났겠구려.

간밤에 구름이 사방에 흩어져
달빛이 천 리를 고루 비쳤지요.
새벽녘 꿈에서 그대 만났으니
그대도 나를 생각했나 보구려.

꿈에서 그대의 손을 꼭 잡고
심정이 어떠한가 물었었는데
그대는 그립고 또 그리워도
편지 전해줄 이 없다 했지요.

잠에서 깨어 말문도 열기 전
똑똑똑 문을 두드리는 소리
상주에서 온 사람이라 하며
나에게 전할 편지가 있노라고.

잠자리에서 화득짝 일어나며
서두르다 옷도 뒤집어 입었다오.
봉투 열고 펼쳐 든 그대 편지
열세 줄 글귀 적은 종이 한 장.

처음에는 좌천당한 그대 마음을
나중에는 이별의 아픔 말했구려.
그 심정 채 다 말하지 못했으니
안부인사는 물을 새도 없었구려.

말하기를 이 편지 쓰던 날 밤
상주의 동쪽에서 머물었는데

홀로 외로운 등잔불 마주하고
양성산의 한 객사에 있었다고.

깊은 밤 편지를 다 썼을 무렵
산달도 서쪽으로 기울었는데
달빛 아래 서 있던 그 무엇
자색꽃 핀 오동나무 한 그루.

그 꽃이 반쯤 떨어졌을 때라
다시 그리움 일더라고 하며
그 마음을 편지 뒷면에 담아
동화시를 지어서 보냈구려.

그대가 써넣은 동화시 여덟 운
그리움 어찌나 깊이 얽혔는지요.
오늘아침 그댈 그리던 마음으로
그밤 날 그렸을 그댈 생각하오.

시 한 편을 서너 번 내리읽고
한 구 한 구 열 번을 읊었는데
보석같이 고귀한 여든 글자
한 자 한 자 모두 금이었다오.

永壽寺中語[2]　新昌坊北分[3]

歸來數行淚　悲事不悲君[4]

悠悠藍田路[5]　自去無消息

計君食宿程　已過商山北[6]

昨夜雲四散　千里同月色

曉來夢見君　應是君相憶

夢中握君手　問君意何如

君言苦相憶　無人可寄書

覺來未及說　叩門聲鼕鼕[7]

言是商州使[8]　送君書一封

枕上忽驚起　顛倒著衣裳

開緘見手札　一紙十三行

上論遷謫心[9]　下說離別腸

心腸都未盡　不暇敘炎涼[10]

云作此書夜　夜宿商州東

獨對孤燈坐　陽城山館中[11]

夜深作書畢　山月向西斜

月下何所有　一樹紫桐花

桐花半落時　復道正相思

殷勤書背後[12]　兼寄桐花詩[13]

桐花詩八韻　思緒一何深

以我今朝意　憶君此夜心

一章三遍讀　一句十回吟

珍重八十字　　字字化爲金

주석

¹元九원구: 원진元稹을 말함. 시 「서명사에 모란꽃이 피어 원구를 생각하다西明寺牡丹花時憶元九」참조.

²永壽寺영수사: 장안 주작문가朱雀門街 동쪽 영락방永樂坊에 있는 절. 원진의 집 북쪽에 위치.

³新昌坊신창방: 장안 주작문가 동쪽에 있는 구역. 당시 백거이가 거주하고 있던 지역.

⁴悲事비사: 세상사를 슬퍼하다. 여기서는 원진이 환관과의 분쟁으로 강릉江陵으로 좌천당한 일을 안타까워한다는 의미.

⁵藍田남전: 장안성 동남쪽, 산시성陝西省 위수渭河 남쪽에 있는 지명. 남전옥藍田玉의 산지로 유명.

⁶商山상산: 산시성陝西省 상현商縣 동쪽에 있는 산 이름. 지형이 험하고 풍경이 좋기로 유명. 진秦 말의 은자 4명이 은거하여 상산사호商山四皓라는 호칭을 얻었던 곳.

⁷鼕鼕동동: 문 두드리는 소리(의성어).

⁸商州상주: 남전현藍田縣 동남쪽의 지명. 현 산시성陝西省 상현商縣.

⁹遷謫천적: 좌천되다.

¹⁰敍炎涼서염량: 날씨가 춥고 더운지를 묻다. 안부를 묻는 인사를 말함.

¹¹陽城양성: 산 이름. 양성산관陽城山館은 양성산 근처의 역참을 지칭.

¹²殷勤은근: 정이 깊음. 진실한 마음.

¹³桐花詩동화시: 원진이 지은 시 「삼월 이십사일 증봉관에서 묵으며 밤에 오동

나무꽃을 보고 낙천에게 부치다三月二十四日宿曾峰館. 夜對桐花. 寄樂天」를 말함. 시
원문은 "微月照桐花. 月微花漠漠. 怨澹不勝情. 低回拂布幕. 葉新陰影細. 露
重枝條弱. 夜久春恨多. 風淸暗香薄. 是夕遠思君. 思君瘦如削. 但感事暌違.
非言官好惡. 奏書金鑾殿. 步屧靑龍閣. 我在山館中. 滿地桐花落"이다.

감상

이 시는 백거이가 원화 5년810년 39세에 장안에서 경조호조참군京兆戶曹參軍
겸 한림학사翰林學士로 있으면서 쓴 작품이다.

그 이유야 어떠하든 먼 지방으로 좌천되어 떠나는 친구와 이별하고, 며칠
밤을 잠도 이루지 못했다. 어젯밤에도 새벽녘까지 하얗게 지샜는데, 그리운
내 마음이 통해서일까. 새벽 꿈속에서 친구를 만나게 되었다. 기쁜 마음에
길은 순조로운지 건강은 어떠한지를 반갑게 물어보았으리라.

서로의 그리움은 그 농도가 같았는지, 강릉으로 가는 도중 객잔에서 부친
그의 편지가 도착했다. 반가운 마음에 서두르다 옷도 뒤집어 입었다니, 정인
情人이 아니요 친구 간의 우정도 이토록 간절할 수 있구나 싶다. 원진의 편지
와 시는 낙천이 그를 생각하던 바로 그때 썼을 듯싶다. 좌천되어 가는 신세
로 창자가 끊어지듯 시리고 아팠을 그 심사, 앞날에 대한 현실적 걱정, 언제
돌아올지 기약도 할 수 없는 미래, 외로움과 두려움, 간절한 그리움을 그도
역시 달빛이 하얗게 되도록 잠을 이루지 못하고 글로 적어 보냈으리라.

그게 끝이 아니다. 원진은 편지를 다 써도 심사가 가라앉지 않자 새벽녘
마당에 나섰다. 얄궂게도 오동나무의 보라색 꽃이 마당 가득 떨어져 있다.
가뭇없이 지고 있는 그 낙화가 휑한 마음을 후벼 파니, 마음은 또 청승맞게
시려져 어디에라도 적어내지 않고는 가다듬을 수가 없었으리라. 결국 방금

쓴 편지의 뒷면에 적어본다. 이런 마음을 순수하게 격의 없이 받아줄 친구가 있으니 좌천된 신세라도 다행이지 싶다. 그 친구는 "오늘 아침 그대 그리던 마음으로, 그밤 날 그렸을 그대를 생각"해 줄 백거이다.

원진이 오동나무 꽃이 진 것을 보고 느꼈을 감정은 여름과 가을이 교차되는 시점의 계절의 비애, 세월의 빠른 흐름, 가을의 슬픔, 외로움, 쓸쓸함 등이다. 오동은 오동나무과 오동나무속의 낙엽활엽교목이다. 나무줄기는 곧게 뻗고 미끌미끌하며 잿빛 녹색이다. 잎이 매우 크고 넓으며 여름에 꽃이 피기 시작한다. 우뚝우뚝 자라 한여름에는 잎과 가지가 무성한 녹음을 만들어내는데, 가을이 오면 일찍 낙엽이 지므로 가을의 도래를 알리는 역할을 한다. 따라서 오동나무는 가을의 슬픔, 계절의 비애를 나타내는 문학적 이미지로 사용된다. 백거이는 「긴 한의 노래長恨歌」에서도 "봄바람에 복사꽃 오얏꽃 피는 밤이나, 가을비에 우수수 오동잎 지는 때를"이라고 가을을 상징하는 대상으로 사용했다. 또 「어느 때 술을 잊지 못할까何處難忘酒」 7수 중 제4에서도 "어느 때 술을 잊지 못할까, 서리 덮인 뜰에 병든 노옹이, 숨어 우는 귀뚜라미 소리를 듣고, 말라 떨어진 오동잎를 바라보다, 수심에 겨워 귀밑털이 하얗게 될 때. 잠시나마 취해야 얼굴이 붉을 것이니, 이럴 때 한잔의 술이 없다면, 어찌 가을바람을 견디리오何處難忘酒. 霜庭老病翁. 暗聲啼蟋蟀. 乾葉落梧桐. 鬢爲愁先白. 顏因醉暫紅. 此時無一蓋. 何計奈秋風"라고 했다. 오동은 인생의 가을도 느끼게 한다. 쓸쓸한 밤, 오동나무 꽃을 바라보며 적어 보낸 보석 같은 글귀는 서로의 가을을 따뜻하게 만들고도 남았으리라.

020

입추일 곡강에서 원구를 그리다
立秋日曲江¹憶元九²

버드나무 아래 말 세우고
홀로 제방 위를 걸어본다.
벗은 천만 리 밖에 있는데
쓰르라미 소리 드문드문.

장안성 곡강 가의 나와
장강 가 강릉성의 그대
두 곳에서 맞는 초가을
그대도 이런 심정이리.

下馬柳陰下³   獨上堤上行
故人千萬里   新蟬三兩聲
城中曲江水   江上江陵城⁴
兩地新秋思⁵   應同此日情

¹**曲江**곡강 : 곡강지曲江池. 장안長安 즉 현재의 산시성陝西省 시안西安 시 동남쪽에 있는 연못으로 당대에는 중화절中和節이나 삼짓날上巳日 등에 많은 사람들이 모여 놀던 곳임.

²**元九**원구 : 원진元稹. 시「서명사에 모란꽃이 피어 원구를 생각하다西明寺牡丹花時憶元九」 참조.

³**柳陰**유음 : 버드나무 그늘.

⁴**江**강 : 장강.

⁵**兩地**양지 : 두 곳. 여기서는 백거이가 있는 장안과 원진이 있는 강릉江陵을 말함.

이 시는 백거이가 장안에서 경조호조참군京兆戶曹參軍 겸 한림학사翰林學士로 있으면서 쓴 작품이다. 39세 때원화5년,810년의 일이다.

어느새 더위가 한고비를 넘겼다. 오늘은 계절이 가을로 들어간다는 입추. 핑계 거리를 찾아 일부러라도 한숨을 돌려보고 싶다. 거창하게 짐을 꾸리지 않아도 갈 수 있는 곡강으로 말을 몰아본다. 긴 여름 더위에 지쳤을까 아니면 내 마음이 그럴까, 버드나무 가지가 유독 길게 축 늘어졌다.

곡강은 풍속이 사치스럽던 당대에 황제가 잔치를 하사하거나 백성들이 명절마다 노니는 대표적인 장소였다. 여름에는 줄과 부름이 무성했고, 연못 주위로 버드나무가 빙 둘러싸 그늘을 드리운, 풍경이 아름다운 곳이었다. 이곳에서는 남녀노소가 좋은 시절을 즐기거나 맑고 아름다운 경치를 감상하며 술잔을 기울이는 일이 빈번했다.康騈,「劇談錄」卷下「曲江」참조 이런 사람들 사이에 백거이와 원진도 있지 않았을까. 버드나무 그늘아래 앉아서 초록실같은 연한 가지가 살랑살랑 불어오는 봄바람에 맞춰 춤추는 모습을 보며 화창한 봄날 풍경에 푹 빠졌었던.

오늘 입추일을 맞아 곡강을 홀로 거닐다 보니, 추억이 자연스럽게 말을 걸어온다. 즐겁게 노닐고 술잔을 주고받던 그 친구는 지금 어디 있느냐고. 친구 대신 철 이른 쓰르라미가 와서 드문드문 소리를 낸다.

021

장 태축이 늦가을 와병 중에 보낸 시에 답하다

酬張太祝[1]晚秋臥病見寄

그대는 능력이 뛰어나도
태상시 직책에 머물렀고
나는 얕고 짧은 재주로
황궁을 날고 있답니다.

그대 집은 먼 서쪽 거리
내 관아는 궁궐 깊은 곳
그대는 병들어 못 오고
나는 바빠 못 찾아가니
서로 어긋나 헤어진 채
쓸쓸히 해를 넘겼구려.

이슬이 푸른 풀밭 적시고
달빛이 단풍나무에 시려
홀로 시름 쌓여있던 차에

그대의 그리움 시를 들었소.

서두는 같이 즐길 수 없다는 한탄
말미엔 세월의 습격을 탄식했구려.
아침 거울에 비친 늙은 모습과
가을 거문고가락 진한 그리움도.

수놓은 비단 같은 글귀요.
영롱한 옥구슬 같은 여덟 운
이 귀한 보물 어찌 답할거나.
황금같은 선물 없어 부끄럽다오.

高才淹禮寺[23]	短羽翔禁林[4]
西街居處遠[5]	北闕官曹深[6]
君病不來訪	我忙難往尋
差池終日別[7]	寥落經年心[89]
露濕綠蕪地	月寒紅樹陰
況茲獨愁夕	聞彼相思吟
上嘆言笑阻	下嗟時歲侵
容衰曉窓鏡	思苦秋弦琴
一章錦綉段[10]	八韻瓊瑤音[11]
何以報珍重	慚無雙南金[12]

¹張太祝장태축: 장적張籍, 약766~약830년. 장적은 원화 원년806년 태상시태축太常寺太祝에 올랐음.

²淹염: 담그다. 적시다.

³禮寺예시: 태상시太常寺. 궁중의 예의나 제사 등의 의례를 관장함.

⁴禁林금림: 한림원翰林院의 별칭.

⁵西街서가: 서쪽 거리. 장태축이 장안성 주작문가朱雀門街 서쪽의 연강방延康坊에 살고 있었으므로 서쪽 거리라고 지칭.

⁶官曹관조: 관청.

⁷差池차지: 어긋나다. 착오가 생기다.

⁸寥落요락: 쓸쓸하다. 썰렁하다. 적막하다.

⁹經年경년: 해를 넘기다.

¹⁰錦綉금수: 비단에 놓은 수. 아름다운 것을 비유.

¹¹瓊瑤경요: 아름다운 옥. 주고받는 시문을 비유.

¹²雙南金쌍남금: 고급의 황금이나 구리를 지칭. 귀한 물건을 비유.

이 시는 백거이가 39세 때원화 5년, 810년 장안에서 경조호조참군京兆戶曹參軍 겸 한림학사翰林學士 직에 있으면서 쓴 작품이다.

장태축은 장적張籍을 말한다. 백거이보다 대여섯 살 많았던 것으로 추정된다. 장적은 정원貞元 15년799년 진사가 되었고, 원화 원년806년 태상시태축太常寺太祝에 올랐다. 집안이 가난했던 점, 진사 급제 시기가 비슷했던 점, 문학관이 비슷하여 백성들의 고통을 담은 악부시樂府詩를 많이 지었다는 점에서, 백거이와 심정적으로 많이 통했을 것으로 보인다. 이 시에도 그런 두 사람의 우정이 담겨 있다.

　장적은 태상시태축이라는 관직에 승진도 없이 10년 동안 머물러 있어, 당시에는 놀림감이 되었었다. 첫 구는 그런 현실을 묘사한 것인데, 백거이는 자신을 낮추는 겸손으로 표현했다. 이어 오랜만에 그리움이 담긴 편지를 받고서 돌이켜 보니, 한 사람은 병이 들어서 한 사람은 관청의 일이 바빠서 서로를 챙기지 못하고 해를 넘겼다.

　장적 형님도 이심전심이라 함께 즐기지 못하고 세월이 흘러감을 아쉬워하며 편지를 보낸 것이리라. 역시 마음이 통하는 사이다. 그 마음을 어찌 보답할까. 우선 이 시로 그 마음에 조금이나마 답을 해 본다.

022

동생과 이별하고 맞은 달밤

別舍弟[1]後月夜

서로 헤어지고 맞은 밤
떠난 이도 남겨진 이도
마음에선 보내지 못해

떠난 사람은 객잔에서
외롭게 등불 밝힐 터.
남겨진 이 사람 역시
달빛 마루 나와 섰다.

곤궁한 삶 함께 살며
늘 즐겁지는 않았어도
오늘 이 짧은 이별에
마음엔 근심 가득하다.

뜨락 나뭇잎도 다 졌는데

산길 추위는 또 어찌할꼬.

어찌 걱정 않을 수 있는가.

홑옷에 여윈 말로 떠난걸.

悄悄初別夜[2]	去住兩盤桓[3][4]
行子孤燈店[5]	居人明月軒[6]
平生共貧苦	未必日成歡
及此暫爲別	懷抱已憂煩[7][8]
況是庭葉盡	復思山路寒
如何爲不念	馬瘦衣裳單

주석

[1]舍弟사제 : 아우를 겸손하게 일컫는 말. 여기서는 백거이의 셋째 동생 백행간
白行簡을 말함.

[2]悄悄초초 : 근심되어 기운이 없는 모양.

[3]去住거주 : 가는 사람과 남은 사람. 여기서는 길을 떠난 동생과 남겨진 자신을
가리킴.

[4]盤桓반환 : 머뭇거리며 멀리 떠나지 아니하는 모양.

[5]行子행자 : 길 떠나는 사람. 여기서는 동생 백행간白行簡을 말함.

[6]居人거인 : 집에 남은 사람. 여기서는 백거이를 말함.

[7]懷抱회포 : 마음속에 품은 생각.

[8]憂煩우번 : 걱정과 번뇌. 근심하여 번뇌하다.

　　이 시는 백거이가 39세원화5년, 810년에 지은 작품으로 보인다. 동생과 이별한 날 밤 험한 길을 떠난 동생을 떠올리며 걱정과 그리움을 표현한 시이다. 이 시에서 동생은 백행간白行簡이다.

　　동생을 보내고 나니 이런저런 걱정에 잠을 이룰 수 없어 달빛 내린 마루에 나섰다. 길을 나선 동생도 객잔에서 잠 못 들고 있으리라. 형제의 마음이란 그런 것일 테니. 동생에 대한 걱정은 지난날에 대한 추억으로 이어진다. 백거이는 "아쉽게도 내 어린 시절은, 줄곧 가난했었네可怜少壮日, 適在贫贱时"「悲哉行」, "재난과 기근에 시달려 세상사 되는 일 없었고, 형제는 각자 동서로 뿔뿔이 흩어졌었지时难年荒世业空, 弟兄羁旅各东西"「寄浮梁大兄」라고 지난날을 표현했었다. 이처럼 곤궁한 시절을 함께 살아왔으니 형제간의 정이 애틋했던 것으로 보인다.

　　그런데 형만한 아우가 없다 했던가. 그렇게 애잔함으로 남은 동생이 오늘 먼 길을 떠났다. 여행 채비를 잘 갖춰주지 못한 것이 못내 마음에 걸리는데, 마당에 떨어져 뒹구는 나뭇잎이 눈에 들어온다. 곧 추위가 다가올 테고, 산길은 이미 추우리라. 수척한 말과 홑옷으로 떠나보낸 동생이 또 마음에 시리게 걸린다.

023

술을 권하며 원구에게 부치다

勸酒寄元九[1]

염교잎에 맺힌 아침이슬
저녁이면 지는 무궁화 꽃.
그대 인생도 그러할 테니
짧디짧은 인생 유한한 것.

숲속의 선승들을 쫓아서
능가경을 익힌 적도 없고
산속의 도사들을 따라서
단약을 굽지도 않았을 터.

인생 백 년이라 하여도
그 중의 절반은 밤이요.
일 년 세월을 꼽아봐도
꽃피는 봄 길지 않으니
좋은 술 즐기지 않고서

어찌 홀로 슬퍼하는가!

술, 근심을 없애준다는 약
이보다 효과 빠른 것 없으리.

한 잔에 세상 근심 몰아내고
두 잔에 천지 기운 돌아오며
세 잔에 족히 취하게 되어서
크게 웃고 맘껏 노래한다네.
한껏 즐거우면 또 비틀거리니
어찌 다른 일 신경 쓰겠는가.

하물며 명리의 길에 있을 때랴.
언제나 풍파에 흔들리는 그곳.
음흉한 마음속에 함정을 두거나
달콤한 말속에 그물 놓은 저들.

눈이 있어 보지 않을 수 없으니
취하지도 않으면 어찌 견디랴?

薤葉有朝露² 　槿枝無宿花³⁴
君今亦如此　 促促生有涯⁵
既不逐禪僧⁶　 林下學楞伽⁷

又不隨道士　　山中煉丹砂^{8 9}

百年夜分半　　一歲春無多

何不飮美酒　　胡然自悲嗟^{10 11}

俗號銷愁藥¹²　　神速無以加¹³

一杯驅世慮^{14 15}　　兩杯反天和¹⁶

三杯卽酩酊¹⁷　　或笑任狂歌^{18 19}

陶陶復兀兀^{20 21}　　吾孰知其他

況在名利途²²　　平生有風波

深心藏陷阱²³　　巧言織網羅²⁴

擧目非不見　　不醉欲如何

주석

[1] 元九원구: 원진元稹을 말함. 시 「서명사에 모란꽃이 피어 원구를 생각하다西明寺牡丹花時憶元九」 참조.

[2] 薤해: 염교. 백합과에 속하는 다년생 풀로 생김새는 부추와 비슷하다. 자색의 꽃이 피고 줄기와 잎은 식용이다. 첫 구 '염교잎에 맺힌 아침이슬薤葉有朝露'은 「상화가사相和歌辭·해로행薤露行」의 "염교잎에 맺힌 이슬, 어찌나 쉽게 사라지는지. 이슬은 사라져도 내일 아침이면 다시 맺히지만, 사람은 죽어가면 언제 돌아올 수 있나薤上露, 何易晞. 露晞明朝更復落, 人死一去何時歸"라는 내용을 암시한다. 염교잎에 맺힌 아침 이슬이 순식간에 사라지듯 인생은 짧다는 의미를 담고 있다.

[3] 槿枝근지: 무궁화 나뭇가지. 무궁화 나무.

[4] 宿花숙화: 오래 피는 꽃. 밤새 피어있는 꽃.

⁵促促촉촉 : 짧다. 바쁘다.

⁶禪僧선승 : 불가의 승려. 참선하는 승려.

⁷楞伽능가 : 대승불교의 교리를 담아 선의 철학적 근거를 제공하는 불교 경전 능가경楞伽經을 말함.

⁸煉련 : 굽다. 제련하다.

⁹丹砂단사 : 주사朱砂. 광물의 일종으로 도교에서 연단煉丹을 제련하는 원료임.

¹⁰胡然호연 : 어째서. 돌연히.

¹¹悲嗟비차 : 슬퍼서 탄식하다.

¹²銷愁소수 : 근심을 없애주다.

¹³神速신속 : 신기할 만큼 빠르다.

¹⁴驅구 : 몰다.

¹⁵世慮세려 : 세상의 근심.

¹⁶天和천화 : 천지天地의 화기和氣. 사람의 원기元氣.

¹⁷酩酊명정 : 술에 몹시 취함.

¹⁸任임 : 마음대로 하다.

¹⁹狂歌광가 : 마음껏 노래를 부르다.

²⁰陶陶도도 : 흐뭇이 즐기는 모양.

²¹兀兀올올 : 뒤뚱뒤뚱하여 위태로운 모양. 비쓱비쓱하는 모양.

²²名利途명리도 : 명예와 이익이 난무하는 곳. 주로 관직 생활을 의미함.

　　🅟 名利명리 : 명예와 이익.

²³陷阱함정 : 함정.

²⁴巧言교언 : 교묘하게 꾸며대는 말. 듣기 좋은 말. 아첨하는 말.

감상

이 시는 백거이가 장안에서 경조호조참군京兆戶曹參軍 겸 한림학사翰林學士로 있을 때인 39세 때원화5년, 810년에 지은 작품이다.

술을 마시는 이유는 사람마다 다양하리라. 원진에게 술을 권하면서 쓴 이 시도 처음에는 어차피 유한한 인생, 스치듯 지나가는 짧은 청춘이니 즐겁게 보내야 한다며 술을 권한다. 일 년 세월이라 해도 봄은 얼마 되지 않는다고 했는데, 심지어 다른 시에서는 "봄이라 해도 맑은 날은 며칠이나 되나春能幾日晴明"「對酒」제3 라며 아쉬워하기도 했다. 그러니 술을 마시며 세상사를 잊고 젊음을 즐기라고 권한다.

그러나 술에 대한 생각이 깊어질수록 술은 마시지 않을 수 없는 것이 되어버린다. 언제나 풍파에 흔들리는 벼슬살이, 음흉한 간계姦計와 교언巧言이 난무하는 곳. 눈이 있으니 못 본 척하기도, 귀가 있으니 못 들은 척하기도 쉽지 않은 좁고도 좁은 조정에서의 벼슬길. 술은 그런 곳의 위험과 고뇌를 잠시나마 몰아내며 자연의 조화 속으로 돌아오게 한다고 했다. 그는 다른 시에서도 "잘났다 못났다 똑똑하다 어리석다며 서로 시비를 가리는데, 흠뻑 취해서 속세의 간계 다 잊는 것이 어떠하리巧拙賢愚相是非, 何如一醉盡忘機"「對酒」제1라고 했다. 같은 표현이다. 술을 빌려 벼슬길의 불안함과 인간 세상의 간계를 잊으려 하는 백거이의 고뇌가 읽혀진다.

024

옛날을 추억하며 쓴 원구의 시에 화답하다
和元九¹悼往²
[옛 모기장에 대한 느낌을 적다 · 感舊蚊幬³作]

고운 님 그대 곁을 떠난 후
어디로 갔을까 알 수 없어라.
함께 쓰던 물건도 흩어졌으니
그대 마음 어디에 의지할꺼나.

오로지 남은 얇은 깁 휘장도
하루하루 먼지 쌓여 갈 테니
거기 서려 있을 향기와 빛깔
옛날만큼 진하지는 않으리라.

등잔불 반짝반짝 비춰들거나
달빛을 은은하게 가려줄 때면
그 안에서 외롭게 잠들 그대
덮은 이불에 가을바람 일겠지.

옛날 모란 정원에 있던 그 임
지금은 송백숲 새 무덤에 있네.
꿈에 함양서 만나 눈물지었건만
깨어보니 그대로 강릉이었다니.

해가 지나도 여전한 그 그리움
한밤 읊조림으로 터져 나왔네.
그대 마음 말로 하지 않더라도
읽는 이의 마음은 젖어온다네.

美人別君去[4]	自去無處尋
舊物零落盡	此情安可任
唯有繡紗幌[5]	塵埃日夜侵[6]
馨香與顏色[7]	不似舊時深
透影燈耿耿[8 9]	籠光月沈沈[10 11]
中有孤眠客	秋涼生夜衾
舊宅牡丹院	新墳松柏林
夢中咸陽淚[12]	覺後江陵心[13]
含此隔年恨[14]	發爲中夜吟
無論君自感	聞者欲沾襟[15]

주석

[1]元九원구: 원진元稹을 말함. 시 「서명사에 모란꽃이 피어 원구를 생각하다西明

^{寺牡丹花時憶元九}」참조.

²悼往^{도왕}: 옛날을 추억하며 슬퍼하다.

³蚊幬^{문주}: 모기장. 이 시에는 "옛 모기장에 대한 느낌을 적다^{感舊蚊幬作}"라는 부제가 있는데, 이것은 원진이 쓴 「옛 모기장을 펼치고^{張舊蚊幬}」라는 시를 보고 지었다는 의미임.

⁴美人^{미인}: 아름다운 사람. 여기서는 원진의 죽은 부인 위총^{韋叢}을 일컬음.

⁵纈紗幌^{힐사황}: 무늬가 있는 얇은 비단 휘장.

⁶塵埃^{진애}: 먼지.

⁷馨香^{형향}: 향기.

⁸透影燈^{투영등}: 등잔불을 투시하여 비치다.

⁹耿耿^{경경}: 불빛이 반짝거리는 모양.

¹⁰籠^롱: 덮어 씌우다. 가리다.

¹¹沈沈^{침침}: 밤이 깊어 조용한 모양. 침착한 모양.

¹²咸陽淚^{함양루}: 함양에서 흘린 눈물. 원진의 처 위총^{韋叢}의 묘가 함양에 있어서 일컫는 말.

¹³江陵心^{강릉심}: 강릉에 있는 사람의 마음이나 기분. 원진은 이때 좌천되어 강릉에 있었음.

¹⁴隔年恨^{격년한}: 해를 넘긴 한. 원진이 죽은 부인을 계속 그리워하고 있음을 표현함. 원진의 처는 원화 4년 7월 9일 장안 정안리^{靖安里}의 집에서 숨을 거두었고, 원진과 백거이가 이 시들을 주고받은 것은 그 이듬해이므로 일컫는 말.

¹⁵襟^금: 옷깃. 마음. 생각.

이 시는 백거이가 장안에서 경조호조참군京兆戶曹參軍 겸 한림학사翰林學士로 있을 때인 39세원화5년,810년에 지은 작품이다. 원진이 죽은 부인과 함께 쓰던 모기장을 보며 부인에 대한 그리움과 쓸쓸한 심정을 담은 시「옛 모기장을 펼치고張舊蚊帳」에 백거이가 화답하여 쓴 것이다. 원진의 처 위총韋叢은 직전해인 원화 4년에 숨을 거두어 함양咸陽에 묻혔고, 이 시를 주고받은 원화 5년에 원진은 좌천되어 강릉江陵에 있었다.

백거이는 이 답시에서 원진의 쓸쓸한 마음을 구마다 섬세한 감성으로 위로하고 있다. 사랑하던 부인도 잃고 함께 쓰던 추억 어린 물건도 다 사라진 지금, 오로지 남은 것이라고는 얇은 비단 휘장뿐이란다. 하지만 그것마저 하루하루 먼지가 쌓이고 빛이 바래갈 터. 거기에 담겨 있는 추억을 부여잡고 싶은 마음만큼 아쉬움도 커져갈 친구의 마음을 잘 알고 위로한다.

"옛날 모란 정원에 있던 그 임"은 당대 귀족 여성들의 모란 사랑을 반영한 표현이다. 장안 여인들 사이에는 투화鬪花 즉, 경쟁적으로 꽃의 아름다움을 자랑하는 유행이 있었는데, 주로 모란꽃이 사용되었다. 황실이나 귀족 여인들이 진귀한 품종이나 예쁜 꽃으로 정원을 꾸미고 정성 들여 키우며 꽃의 아름다움을 과시하는 문화였다. 모란꽃이 주는 풍성함과 화려함에 당시의 이러한 시대 풍조까지 더해져, 모란은 하늘 아래 둘도 없는 미녀 또는 부귀영화를 상징하는 부귀화富貴花로 일컬어졌다. 따라서 이 시구는 원진의 죽은 부인이 외모가 아름답고 모란꽃을 즐기는 품격 있는 귀족 여인이었음을 비유적으로 표현한 것이다.

아내가 죽은 지 일 년. 꿈에서 아내와 감격적으로 해후하다 그 꿈에서 깨어나자 못내 허망했을 벗의 마음을, 죽은 아내에 대한 그리움을 차마 드러내어 말하지 못하고 모기장을 빌려 에둘러 전하는 벗의 마음을 잘 읽어주는 두 사람의 우정이 부럽다. 침묵도 때로는 소리를 내나 보다.

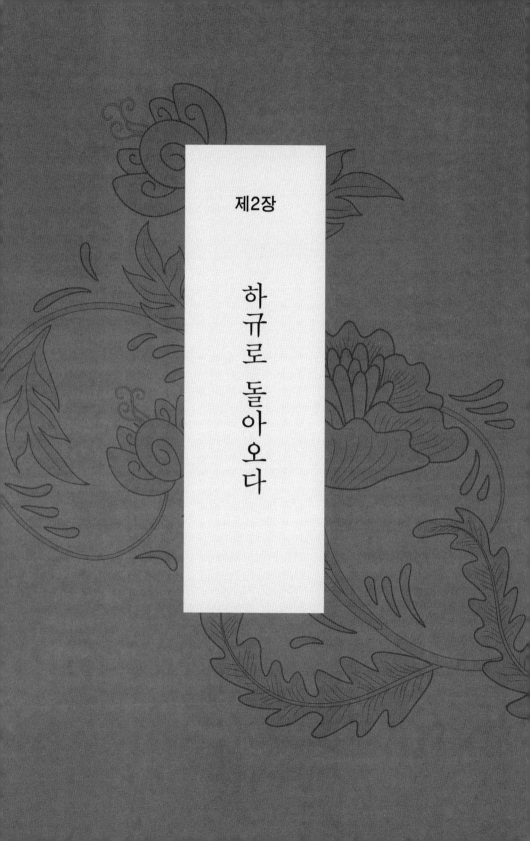

제2장

하
규
로
돌
아
오
다

025

위수의 옛집에 다시 오다
重到渭上¹舊居

맑은 위수 구비 예전 살던 집
문은 채도 나루와 마주했지.
십 년 만에 처음 돌아온지라
자칫 입구도 헤맬 뻔 했다네.

떠나던 그 때를 떠올리면서
옛날 놀던 데서 감상에 젖는다.
꺾어 심은 버들은 숲이 되고
씨 심은 복숭아는 고목 됐네.

어른을 만나면 놀라게 되니
모두 옛날의 그 아이들이라.
옛 노인의 소식을 물어보면
절반이 마을가 무덤 됐다네.

인생살이는 나그네와 같아
앞뒤로 순서대로 떠나지만
태양은 구르는 구슬 같아서
뜨고 지는 것 멈추지 않지.

사람도 사물도 날로 변하니
눈 닿는 것마다 슬퍼지는데
그 생각으로 나를 돌아보면
난들 어찌 늙지 않았겠는가!

젊은 얼굴 쉼 없이 늙어가고
백발은 수도 없이 생기는데
오로지 산문 밖에 솟아 있는
세 봉우리 풍경은 그대로라네.

舊居淸渭曲	開門當蔡渡[2]
十年方一還	幾欲迷歸路
追思昔日行	感傷故遊處
揷柳作高林	種桃成老樹
因驚成人者	盡是舊童孺[3]
試問舊老人	半爲繞村墓
浮生同過客[4]	前後遞來去
白日如弄珠[5]	出沒光不住

人物日改變　　擧目悲所遇

回念念我身　　安得不衰暮

朱顔銷不歇[6]　　白髮生無數

唯有山門外　　三峰色如故

주석

[1]渭上위상 : 위수渭水 가.

[2]蔡渡채도 : 위수 가에 있는 나루터 이름. 한나라 효자인 채순蔡順의 이름에서
유래함.

[3]童孺동유 : 어린이와 젖먹이. 어린아이들을 일컬음.

[4]浮生부생 : 인생. 『장자莊子 · 각의刻意』에서 "살아서는 떠다니는 듯하고, 죽어서
는 쉬는 듯하다其生若浮, 其死若休"라는 말에서 유래하여, 사람이 이 세상에 사
는 것이 정처 없이 떠도는 것 같다는 뜻.

[5]弄珠농주 : 구슬을 가지고 놀다. 구슬을 굴리다.

[6]朱顔주안 : 젊은 얼굴. 젊음을 의미.

감상

　이 시는 백거이가 40세원화 6년, 811년에 하규下邽에서 지은 작품이다. 이해 4
월 모친 진陳 씨가 장안의 의평리宜平里 자택에서 사망하자, 고향인 하규 의진
향義津鄕 김씨촌金氏村으로 퇴거하여 복상服喪 중이었다.

　오랜만에 온 고향은 하마터면 길을 잃을 만큼 생경하다. 어린 나무는 자라
서 숲을 이루었고, 옛날 그 코흘리개는 어른이 되었다. 옛 어른 소식을 궁금
해 하면 태반이 저 산 구비 어디쯤 묻혔다는 말로 돌아온다.

세월은 빠르고 인생은 짧다고 늘 입에 달고 살지만, 막상 이런 소리를 들으면 또 막막해지고 초라해지는 것이 인지상정이다. 백거이 자신도 영원히 곁에 계실 것 같았던 모친의 상중喪中 아닌가. "젊은 얼굴은 쉽게도 늙는데, 태양은 변함없이 찬란하다. 사람의 수명은 산만도 못하고, 세월은 흐르는 물보다 빠르네朱顔易銷歇, 白日無窮已. 人壽不如山, 年光忽於水"「早秋曲江感懷」라는 탄식이 절로 나온다.

난들 어찌 다르랴. 이렇게 날로 늙어가는 것이 당연한 일. 사람은 그러한데, 저 산문 밖 봉우리는 아득한 옛날의 사람들도 내가 만날 수 없는 먼 후일의 사람들도 다 지켜볼 수 있겠구나.

026

밤비
夜雨

내 그립고 그리운 임은
멀고 먼 저 시골에 있고
내 가슴 아프게 한 일은
깊고 깊이 창자에 맺혔네.

시골은 멀어서 갈 수 없지만
그쪽 바라보지 않은 날 없고
창자는 깊어 풀 수는 없지만
그리워하지 않은 밤이 없네.

하물며 흐릿한 등잔불 아래
텅 빈 방 외롭게 잠들 때랴.
가을이라 새벽 유독 더딘데
비바람 참으로 거세게 친다.

불가의 이치 배우지 않았다면

이런 심경 어찌 견뎌냈을까.

我有所念人　　隔在遠遠鄕

我有所感事　　結在深深腸

鄕遠去不得　　無日不瞻望¹

腸深解不得　　無夕不思量²

況此殘燈夜³　　獨宿在空堂

秋天殊未曉　　風雨正蒼蒼⁴

不學頭陀法⁵　　前心安可忘

주석

¹瞻望첨망 : 바라보다.

²思量사량 : 그리워하다. 늘 생각하다. 헤아리다.

³殘燈잔등 : 희미한 등불.

⁴蒼蒼창창 : 짙푸르다.

⁵頭陀法두타법 : 불가의 이치.

⊛ 頭陀두타 : 의식주에 대한 탐욕과 번뇌를 버리고 수행하다라는 뜻으로 주로 불가의

수행을 말함.

감상

　이 시는 백거이가 마흔 살 되던 해원화6년, 811년, 고향 하규에서 지은 작품이

다. 이 시는 표현하는 대상과 상황을 구체적으로 설명하지 않으면서도 마음

속에 잊지 못하는 그러나 상처로 남아있는 사람에 대한 그리움을 절실하게 담아낸 시이다. 나아가 견디기 힘든 그리움 혹은 잠 못 드는 밤의 상념은 불가의 힘에라도 기대야만 견딜 수 있다고 에둘러 표현함으로써 그 간절함을 배가시켰다. 이 시에서 멀고 먼 저 시골에 있는 "그립고 그리운 임"은 상령湘靈이라는 이름의 여인이고, "창자에 맺혀" "가슴 아프게 한 일"이란 그녀와의 이루지 못한 사랑이다.

백거이는 3년 전인 37세에 친구인 양여사楊汝士의 동생과 결혼을 했는데, 모친의 뜻을 따른 결혼이었다. 그런데 그에게는 오랜 첫사랑인 상령이 있었다. 백거이는 11세 때 부친 백계경白季庚을 따라 서주徐州의 부리현符离縣으로 이사했는데, 그곳에서 자신보다 4살 어린 상령湘靈이라는 여자아이를 알게 되어 친구로 어울렸다. 상령은 음률을 알고 성격도 활발했다고 한다. 백거이가 19세, 상령이 15세 무렵 이성으로 발전했는데, 백거이는「이웃 여자鄰女」라는 시에서 15세의 상령이 아름답고 목소리도 좋다고 표현하기도 했다. 27세 정원 14년, 708년 되던 해 백거이는 자신의 앞날과 가족 부양을 위해 부득이 부리현을 떠나 강남 지방을 가게 된다. 이 무렵「상령에게寄湘靈」,「차가운 규방의 밤寒閨夜」,「긴 그리움長相思」 등의 시를 지어 상령에 대한 그리움을 담았다.「상령에게」라는 시에서 "내 눈물은 추위로 얼어 흐르지 않지만, 높은 곳에 오를 때마다 그대 있을 곳을 바라본다오. 멀리서도 알지요 이별 후에도 서루에 올라, 난간에 기대어 홀로 시름겨워하고 있으리란 것을淚眼凌寒凍不流, 每經高處卽回頭. 遙知別後西樓上, 應憑欄干獨自愁"「寄湘靈」라고 표현했다. 이 둘은 이미 만난 지 17년, 그중 연인으로 보낸 시간이 8년인 사이였다.

정원 16년 초, 진사에 급제한 29세의 백거이는 부리현으로 돌아와 열 달 정도 모친과 함께 지내며 상령과의 결혼을 희망했다. 그러나 모친은 상령의 집안을 문제 삼아 결혼에 반대했다. 백거이가 교서랑이 된 정원 20년^{714년} 가을에도 교서랑 직을 수행하기 위해 장안으로 이사를 해야 해서 다시 상령과의 결혼 허락을 구했으나 모친은 허락하지 않았다. 이때 상령을 그리워하며 쓴 시가 「동짓날 밤에 상령을 그리워하며冬至夜懷湘靈」, 「가을이 와서 멀리 부치다感秋寄远」, 「멀리 부치다寄远」 등이다.

백거이는 모친의 강력한 압박으로 37세에 양여사의 동생과 결혼을 한다. 그러나 결혼 이후에도 여전히 상령을 그리워하며 「밤비夜雨」, 「거울感镜」 등의 시를 지었다. 이 「밤비」 시에서 "내 가슴 아프게 한 일, 깊고 깊이 창자에 맺혔네"라고 표현된 일은 바로 모진 마음 다잡고 스스로 그만두어야 했던 상령과의 인연을 말한다. 사랑의 고통이요, 고통의 사랑이다.

후일 백거이는 강주사마江州司馬로 좌천되어 부인 양 씨와 함께 강주로 가는 도중에, 때마침 정처 없이 떠돌던 상령 부녀와 만난 적이 있다. 이때의 고통스러운 마음을 담아, 「옛 사람을 만나逢舊」라는 시를 지었다. 이때 백거이의 나이 이미 44세였고 상령은 40세였는데 아직 미혼이었다고 한다. 세월이 다시 흘러 백거이가 항주자사杭州刺史의 임기를 마치고 장안으로 돌아갈 때 옛 마을에 들러 상령의 소식을 수소문했으나 상령의 거취를 알 수 없었다고 한다. 만나지 못해 서글펐겠으나, 만났다면, 정작 마주 앉았다면 무슨 말을 할 수 있었을까. 차마 말을 잊지 못하고, 야윈 가슴 말없이 주고받다 하염없이 멀어지지 않았을까. 53세 때의 일이다.

이 「밤비」 시에서 하루도 "그쪽 바라보지 않은 날 없고" "그리워하지 않은 밤 없네"라고 했던 이루지 못한 사랑과 그 임을, 천명天命을 알아 맺을 인연은 아니었다라고 마음을 달리했을 만한 지천명知天命 나이에도 여전히 마음속에 얹어두고 생각지 않은 낮과 밤이 없었던 것은 아닐까 싶다.

027

백발

白髮

때가 되면 나오는 흰머리
남몰래 나랑 약속했었나?
오늘 아침 햇살 아래에서
빗질에 몇 가닥 떨어지네.

식구들은 이 모습 낯설어
아무 말 못하고 슬퍼하니
이상할 것 없다 말했지만
너흰 그 뜻 알 수 없으리.

사람은 나이 서른이 되면
겉은 건장해도 속은 늙어
먹고 자는 즐거움마저도
벌써 이십 대만 못하다네.

심지어 내 나이 올해 마흔
용모는 원래부터 말랐었고
책벌레라 두 눈 이미 침침
술병으로 사지도 무겁다네.

사랑하는 이 날로 사라지고
남은 이들과는 헤어진 채라.
심신이 예부터 그래왔으니
백발이 생겨도 늦은 것이리.

원래 사람이 나고 늙고 죽는
이 세 고통은 늘 함께 오나니
불생불멸의 관념이 아니라면
인간세상에 치료약 없으리라.

白髮知時節　　暗與我有期
今朝日陽里　　梳落數莖絲
家人不慣見　　憫黙爲我悲¹
我云何足怪　　此意爾不知
凡人年三十　　外壯中已衰
但思寢食味　　已減二十時
況我今四十　　本來形貌羸
書魔昏兩眼²　　酒病沉四肢

親愛日零落	在者仍別離
身心久如此	白髮生已遲
由來生老死	三病長相隨
除却念無生[3][4]	人間無藥治

주석

[1] 憫黙민묵 : 근심으로 인해 아무 말을 하지 않음.

[2] 書魔서마 : 책벌레. 책을 지나치게 좋아하는 사람.

[3] 除却제각 : 제외하다.

[4] 無生무생 : 생멸 구분이 없는 불생불멸不生不滅을 의미하는 불교용어.

감상

이 시는 백거이가 40세원화 6년, 811년에 하규에서 지은 작품이다. 세상에는 노화나 흰머리를 소재로 한 문학작품이 수도 없이 많고, 현실 속에서 노화나 백발과 관련한 이야기나 감정도 많이 존재한다. 그래서 늙는다는 것은 마치 너무도 익숙한 이야기인 듯하지만, 사실 늙어보지 않은 사람은 그 육체적 쇠약함이나 노화로 인한 감정을 세세하게 진실로 안다고 할 수 없다.

이 시에서도 낙천은 가족들의 위로에 너희들은 늙음을 알 수 없다고 한다. 몸이 겉으로는 젊어 보여도 속은 이미 쇠했고, 눈이 침침해지고 사지에 힘이 빠진 것은 말할 것도 없고, 생활에 대한 열정도 식었고 감정도 무디어졌다고. 주변 친구나 지인은 이미 저 세상의 혼백이 되어버렸다고도 한다. 덧없고 고통스럽다. 불교의 힘이라도 빌어 삶과 죽음을 초월해보려고 발버둥을 쳐보는 수 밖에.

인간의 생노병사는 자연의 한 과정이지만, 그래도 늘 고통스럽다. 이 세상 어느 누구도 그것을 막거나 치료할 수 없으니 그 고통 앞에 인간은 늘 초라하다. 백낙천이 살던 시대나 생명과학이 발전하여 백 세 인생이란 말이 새롭지 않은 지금이나 마찬가지다.

028

늙음을 한탄하다

嘆老[1]

새벽에 일어나 거울을 보니
모습도 그림자도 초췌하다.
청춘은 날 버리고 떠나갔고
백발은 빗질에 우수수 진다.

세상 변화는 시나브로 와서
점점 늙어가도 못 알아채고
그저 거울 속의 내 모습이
어제보다 늙었다 걱정한다.

사람살이 백 년도 못 사는데
그마저 늘 즐거울 수 없구나.
뉘라서 알랴, 천지의 마음을.
거북과 학은 천 년을 산다네.

내 듣기로 의술 뛰어난 인물

옛날부터 편작을 꼽아왔는데

만병은 다 고칠 수 있었어도

노화 고치는 약은 없었다네.

晨興照靑鏡[2]　　形影兩寂寞

少年辭我去　　白髮隨梳落[3]

萬化成於漸[4 5]　　漸衰看不覺[6]

但恐鏡中顔　　今朝老於昨

人年少滿百　　不得長歡樂

誰會天地心　　千齡與龜鶴

吾聞善醫者　　今古稱扁鵲[7]

萬病皆可治　　唯無治老藥

주석

[1] 嘆老탄로 : 늙음을 탄식하다.

[2] 靑鏡청경 : 청동 거울.

[3] 隨梳수소 : 빗질에 따라.

[4] 萬化만화 : 세상의 수많은 변화.

[5] 成於漸성어점 : 점진적으로 이루어지다. 어於는 '~에', '~에서'의 뜻.

[6] 看不覺간불각 : 보아도 느끼지 못하다. 알아채지 못하다.

[7] 扁鵲편작 : 중국 전국戰國 시대의 명의名醫 이름.

이 시는 백거이가 40세원화 6년, 811년에 하규에서 지은 작품으로 「늙음을 한 탄하다嘆老」 3수 가운데 제1수이다.

백거이의 시에는 특히 늙음을 한탄하는 내용이 많다. 인간의 수명이 요즘 과는 달랐다 해도, 서른 살 무렵부터 늙음이나 흰 머리를 탄식하는 작품을 많이 지었다. 이 작품은 그나마 마흔에 써낸 늙음에 대한 한탄이다.

세상의 변화는 쉬지 않고 다가오건만 그런 긴 변화는 알아채지 못하고 그저 하루하루 늙는다고 한탄하는 것이 인간이라 한다. 백 년도 채 못살면서 천 년을 살 것인 양 걱정을 하고, 백 년 세월을 산다 해도 즐겁게 사는 날은 많지 않다고도 한다. 아무리 명의라 한들 노화는 고칠 수 없다고도 한다. 구구절절 맞는 말이다. 천년을 사는 거북이나 학을 부러워할 것이 아니라, 백년이라도 사는 동안 즐겁게 지낼 일이다.

같은 제목의 연작시에서 "만물이 성장하는 것에만 놀라고, 내 몸이 늙는 것은 느끼지 못하는구나. 가는 세월 어찌하겠는가. 젊은 시절은 붙잡을 수 없는 것但驚物長成, 不覺身衰暮. 去矣欲何如, 少年留不住."「嘆老」제3수이라 했다. 살아갈 날 중에 오늘이 가장 젊은 날이다. 아껴 놀고 시간 내어 즐길 일이다.

029

형제를 송별하고 온 밤, 눈이 내리다
送兄弟回雪夜

날이 어둑어둑해지고
구름이 자욱해지더니
동북풍 거세게 분다.
지금 마을 남쪽에서
형제 보내고 오는 길.

이별의 눈물 옷에 남아있고
타고 온 말 아직 울어댄다.
돌아와 막 방에 앉을 때쯤
하늘이 흐리고 달도 없구나.

밤이 길어 불도 다 꺼진 시간
비가 진눈깨비로 맺혀 내린다.
화로에는 썰렁한 재 가득하고
계단에는 날리던 눈이 쌓인다.

눈을 보며 식은 재를 휘저으니
꺼질 듯한 불씨 밝았다 이우네.
식은 재는 내 마음인 듯하고
하얀 눈은 내 머리카락 같구나.

눈앞의 현실이 모두 이러하니
잠시 근심을 견디고 있는 것.
생각을 바꾸어서 좌망에 들고
근심 돌려 참선의 희열 얻으리.

평소 마음을 씻어내던 공부가
바로 오늘밤을 위한 것이구나.

日晦雲氣黃	東北風切切[1]
時從村南還	新與兄弟別
離襟淚猶濕[2]	回馬嘶未歇
欲歸一室坐	天陰多無月
夜長火消盡	歲暮雨凝結
寂寞滿爐灰[3]	飄零上階雪[4]
對雪畫寒灰	殘燈明復滅[5]
灰死如我心	雪白如我髮
所遇皆如此	頃刻堪愁絶[6]

回念入坐忘⁷　轉憂作禪悅⁸

平生洗心法⁹　正爲今宵設

주석

¹切切절절 : 급박하다. 슬프고 걱정하는 모양.

²離襟이금 : 이별하는 심정.

³爐灰노회 : 화로의 재.

⁴飄零표령 : 흩날려 떨어지다.

⁵殘燈잔등 : 흐릿한 등잔불.

⁶頃刻경각 : 매우 짧은 시간.

⁷坐忘좌망 : 잡념을 버리고 무아無我의 경지에 들어감.

⁸禪悅선열 : 불교어. 선정禪定에 들어가 마음이 평화롭다. 선정은 한마음으로 사
    물을 생각하여 마음이 흐트러짐이 없는 경지를 말함.

⁹洗心세심 : 마음을 깨끗하게 하다. 잡념을 버리고 나쁜 생각을 씻어내다.

감상

　이 시는 백거이가 40세원화6년, 811년에 하규에서 지은 작품이다. 형제를 보
내고 돌아온 밤, 눈이 내리자 걱정스러운 마음을 담아냈다.

　나는 고향 땅 하규에 있고 형제는 오늘 밤 멀리 떠났다. 형제를 송별하고
돌아오는 길, 하늘이 갑자기 어둑어둑해지더니 동북쪽에서 슬프고 스산한
기운이 담긴 바람이 거세게 불어온다. 내 옷깃에는 이별의 눈물도 아직 마르
지 않았는데, 하늘은 자욱하게 빗방울을 뿌리다 이내 눈발로 바꾸어 내린다.
이 차가운 계절에 겨울옷 채비도 채 갖추지 못하고 형제를 떠나보냈으니 마

음이 한없이 무겁고 또 무겁다.

　달도 없는 어두운 밤, 먼 길을 나서자마자 비바람을 맞았겠구나. 내리는 눈발은 형제 걱정에 소란한 내 마음 갈피인 듯하고, 차갑게 식어버린 화로의 재도 형제 걱정으로 사위어버린 내 마음인 듯하다. 화롯불을 다시 붙이자니 싸늘한 객잔에서 잠들 형제 생각에 차마 그럴 수가 없다. 차라리 차가운 방 불 꺼진 화롯가가 내 마음이 편할 듯하니, 이대로 잠들지 못할 이 밤을 맞는다. 이 괴로운 마음을 지탱하기가 힘들어 애써 좌망에 들고 참선을 시작해본다. 아마도 이런 날이 있을 듯하여, 미리 마음공부를 했었나 보다.

030

깨우침
自覺

아침에 사랑하는 사람 잃어 울고
저녁에 아끼는 사람 잃어 웁니다.
사랑하고 아끼는 이 다 잃었는데
나 홀로 어떻게 살아가겠습니까?

한평생 기쁨의 크기는 몰라도
골육의 정은 끝이 없는 것이라
창자를 도려내는 고통이 되고
코끝에 시큰함으로 맺힙니다.

슬픔이 닥치면 사지가 풀리고
통곡 끝나면 두 눈 침침하지요.
그러니 내 나이 이제 마흔인데
마음은 이미 칠십 노인입니다.

불교의 위대한 가르침 속에는
해탈의 문이 있다고 하더이다.
마음을 고요한 물처럼 다스리고
몸은 저 하늘 구름인 양 여기며

내 옷에 묻은 먼지를 털어내듯
생사윤회의 번뇌 끊어야 하지만
외려 이 시드러운 삶 연연하며
벗어나지 못하고 머뭇거립니다.

지난날을 돌아보며
원대한 바램을 세우나니
제 한 몸에 드러나게 하소서.

과거의 업보는 받겠으나
미래의 인연은 맺지 않겠습니다.

맹세하노니
지혜의 물로써
번뇌의 먼지 영원히 씻어내겠나이다.

맹세하노니
더는 은애의 씨앗으로

슬픔과 근심의 뿌리 심지 않겠나이다.

朝哭心所愛　　暮哭心所親

親愛零落盡[1]　安用身獨存[2]

幾許平生歡[3]　無限骨肉恩

結爲腸間痛[4]　聚作鼻頭辛

悲來四支緩　　泣盡雙眸昏[5]

所以年四十　　心如七十人

我聞浮屠敎[6]　中有解脫門[7]

置心爲止水[8]　視身如浮雲

斗擻垢穢衣[9][10]　度脫生死輪[11][12]

胡爲戀此苦　　不去猶逡巡[13]

回念發弘願[14]　願此見在身

但受過去報　　不結將來因

誓以智慧水　　永洗煩惱塵[15]

不將恩愛子　　更種悲憂根

주석

[1] 零落영락 : 쇠퇴하다. 시들다. 꽃이나 나뭇잎이 시들어 떨어지다.

[2] 安안 : 어찌.

[3] 幾許기허 : 얼마나 되나.

[4] 腸間痛창간통 : 창자의 아픔. 애끊는 고통.

[5] 雙眸昏쌍모혼 : 두 눈이 흐릿하다. 여기서는 너무 울어서 두 눈이 침침하다는 의미.

⁶浮屠教^{부도교}: 불교의 가르침. 부도^{浮屠}는 범어 Buddha의 음역어.

⁷解脫^{해탈}: 일체의 번뇌에서 벗어남.

⁸止水^{지수}: 흐르지 않는 고요한 물.

⁹斗擻^{두수}: 털어내다. 마치 옷에 묻은 먼지를 떨어내듯 번뇌와 탐욕을 털어내어 없애다는 의미.

¹⁰垢穢衣^{구예의}: 때가 묻어 더럽혀진 옷.

¹¹度脫^{도탈}: 인간 세상의 일체의 고통을 넘어 해탈의 경지에 도달하다.

¹²生死輪^{생사윤}: 생사윤회의 고통.

¹³逡巡^{준순}: 머뭇거리다. 망설이다.

¹⁴弘願^{홍원}: 원대한 바람. 큰 서원誓願.

¹⁵煩惱塵^{번뇌진}: 번뇌의 먼지. 복잡한 번뇌를 의미.

감상

이 시는 백거이가 40세원화 6년, 811년에 하규에서 지은 작품으로, 「깨우침自覺」 2수 가운데 제2수이다.

백거이가 하규로 돌아온 것은 모친의 복상服喪을 위해서다. 또 원화 4년에서 6년 사이에 딸 금란자金鑾子를 잃어야 했다. 이 시에서 백거이는 누구의 죽음으로 인한 것인지는 설명하지 않았지만, "과거의 업보는 받겠으나, 미래의 인연은 맺지 않겠습니다"나 "더는 은애의 씨앗으로, 슬픔과 근심의 뿌리 심지 않겠나이다"라는 표현을 보면, 아마도 딸 금란자를 잃었을 때의 심정일 듯하다.

골육을 잃은 마음을 어찌 다 글로 적어낼 수 있을까. 설사 핏빛의 아픔을 적어낸다 한들, 남들이 그 마음에 어찌 가 닿을 수 있겠는가. 사지가 풀리고 눈이 침침해져 보이지 않을 때까지 울어본다 한들, 혈육을 잃은 슬픔은 시도 때도 없이 다시 스미어 나와 가슴을 쑤시고 살을 도려낼 것이다. 산 자가 할 수 있는 것이라곤 그저 생사윤회의 번뇌를 끊는 것이라지만, 그것이 가능할까?

　백거이는 죽음을 삶의 한 과정으로 받아들이려고 노력했다. 시 「방언放言」에서 "천 년 된 소나무도 결국 죽어 썩을 것이고, 하루를 사는 무궁화도 그 자신은 영화로울 것. 어찌 현세에 연연하며 늘 죽음을 두려워하는가. 육신을 혐오하지도 삶을 싫증내지도 마라. 살고 죽는 것은 모두가 꿈일진대, 꿈에 사는 사람이 슬프고 즐거운 감정에 어찌 얽매이느냐松樹千年終是朽. 槿花一日自爲榮. 何須戀世常憂死. 亦莫嫌身漫厭生. 生去死來都是幻. 幻人哀樂系何情"라고, 삶을 무료하다 하지도 죽음을 두려워하지도 말라고 했다. 백거이는 죽음도 자연의 한 조각이라고 여기고 주어진 천명을 기꺼이 수용하는 낙천지명의 삶을 살고자 했지만, 자식의 죽음 앞에서는 초연할 수 없었고, 겨우 이런 시라도 지으며 초연해보고자 했을 것이다.

031

시냇가의 초봄

溪中早春

종남산의 눈 아직 덜 녹아서
응달진 봉우리 잔설 그대론데
서쪽 골짜기엔 얼음 이미 녹아
봄물에 파르라한 빛이 감돈다.

봄바람이 며칠 불어오더니
땅속에는 벌레가 꿈틀대고
봄풀도 서서히 움을 틔운다.
따스한 봄기운이 한 일이니
하루도 덧없이 가지 않구나.

이렇게 따뜻한 날씨가 좋아서
개울가 바위에 먼지 털어낸다.
한번 앉아 돌아가길 잊었는데
둥지 찾아든 저녁새 지저지저.

쑥과 뽕나무 대추나무 너머

밥 짓는 연기 은은한 저녁.

돌아와 저녁 반찬 물어보니

냉이랑 보리를 삶았다 하네.

南山雪未盡　　陰嶺留殘白[1][2]

西澗冰已消　　春溜含新碧[3]

東風來幾日　　蟄動萌草坼[4][5]

潛知陽和功[6]　一日不虛擲

愛此天氣暖　　來拂溪邊石

一坐欲忘歸　　暮禽聲嘖嘖[7]

蓬蒿隔桑棗　　隱映烟火夕[8][9]

歸來問夜餐　　家人烹薺麥[10]

| 주석 |

[1]陰嶺음령 : 그늘진 산봉우리.

[2]殘白잔백 : 잔설.

[3]溜류 : 물방울. 낙숫물이 떨어지는 곳.

[4]蟄칩 : 벌레가 땅속에 숨음. 겨울잠 자는 벌레.

[5]坼탁 : 터지다. 갈라지다. 싹트다.

[6]陽和양화 : 봄날의 화창한 기운.

[7]嘖嘖책책 : 새가 우는 소리. 시끄러운 모양.

[8]隱映은영 : 은은하게 비치다. 서로 어울려 돋보이다.

⁹烟火연화 : 밥을 짓는 연기.

¹⁰薺제 : 냉이.

감상

　이 시는 백거이가 하규에서 41세 때원화 7년, 812년 지은 작품이다. 무료한 심사를 털어버리려 홀로 갯가를 걷는다. 그리고 보니 연못에도 푸른빛이 돌고 봄풀도 움을 틔웠다. 엊그제부터 바람이 부드럽다 싶었는데, 자연은 하루도 부질없이 흐르지 않았음이라. 따사로운 봄 햇살과 살랑살랑 불어오는 봄바람 속에, 산새들과 한나절, 봄풀들과 한나절을 보내며 대자연의 한 자락이 되어 본다. 저녁 새의 지저귐도 자연의 한 울림이리라.

　산촌은 어느 하나 소란스럽지도 인위적이지도 않다. 도회를 떠나 이 하규땅으로 돌아와 몸을 기댈 적에는 고향인데도 왠지 서먹하고 갑갑했었다. 그저 덤덤하거나 몸에 맞지 않은 남의 옷을 입은 듯이. 하지만 시간을 보내면서 뜻밖에 자연의 한 조각으로 사는 맛도 참되게 느끼고, 편안한 향촌 생활의 멋도 알게 되었다. 마을엔 뽕나무 대추나무 너머로 밥 짓는 연기 매캐하게 오른다. 저녁밥으로 보리와 냉이의 성찬이 기대된다.

　이 시는 자연의 조화에 따라 시나브로 다가오는 계절의 변화와 그 속에서 특별할 것 없는 일상이 주는 안온함을 표현한 작품이다. 일상은 흔들림 없이 유지될 때는 그 소중함을 모르다가도 조금이라도 흔들리면 바로 그 소중함을 깨닫게 된다. 코로나19가 우리에게 알려준 깨우침이 바로 그 일상의 소중함이다.

032

친구와 산골짜기로 꽃구경을 가다
同友人尋澗花

저 산에 봄꽃 피었다 기에
마을에서 외상술도 샀는데
그대와의 소풍이 좀 늦었나?
꽃이 이미 다 지고 없구려.

아쉬움을 술잔 들고 달래며
휑한 골짜기 쓸쓸히 보다가
꽃피는 이때를 꼭 기억하여
내년에 다시 오자 약속했네.

이 몸은 하루하루 늙는데
봄 풍경 해마다 그대로라
내년에 오자고 기약하지만
건강할지는 알 수 없어라.

聞有澗底花	貰得村中酒[1]
與君來校遲	已逢搖落後[2]
臨觴有遺恨[3]	悵望空溪口[4]
記取花發時	期君重携手
我生日日老	春色年年有
且作來歲期	不知身健否

감상

이 시는 백거이가 41세 봄원화7년, 812년에 하규에서 지은 작품이다. 봄이 오면 설레는 마음은 막 꽃이 피기 시작하는 무렵이 절정이다. 꽃구경을 아니하고서 어찌 봄을 보내랴. 조바심이 들어 마당에 심어둔 꽃이 필 때까지 기다릴 수 없다. 친구 불러 봄을 찾아 나서야겠다. 물론 꽃그늘 속에서 취하지 않고는 못 배길 터라, 외상술을 챙겨 들었다. 올봄 꽃을 처음 보는 설레임과 그 사이 꽃이 져버릴까 하는 괜한 조바심이 겹쳐 걸음이 빨라진다.

그런데, 아뿔싸! 내가 늦었네. 꽃이 모두 져버렸다. 친구까지 부르고 외상술도 샀건만, 부질없는 일이 됐다. 꽃가지로 술잔 헤아려 가며 꽃그늘에서 주거니 받거니 하려 했는데 할 수 없게 되었다. 올봄 꽃구경은 허망한 바램으로 끝났다. 그런데 그것보다 더 허망한 것은 봄꽃이 너무도 쉽게 져버린 것. 이 산에 꽃이 피었다는 소리를 듣자마자 서둘러 왔건만 그 사이에 꽃이 시들어 져버렸으니, 꽃 시절은 어찌 이리 짧을 소냐!

잘 기억해 두었다가 내년 이맘때는 늦지 않게 오자고 친구와 약속을 해 본다. 허나, 허나 말일세. 꽃 시절 짧듯이 우리의 청춘 시절도 짧은 것이라, 내년 이맘때 내가 건강할지는 알 수 없다네.

봄꽃이 주는 찬란한 슬픔이다!

033

술을 앞에 두고
對酒

한세상 백 년쯤 산다 해도
모두 다 더해봤자 삼만 일
게다가 백 살까지 사는 이
백 명 중 한 명도 되지 않지.

어리석나 현명하나 모두 이울고
귀하나 천하나 묻히긴 매한가지.
태산에 앞뒤로 따라온 넋들이나
북망산 신구 유골이 다 그런 것.

듣기로 약을 오용한 자
불로장생을 믿어서 이고
죽을까봐 걱정한 사람은
정치 평론을 써서 라네.

약을 오용했던 사람은
장수를 누릴 수 없었고
죽음을 걱정한 사람도
병으로 죽지는 않았지.

누가 그랬는가!
인간이 만물의 영장이라고.
외려 그저 얻는 것만 알고
잃는 건 모르는 존재인 걸.

차라리 친한 벗들 불러모아
술을 마시는 것이 나을지도.
술은 복잡한 걱정 녹여주고
참 본성 찾게 해 준다 하니.

그래서 저 유령 완적 무리들
평생 술에 취한 채 살았던가.

人生一百歲	通計三萬日
何況百歲人	人間百無一
賢愚共零落[1]	貴賤同埋沒[2]
東岱前後魂[3]	北邙新舊骨[4]
復聞藥誤者	爲愛延年術[5]

又有憂死者　　爲貪政事筆⁶

藥誤不得老　　憂死非因疾

誰言人最靈　　知得不知失

何如會親友　　飮此杯中物⁷

能沃煩慮消^{8 9}　能陶眞性出¹⁰

所以劉阮輩¹¹　終年醉兀兀^{12 13}

주석

¹零落영락 : 쇠퇴하다. 꽃이나 나뭇잎이 시들어 떨어지다.

²埋沒매몰 : 묻히다.

³東岱동대 : 태산泰山. 대岱가 태산의 별칭인데 오악五岳 가운데 동쪽에 위치하여 동대라고 호칭하기도 함.

⁴北邙북망 : 북망산. 낙양洛陽 북쪽에 위치하며 한대漢代 이후 많은 귀족들이 이곳에 묻혔음. 후대에는 묘지를 의미함.

⁵延年術연년술 : 불로장생의 비법.

⁶政事筆정사필 : 정치와 관련한 글 또는 그러한 글쓰기.

⁷杯中物배중물 : 잔 속에 들어 있는 술.

⁸沃옥 : 물에 씻다.

⁹煩慮번려 : 번거로운 생각.

¹⁰眞性진성 : 천성. 본성.

¹¹劉阮유완 : 진晉의 유령劉伶과 완적阮籍을 지칭. 모두 죽림칠현竹林七賢의 일원으로 술을 마시며 현실의 구속과 번뇌를 잊고자 했던 인물.

¹²終年종년 : 평생토록. 죽을 때까지.

¹³醉兀兀^{취올올}: 심하게 취한 모양.

   이 시는 백거이가 41~42세^{원화 7~8년, 812~813년} 하규에서 지은 작품이다. 사람이 한세상을 살다가 떠나는 것은 생전에 그의 지위 고하나 연령의 노소를 떠나 공평한 자연의 한 자락이다. 그런데 사람들은 이런저런 욕심을 부리거나 불사약이라며 약을 오용하여, 오히려 자연이 부여해준 수명도 다 누리지 못한다. 욕심을 부려 더 얻으려다 오히려 잃은 것이다.

   그런 까닭에 백 년까지 사는 사람은 백에 한둘도 되지 못한다. 그러니 유령^{劉伶}이나 완적^{阮籍}처럼 술에 취해 본성대로 사는 것은 어떠한가! 그저 욕심 버리고 근심도 버리고 즐겁게 지내는 것이 좋지 않겠는가. 낙천^{樂天}이요, 지명^{知命}으로!

034

깨달음
諭懷[1]

검은 머리 하루하루 희어지고
하얀 얼굴 하루하루 검어지듯
사람이 태어나서 죽는 날까지
변화가 어찌 그 끝이 있는가.

흔히 나에게 속한 것들 중에
형체와 용모만한 게 없다지만
하루아침에 바뀌기 시작하면
결코 멈출 수 없는 것이라네.

하물며 내 몸 밖의 세상사
어찌하랴, 그 통함이나 막힘을.

黑頭日已白　　白面日已黑
人生未死間　　變化何終極[2]

常言在己者　　莫若形與色[3]

一朝改變來　　止遏不能得[4]

況彼身外事[5]　悠悠通與塞[6][7]

주석

[1]諭懷유회 : 마음속 깨달음.

[2]終極종극 : 끝.

[3]形與色형여색 : 형체와 용모.

[4]止遏지알 : 멈추다.

[5]身外事신외사 : 내 몸 밖의 일. 내 힘으로 어쩔 수 없는 모든 세상사.

[6]悠悠유유 : 아득하게 먼 모양.

[7]通與塞통여새 : 통함과 막힘. 통함은 현달顯達 즉 출세하여 높은 자리에 오름을,
막힘은 곤궁困窮 즉 뜻을 펴지 못하여 가난하게 살아감을 의미.

감상

이 시는 백거이가 41~42세원화 7~8년, 812~813년에 하규에서 지은 작품이다.
나에게 속하는 몸이나 마음도 내 뜻대로 되지 않는 경우가 있다. 키가 자란
다거나 늙는 것, 병이 드는 것이 그런 것이요, 마음에 없는 소리를 하는 것도
그런 것이다.

아침저녁으로 보이는 흰머리도 마찬가지다. 노화를 자연스럽게 받아들인
다고 말은 하지만 내심 쉽지는 않다. 백발을 처음 발견했을 때 "청산을 멀리
두고 떠나와, 인끈 차고 막 벼슬에 종사할 때는, 생각지도 못했지 내 얼굴과
머리카락이, 뜻도 이루기 전에 이렇게 될 줄은靑山方遠別, 黃綬初從仕. 未料容鬢間, 蹉跎

忽如此"「初見白髮」이라고 놀라기도 했다. 하지만 놀랍더라도, 내 뜻대로 되지 않더라도, 그 변화는 그저 자연스러운 것이니 막을 수는 없다.

내 몸에 속하는 것은 그나마 자잘한 변화다. 내 몸 밖의 세상사나 외물은 어찌 내 힘이 미칠 수 있으랴. 궁하면 궁한 대로, 통하면 통하는 대로 받아들일 수밖에 없지 않은가? 인간은 조화옹의 신술神術 앞에 늘 무기력하다.

035

벗이 와서 묵게 된 것을 기뻐하며
喜友至留宿[1]

촌구석이라 손님 드물어
사립문 대개 닫아두는데
홀연 거마 소리 들리더니
옛 벗이 찾아왔다고 하네.

이 저녁 비바람 몰아쳐
우울함이 차오르던 터.
그대 오늘 함께 묵으며
이 잔을 다 비워봅시다.

사람살이 크게 웃을 날
한세상 몇 번이나 되겠소?

村中少賓客　　柴門多不開

忽聞車馬至　　云是故人來

況値風雨夕	愁心正悠哉
願君且同宿	盡此手中杯
人生開口笑	百年都幾回[2][3]

주석

[1]留宿^{유숙}: 남의 집에 묵다. 여기서는 벗이 와서 자신의 집에 묵음을 의미.

[2]百年^{백년}: 백 년. 사람이 사는 인생을 지칭.

[3]幾回^{기회}: 몇 번.

감상

이 시는 백거이가 41~42세^{원화 7~8년, 812~813년}에 하규에서 지은 작품으로 추정된다. 저녁 무렵 홀연 마차 멎는 소리가 들려 온 신경을 이끈다. 원래 이 사람 저 사람 찾아다니거나 만나는 것도 즐기지 않는 성격이라 대문 앞은 늘 적막하던 참이다. 연락도 없이 반가운 손님이 찾아왔다. 오! 자네 왔는가! 어서 오시게!

반갑게 손잡고 맞아들이며 이런저런 안부를 나누는 사이, 시간은 흐르고 흘러 한밤중이 되었다. 낮에서 밤으로 넘어가며 사위가 고요해지기 시작하면 날이 좋아도 기분이 가라앉는데, 하물며 비바람까지 몰아치는 날이라니. 옳거니! 돌아가려는 객을 만류할 핑곗거리가 생겼다. 술 마시기 좋은 이때 실컷 마셔보자고 은근히 권해보자.

사는 게 뭐 있겠소. 원래가 허무한 것. 그저 입 벌려 웃고 좋은 사람과 함께 하면 그것으로 최고 아니겠소? 한 잔 마시고 또 한 잔. 아니 술잔 세지 말고 무진무진 마셔보세나. 입 벌려 크게 크게 웃어보세나.

036

거울
感鏡

고운 임 내 곁을 떠나며
남겨 주고 간 거울 하나
상자에 고이고이 간직했네.

꽃다운 얼굴 떠나간 후는
가을 못에 연꽃이 없는 듯.

해 지나도 상자 열지 않아
먼지가 거울을 뒤덮었는데
오늘 아침 살짝 닦고서는
초췌한 내 모습 비춰보았네.

보고 나니 밀려오는 슬픔.

거울 뒤 아로새겨진 쌍룡

서로 잘 어울려 있었기에.

美人與我別　　留鏡在匣中[1]
自從花顔去　　秋水無芙蓉
經年不開匣[2]　紅埃覆靑銅[3][4][5]
今朝一拂拭[6]　自照顦顇容[7]
照罷重惆悵　　背有雙盤龍[8]

주석

[1] 匣갑 : 작은 상자.

[2] 經年경년 : 해가 지나다.

[3] 紅埃홍애 : 먼지. 티끌.

[4] 覆복 : 뒤덮다.

[5] 靑銅청동 : 청동. 청동거울.

[6] 拂拭불식 : 털어내다. 닦아내다.

[7] 顦顇容초췌용 : 초췌한 모습.

[8] 盤龍반룡 : 구불구불한 용의 모습.

감상

　이 시는 원화 7년812년, 41세에서 원화 8년813년, 42세 사이, 하규에서 지은 작품이다.

　추억은 삶을 풍요롭게도 하지만 가끔은 사람을 괴롭히기도 한다. 마음에 상처로 남은 사람과 그가 남긴 거울 하나. 차마 그 아픔을 마주하지 못해 아품을 동여매듯이 상자 안에 넣어두고 해를 넘겼다. 거울은 잊지 못할 지난 날에 대한 추억이요 아득한 그리움이고, 그 거울을 상자에 넣는 순간 그 그리움은 아픔이 된다. 예정된 괴로움이 클 줄 알면서도 그것을 버리지 못하는 것은, 아픈 만큼 그 추억이 소중하기 때문이리라. 거울을 주고 떠난 이는 백거이의 첫사랑 여인 상령湘靈으로 추정된다(상령에 대해서는 원화 6년의 「밤비夜雨」 시 참조).

세월이 약이라 했지만 차마 세월로도 삭히지 못하는 것이 있나 보다. 분분히 지는 꽃잎이 서러워서 일까, 지난밤 꿈자리로 인해 까닭 없이 소란한 마음 때문일까, 혹시 아련히 들리는 두견의 핏빛 울음소리 때문은 아닐지. 하여튼 나도 모를 이유로 꺼내 보게 된 그 거울. 그저 먼지 쌓인 거울일 줄만 알았던 그것은 그리움이었고 아픔이었으며 깨져버린 희망이었다. 다시 만나자는 허튼 약속이라도 남겼더라면 거울 뒷면에 새겨진 '쌍룡' 무늬를 보고 이렇게 억장이 무너지지는 않았으리. 그것이 하염없는 기다림이 될지라도.

희망은 깨져버렸지만, 그래도 그는 아마도 그 거울 깨질세라 다시 고이고이 간직했을 듯하다.

037

거울을 주고 송별하며
以鏡贈別

남들은 밝은 달 같다지만
밝은 달보다 훨씬 낫지요.
밝은 달은 밝기는 밝지만
한 해 열두 번 이지러져요.

어찌 옥갑 속의 거울처럼
물 맑듯 언제나 맑으리오.
달은 지면 하늘 어둡지만
둥근 거울은 변함 없지요.

내 몰골은 늙어 창피한데
귀밑털도 눈처럼 희끗희끗.
차라리 젊은이에게 건네어
검은머리 비추는게 나으리.

그대가 천 리 길 떠나기에

이걸 이별선물로 줄까 하오.

人言似明月	我道勝明月
明月非不明	一年十二缺
豈如玉匣裏[1]	如水常澄澈[2]
月破天暗時	圓明獨不歇
我慚貌丑老	繞鬢斑斑雪[3]
不如贈少年	回照靑絲髮[4]
因君千里去	持此將爲別

감상

　이 시는 백거이가 마흔한두 살 경원화 7~8년, 812~813년에 하규에서 지은 작품으로 추정된다. 이별에 앞서 거울을 선물로 주며 마음을 담아 적은 작품이다. 떠나는 이가 누군지는 구체적으로 알 수 없다.

　백거이가 거울을 선물로 주는 이유로 표면적으로는 자신의 늙고 추한 모습보다는 젊은 사람을 비추는 것이 좋을 듯해서라고 말한다. 그러나 실제로는 거울이 지닌 의미를 빌어 떠나는 사람에게 당부하는 마음을 담았다. 밝은 달은 하늘을 밝게 비추기는 하지만 일 년에 열두 번씩 이지러지는데 거울은 언제나 둥근 것처럼 마음이 변함없기를, 그리고 거울처럼 맑은 마음을 지니기를, 또한 거울이 자신을 가감 없이 비춰주는 것처럼 자신을 솔직하게 바라보고 삶의 결과를 받아들이기를 바라는 기원을 담은 시라 할 수 있다.

038

시골에서 와병 중에
村居臥病

시들시들 약하고 병이 들어
걱정스레 하루하루 지낼 제
여름나무에 그늘지나 싶더니
가을난초에 어느새 이슬이라.

엊그제 둥지 속에 있던 알
어린 새가 되어 날아가고
어제는 땅속의 벌레였는데
허물벗은 매미 나무에 오른다.

사계절 변화는 멈춤이 없고
모든 사물 잠시도 안 멎는데
오직 병든 이 나그네만은
축 처져 옛날 그대로구나.

戚戚抱羸病[1][2]	悠悠度朝暮[3]
夏木才結陰[4]	秋蘭已含露
前日巢中卵	化作雛飛去[5]
昨日穴中蟲	蛻爲蟬上樹
四時未嘗歇	一物不暫住
唯有病客心	沈然獨如故[6]

주석

[1]戚戚척척: 근심하거나 상심하는 모양.

[2]羸病이병: 쇠약하고 병들다.

[3]悠悠유유: 근심에 쌓인 모양.

[4]結陰결음: 그늘을 만들다.

[5]化作화작: 변화하여 ~가 되다.

[6]沈然침연: 깊이 가라앉다.

감상

　이 시는 백거이가 41~42세원화 7~8년, 812~813년에 하규에서 지은 작품으로 추정된다. 「시골에서 와병 중에村居臥病」 연작시 3수 중 제3수이다.

　자연은 인간과 일체의 사물이 귀속할 근원적 회귀 공간이다. 인간이나 사물이 그 회귀의 흐름을 따르는 것은 자연스러운 현상이다. 세월이 쉼 없이 변화하고 흘러가는 사이, 땅속에서 오랜 세월을 보낸 매미도 허물을 벗고 나무로 오를 때가 온다. 사립문 밖 느티나무가 훌쩍 자라 무성한 그늘을 만들어내다가 어느새 서늘한 가을 기운을 품는 것도 자연의 변화이자 순환이다. 그런 쉼 없는 자연의 흐름 속에 인간도 몸과 마음을 두고 살다가, 회귀의 흐름에 따라 자연으로 돌아가는 것이 순리다.

　백거이도 그런 자연스러운 변화를 따르고자 했으나, 병이 들어 힘들고 처지다 보니 문득 자신은 그 흐름대로도 살지 못하고 있다는 회한이 들어 적어 낸 시이다. 우울함이 밀려온다.

039

소나무를 심다
栽¹松

세한에도 푸른 기세
곧은 자태의 소나무.

아침마다 보고 싶어
섬돌 앞으로 옮겼네.

죽지 않고 살아나면
하늘높이 고고하리라.

愛君抱晩節^{2 3}　　憐君含直文⁴

欲得朝朝見　　堦前故種君^{5 6}

知君死則已　　不死會凌雲^{7 8}

¹栽재: 심다. 가꾸다.

²**君**군 : 여기서는 소나무를 지칭.

³**晩節**만절 : 마지막 시기의 절개. 여기서는 '세한송백歲寒松柏'의 뜻으로 봄.

⁴**直文**직문 : 곧은 모양. 곧은 자태.

⁵**堦**계 : 섬돌.

⁶**故**고 : 일부러.

⁷**會**회 : 반드시.

⁸**凌雲**능운 : 구름을 뚫고 하늘로 올라감. 뭇사람보다 높이 뛰어남.

감상

이 시는 41~42세 경원화7~8년, 812~813년 하규下邽에서 지은 작품이다. 「소나무를 심다栽松」2수 가운데 제2수이다.

동양문화에서 소나무는 특별한 대상으로 인식된다. 사시사철 늘 푸른 소나무의 특징이나 노송의 원숙한 운치 등이 높이 평가된다. 또 고난이 닥쳐도 굴하지 않는 의연한 절개를 지녔다거나 고고한 품격을 가졌다고 의인화하기도 한다. 소나무의 속성을 인간화하여 마치 식물과 인간 사이의 존재로 인식하는 것이다.

이 시 역시 소나무의 고고한 기상을 높이 평가했다. 그 운치와 기상을 매일 보고자 섬돌 앞에 옮겨 심은 것 역시 야생의 특징을 지녔으면서도 인간 가까이에 있는 사물로 인식했음을 보여준다.

040

금란자를 생각하며

念金鑾子[1]

너와 부모 자식으로 만났던
그 세월 겨우 팔백육십 일
홀연히 내 눈앞을 떠나더니
어느새 삼사 년이 흘렀구나.

육신이란 원래가 허상일 뿐
기 모여 우연히 만들어진 것
은애도 원래 허망한 것이라
인연 닿아 잠시 가족이던 것.

이런 생각으로 마음 다스려
겨우 슬픈 고통 떨쳐본다만
잠시 이성으로 없애보는 것
감정을 초월한 건 아니라네.

與爾爲父子	八十有六旬
忽然又不見	邇來三四春[2]
形質本非實[3]	氣聚偶成身
恩愛元是妄[4]	緣合暫爲親
念茲庶有悟[5]	聊用遣悲辛[6]
暫將理自奪	不是忘情人[7]

주석

[1] 金鑾子금란자: 백거이의 딸 이름이며, 원화 4년에 태어나 원화 6년경 요절한
  것으로 추정.

[2] 邇來이래: 그 후. 이래.

[3] 形質형질: 형체와 성질. 생긴 모양과 그 바탕.

[4] 元원: 근본.

[5] 庶서: 거의.

[6] 悲辛비신: 슬프고 괴로움.

[7] 忘情망정: 희노애락의 감정을 잊음. 혹은 감정적으로 근심이나 걱정에 얽매
  이지 않음. '不是忘情人'은 자식을 잃은 슬픔이나 고통에서 벗어날 수 있는
  사람이 아니다는 의미.

감상

  이 시는 백거이가 42세이던 해원화 8년, 813년에 하규下邽에서 죽은 딸을 애도
하며 지은 작품이다. 이 시는「금란자를 생각하며念金鑾子」2수 가운데 제2수
이다. 백거이는 홍농弘農 양씨楊氏와 결혼하여 딸 금란자를 낳았다. 금란자의

첫 돌에 "내 나이 곧 마흔, 딸의 이름은 금란이. 태어나서 이제 막 첫돌, 앉을 줄은 알아도 말은 아직 못 한다네. 부끄럽게도 달관한 자의 마음을 아직 갖지 못하여, 세속의 사랑에서 벗어날 수 없다네行年欲四十, 有女曰金鑾. 生來始周歲, 學坐未能言. 慚非達者懷, 未免俗情憐"「金鑾子晬日」라고 어린 딸에 대한 멈출 수 없는 사랑을 표현했었다.

그런 금란자를 세 살도 채 되지 않아 잃었다. 자식을 잃은 슬픔을 어디에다 비교할 수 있을까. 그러기에 자식을 잃으면 가슴에 묻는다고 했던가. 눈에 넣어도 아프지 않을 어린 딸을 어이없게도, 가슴에 묻었다. 그 지탱할 수 없는 슬픔으로 백거이는 오히려 냉정해 보인다. 육신을 허상이라 하고, 은애도 허망한 것이며, 부모 자식이 된 것도 그저 잠시 인연이 닿았던 것뿐이라 한다. 하지만 그런 냉정함도 잠시뿐. 어쩔 수 없는 슬픔을 잠시라도 떨쳐내기 위해 억지로 마음을 다스렸던 것이라고, 사람의 감정을, 금란자 너에 대한 그리움을 어찌 떨쳐낼 수 있겠느냐고 토로한다. 그렇게, 억지로 눌러왔던 슬픔은 한순간에 무너져 내린다.

「금란자를 생각하며念金鑾子」제1에서도 "병들고 쇠약했던 나이 마흔에, 귀엽고 천진했던 세 살짜리 딸衰病四十身, 嬌痴三歲女," "요절하던 때를 생각해보면, 옹알옹알 막 말을 배우던 때였네況念夭札時, 嘔啞初學語"라고 어린 딸을 묘사했다. 요절한 후에는 억지로 "그저 태어나기 이전을 생각하며, 이성으로 슬픔과 고통을 떨쳐버리고자 한다唯思未有前, 以理遣傷苦"고 했다. 그러나 어린 딸을 잃은 부모 된 자의 슬픔은 어찌할 수가 없어서, "어찌 생각이나 했으랴 병들어 누웠던 내가, 거꾸로 너의 죽음을 슬퍼하게 될 줄을. 누웠다 놀라 일어난 베갯머리, 등잔 앞에서 통곡을 한다豈料吾方病, 翻悲汝不全. 臥驚從枕上, 扶哭就燈前"「病中哭鑾子」고 황망한 심정을 표현했다.

041

배 상공 꿈을 꾸고
夢裴相公[1]

생과 사로 갈라진 지 오 년
어젯밤 꿈에서 그를 만났네.
꿈에선 여전히 그 옛날처럼
함께 금란전에서 숙직 했지.

황금 인장에 자색 인끈을 단
옥같이 맑은 용모 생생했고
지극하게 서로를 그리는 마음
살아있을 때와 한가지였어라.

깨어나 꿈인 줄을 알고서도
애달픈 마음 사라지지 않아
생전의 일들을 되돌아보니
어젯밤 꿈과 다르지 않구나.

내가 심법을 수양한 후로는

모든 인연 공空이라 했건만

오늘은 그대로 인한 눈물이

온 가슴을 흥건하게 적신다.

五年生死隔　　一夕魂夢通

夢中如往日　　同直金鑾宮²

仿佛金紫色^{3 4}　分明冰玉容

勤勤相眷意⁵　亦與平生同

旣寤知是夢　　憫然情未終⁶

追想當時事　　何殊昨夜中⁷

自我學心法⁸　萬緣成一空⁹

今朝爲君子　　流涕一沾胸

주석

[1] **裴相公**배상공 : 배기裴垍. 정원貞元 연간 급제하여 감찰어사監察御史에 제수되었고, 이후 한림학사翰林學士, 중서시랑동평장사中書侍郞同平章事, 호부시랑戶部侍郞 등 의 지위에 오름.

[2] **金鑾宮**금란궁 : 장안 대명궁大明宮에 있는 금란전金鑾殿. 이 금란전 내에 동한림원 東翰林院이 위치하는데 배기와 백거이는 원화 2년 11월에서 3년 4월 사이 함 께 한림학사를 역임했음.

[3] **仿佛**방불 : 유사하다.

[4] **金紫**금자 : 황금 인장과 자색 인끈. 고위관직을 상징.

[5] **勤勤**근근 : 지극하고 간절함.

⁶憫然민연 : 불쌍히 여기다.

⁷何殊하수 : 어찌 다르겠는가? 다른 것이 없다.

⁸心法심법 : 마음을 다스리는 방법.

⁹萬緣만연 : 모든 인연.

감상

이 시는 원화 9년^{814년} 43세의 백거이가 하규에서 지은 작품이다. 옛날 금란전에서 함께 한림학사로 근무했던 배 상공. 옥같이 맑은 용모의 그와는 마음이 잘 통했었다. 그가 떠난 지 오 년, 가끔씩 그를 떠올리며 옛 시절을 그리워했었지만, 어젯밤 꿈에서 생생하게 재회했을 때는 오 년 세월이 되돌아간 듯 그가 내 곁에 있는 듯했다.

그런데 삶과 죽음은 여전히 다른 세상. 흐르는 눈물을 어찌 멈추겠는가. 마음 다스리는 법을 배워 어떠한 인연에도 얽매이지 않을 줄 알았는데, 배 상공을 그리며 흐르는 눈물은 막지를 못했다. 아니 차라리 통곡이라도 하고 싶다. 내 그리움이 그의 세상에 가 닿을 수 있다면!

하루 또 하루, 소소한 현실은 참으로 무서운 힘을 지녀, 어떠한 죽음도 서서히 잊히고 작아지기 마련이다. 그런데 지기의 죽음 후 오 년, 여전히 지극한 그리움에 눈물을 흘려줄 수 있는 사람이 여기 있다.

042

행간과 헤어지며

別行簡[1]

[이때 행간은 노탄의 검남동천부에 초빙되었다 · 時行簡辟[2]盧坦[3]劍南東川府[4]]

눈병에 걸려 두 눈 침침하고
희끗희끗한 백발도 시름겹다.
내 몸 이미 이렇게 노쇠한데
그림자 같은 너와 헤어지다니.

재주는 여기서 먼 이천 리 길
검문산을 한더위에 넘겠구나.
어찌하나, 그 먼 길 지날 때면
불같은 기운 잔도를 태울 텐데.

흘린 것이 어찌 눈물이겠느냐.
애간장 저미어낸 핏물인 것을.
이 마음 알고 얼른 돌아오너라.
긴 이별이 되지 않게 해다오.

漢漢病眼花⁵　星星愁鬢雪⁶

筋骸已衰憊^{7 8}　形影仍分訣⁹

梓州二千里¹⁰　劍門五六月¹¹

豈是遠行時　火雲燒棧熱^{12 13}

何言巾上淚　乃是腸中血

念此早歸來　莫作經年別¹⁴

주석

¹行簡행간 : 백행간白行簡. 백거이의 셋째 동생.

²辟벽 : 부르다. 초빙하다.

³盧坦노탄 : 사람 이름. 노탄748~817년은 자가 보형保衡이고 낙양洛陽 사람이다. 원화 8년 황하의 둑이 터졌을 때 이길보李吉甫가 군대를 다른 지역으로 이동시키겠다 하여 이를 반대하는 상소를 올렸다가 검남동천절도사劍南东川节度使로 좌천됨.

⁴劍南東川府검남동천부 : 당唐 숙종肅宗 지덕至德 2년757년에 검남절도사劍南節度使 관할구역의 동쪽을 분리하여 설치하였으며, 재주梓州에 그 치소治所를 두었다.

⁵漢漢막막 : 흐릿한 모양.

⁶星星성성 : 머리가 희끗희끗한 모양.

⁷筋骸근해 : 근육과 뼈. 신체를 지칭.

⁸衰憊쇠비 : 쇠약하고 고단함.

⁹分訣분결 : 헤어지다.

¹⁰梓州재주 : 검남동천부의 관서가 있는 곳. 현 쓰촨성四川省 싼타이현三台縣.

¹¹劍門검문 : 쓰촨성에 있는 산. 험하기로 유명함.

¹²火雲화운 : 불같은 구름. 뜨거운 날씨를 지칭.

¹³棧잔 : 잔도.

¹⁴經年경년 : 해를 넘기다.

감상

이 시는 백거이가 43세원화 9년, 814년에 하규下邽에서 지은 작품이다. 행간은 낙천의 동생 백행간白行簡이다. 원화 8년 8월 노탄盧坦이 검남동천절도사剣南东川节度使 겸 재주자사梓州刺史가 되었고, 그 이듬해 백행간은 그의 속관으로 초빙되었다.

그림자처럼 서로를 따르던 동생 행간이 먼 재주 지방으로 벼슬살이를 가기로 했다. 글을 읽어 세상에 쓰임이 되는 일이자 처자를 부양하는 방편이니 막을 수도 없는 일이다. 하지만 이천 리 먼 길도 걱정이고, 한여름 불볕더위에 그 험한 검문산 잔도를 오를 일도 걱정이다. 게다가 나 또한 백발이 성성하고 노쇠하니 다시 만날 수 있을지도 알 수가 없다. 그러니 동생을 보내야 하는 내 마음은 애간장 후비어 파듯 쓰리고 아프다.

감정을 애써 눌러보지만, 목구멍으로 뜨거운 무엇이 턱턱 말문을 막는다. 그래도 먼 길 떠나는 동생에게 뭐라도 인사를, 당부를 해야 할 듯 하여 겨우 힘내서 말을 걸어본다. 너무 오래 있지는 말고 속히 돌아오라고.

043

아이들이 노는 것을 보며
觀兒戲

배냇니 가는 일고여덟 살
비단옷 입은 서너 살 아이
흙장난과 풀싸움을 하며
종일 즐거워 깔깔거린다.

마루 위 나이 지긋한 이들
살쩍 사이 흰머리가 보이네.
아이들 죽마놀이를 볼 때면
말 타고 놀던 때를 떠올리지.

아이들은 말을 타며 즐거운데
어른들은 근심 슬픔 가득하네.
이 양쪽을 가만히 생각해보면
알겠어라, 누가 어리석은 지를.

齠齓七八歲[1]　綺紈三四兒[2]

弄塵復鬭草[3][4]　盡日樂嬉嬉[5]

堂上長年客　鬢間新有絲

一看竹馬戲[6]　每憶童騃時[7]

童騃饒戲樂[8]　老大多憂悲

靜念彼與此　不知誰是癡

주석

[1] 齠齓초츤 : 배냇니가 빠지고 이를 가는 칠팔 세 무렵 또는 칠팔 세의 어린아이.

[2] 綺紈기환 : 무늬 있는 화려한 비단과 흰 비단. 화려한 옷감이나 의복 또는 그러한 옷을 입은 부귀한 사람을 의미.

[3] 弄塵농진 : 흙을 가지고 놀다. 흙장난.

[4] 鬭草투초 : 풀싸움. 음력 5월 5일에 행하는 풀의 우열을 다투는 놀이.

[5] 嬉嬉희희 : 놀며 즐거워하는 모양. 또는 즐거워 웃는 소리.

[6] 竹馬戲죽마희 : 죽마놀이.

[7] 騃애 : 어리석다. 말이 씩씩하게 나가다.

[8] 饒요 : 풍부하다. 가득하다.

감상

이 시는 백거이가 43세이던 해원화 9년, 814년에 하규下邽에서 지은 작품이다. 아이들이 마당에서 흙장난을 하고 있고 어른들은 마루에 앉아 그것을 바라보고 있는 장면이 선명하게 그려진 시다.

아이들의 웃음소리가 담장을 넘는다. 세상에 이보다 더 행복하고 보기 좋은 장면이 또 있을까만은 이를 바라보는 어른들의 표정은 근심과 슬픔에 휩싸여 있다. 나이가 든 어른들은 좋은 장면과 순간을 대하고도 그것을 순수하게 느끼지 못하고, 언제나 앞날의 일을 미리 걱정하거나 쓸데없는 일들을 마음에 담아두고 힘겨워한다. 그러니 나이가 들고 철이 들었다는 것이 꼭 좋은 것만은 아닌 듯하다. 근심 가득한 어른들이 아이들보다 더 어리석어 보인다. 이 시에서 말하는 근심 가득한 어리석은 어른은 제삼자일 수도 있고, 백거이일 수도 있으며, 우리 자신일 수도 있겠다.

044

원구에게

寄元九

병든 지 이제 사 년 세월에
친구들의 편지도 다 끊겼네.
궁통에 따라 사귐이 변함을
우습게도 이제야 알았구나.

멀리 형초 땅의 그대 원 군
떠나던 날도 멀리 간다고만.
유독 자네는 어떤 사람이기에
바위처럼 마음이 변치 않소?

가난하고 병든 나를 걱정하며
편지마다 권면하는 내용이라
서두에는 근심걱정 줄이라고
말미에는 많이 잘 먹으라고.

부끄럽소, 그대도 좌천객 신세

살림살이 힘들고 궁핍할 텐데
내 생활비를 세 번이나 보내니
액수가 이십 만 냥을 넘는구려.

어찌 의식 거리 때문이겠소.
변함없는 마음 감격해서라오.
내가 먹을 것을 염려해주고
그대 입을 것을 나누는 마음.

내가 오래 앓지 않았더라면
운명에 곡절 많지 않았다면
평소 절친했던 그대의 마음
어찌 그 깊이를 알았겠는가.

一病經四年	親朋書信斷
窮通各易交[1]	自笑知何晚
元君在荊楚[2][3]	去日唯云遠
彼獨是何人	心如石不轉
憂我貧病身	書來唯勸勉[4]
上言少愁苦	下道加餐飯
憐君爲謫吏[5]	窮薄家貧褊[6]
三寄衣食資	數盈二十萬
豈是貪衣食	感君心繾綣[7]

念我口中食　　分君身上暖

不因身病久　　不因命多蹇[8]

平生親友心　　豈得知深淺

---

[1]窮通궁통 : 빈궁함과 현달함.

[2]元君원군 : 원진元稹. 원진에 대해서는 시 「서명사에 모란꽃이 피어 원구를 생각하다西明寺牡丹花時憶元九」 참조.

[3]荊楚형초 : 지금의 중국 후난성湖南省과 후베이성湖北省 일대 지역.

[4]勸勉권면 : 타이르다. 격려하다.

[5]謫吏적리 : 유배된 신하. 좌천된 관리.

[6]貧褊빈편 : 가난하다.

[7]繾綣견권 : 계속 이어짐. 감정이 깊고 두터움을 형용.

[8]蹇건 : 다리를 절다. 여기서는 인생의 곡절로 해석.

감상

　이 시는 백거이가 43세이던 해원화 9년, 814년에 하규下邽에서 지은 작품으로, 원진元稹의 편지를 받고 부친 답시로 보인다. 이때 원진은 환관 구사량仇士良, 유사원劉士元과의 갈등으로 강릉부江陵府 사조참군士曹參軍으로 좌천되어 있었다. 백거이는 병으로 인해 오래 사회 활동을 하지 못하자 인간관계가 많이 소원해졌는데, 원진만큼은 자신도 좌천되어 있으면서 변함이 없이 위로의 편지를 보내왔음에 감사의 마음을 담았다.

원구 보시게. 나는 지금 몸이 조금 가벼워져서 서재에 혼자 앉아 있소. 그대가 간절히 보고 싶어 억장이 막히니 잠시 붓을 들어보오. 이런 밤에는 그대와 이 서재에서 두런두런 옛이야기를 나누거나, 함께 술을 마시며 시를 지어 주고받으면 좋으련만, 그대는 저 천만 리 밖 푸른 하늘 아래 있구려. 그리워나 할 뿐, 그대가 올 수 없으니 요즘 내 서재는 그저 닫혀 있다오. 그래도 우리 운명에 이런 곡절이 있어 그대 마음 깊이를 다시 알게 되었소. 시골 참군參軍 월급이 몇 푼이나 된다고, 그걸 쪼개서 내 입고 먹을 것을 걱정해서 보내주다니요. 바위처럼 굳은 그대 마음 내 깊이 간직하리다.

　그대 모습을 꿈에서라도 보았으면 싶소. 간혹 꿈에 한 번 오시구려. 오늘 밤은 샘가의 오동잎이 후드득후드득 떨어지고 새벽 달빛은 유독 차갑구려. 잘 지내시구려. 또 소식 전함세.

045

밤비 속 상념
夜雨有念

도道로 심기를 다스리면
일 년 내내 마음 편안한데
어찌하랴, 이런 슬픈 마음
비바람만 불면 홀연 생기네.

영화와 출세도 꿈꾸지 않고
배고픔과 추위 안 두렵건만
어찌하여 깊이 우울해하며
사위는 등불 앞 시름겨운가.

형제 소식 넌지시 물으면
침묵으로 대신 할 수밖에.
내 혈육 몇 명이나 된다고
하늘 끝에 떨어져 있는가.

형님은 숙주 땅에 있고
아우는 동천땅 객살이라.
남북으로 오천 리 먼 길
나는 그 중간쯤에 있네.

가보려 해도 병들어 못 가고
그대로 있자니 마음 안 편해
내 마음 물결 위 조각배처럼
이리 매이고 저리 당겨진다.

스스로 도를 찾아 살아온 지
어느덧 예닐곱 해가 되었고
올곧은 성품을 갖고자 하여
천만 가지 인연 다 버렸지만

오직 골육의 뜨거운 정만이
여전히 나의 애를 태움에랴.
어찌 약이 효과가 없으랴만
병 많으면 완치도 어렵다네.

以道治心氣　　終歲得晏然[12]
何乃戚戚意[34]　忽來風雨天
旣非慕榮顯[5]　又不恤飢寒[6]

胡爲悄不樂[7]　　抱膝殘燈前[8]

形影暗相問[9]　　心默對以言

骨肉能幾人　　各在天一端

吾兄寄宿州[10]　　吾弟客東川[11]

南北五千里　　吾身在中間

欲去病未能　　欲住心不安

有如波上舟　　此縛而彼牽[12]

自我向道來　　於今六七年

煉成不二性[13][14]　消盡千萬緣

唯有恩愛火　　往往猶熬煎[15]

豈是藥無效　　病多難盡蠲[16]

주석

[1] 終歲종세 : 일 년 내내.

[2] 晏然안연 : 편안하다.

[3] 何乃하내 : 어찌 ~할 수 있는가.

[4] 戚戚척척 : 우울한 모양.

[5] 榮顯영현 : 영화와 현달顯達.

[6] 恤휼 : 걱정하다.

[7] 悄초 : 근심하다.

[8] 抱膝포슬 : 무릎을 감싸고 앉다. 생각에 잠긴 모양.

[9] 形影형영 : 사람의 형체와 그림자. 행방. 자취.

[10] 宿州숙주 : 안후이성安徽省 북부에 있는 지명.

¹¹東川동천: 검남동천부劍南東川府를 말함. 당唐 숙종肅宗 지덕至德 2년757년에 검남 절도사劍南節度使 관할 지역의 동쪽을 나누어 설치하였으며, 재주梓州에 그 치소治所를 두었다.

¹²此縛而彼牽차박이피견: 이쪽에 매이고 저쪽으로 당겨진다. 이러지도 못하고 저러지도 못하는 마음을 표현.

¹³煉련: 제련하다. 마음을 단련하다.

¹⁴不二性불이성: 여러 가지 성품을 보이지 않는다. 올곧은 성품을 지니다.

¹⁵熬煎오전: 애태우다.

¹⁶蠲견: 깨끗하다. 제거하다. 여기서는 병이 완치되다의 뜻.

감상

이 시는 백거이가 43세에원화 9년, 814년 하규下邽에 있을 때 지은 작품이다.

도를 닦아 욕심을 내려놓고 심기를 편안하게 다스린다 해도, 또 이런저런 이유로 속된 인연 다 끊어져도, 형제는 영원히 끊어지지 않는 인연이자 영원히 끊어낼 수 없는 걱정거리이기도 하다. 그러다 보니 비바람만 세차게 몰아쳐도, 몇십 리 거리만 헤어져도 형제 걱정은 늘 새벽 등불 앞에서 시름겹게 한다.

그런데 그 몇 안 되는 형제들이 오천 리 먼 거리에 뿔뿔이 흩어진 채 객살이를 하고 있다. 찾아가 볼까 해도 내 몸이 성치 않으니, 이럴 수도 저럴 수도 없어 마음만 괴롭다. 사느라 고달픈 형제는 영원한 걱정거리이지만, 그래서 형제는 또 세상에 더 없는 인연이리라. 영원히 나를 걱정해 줄 인연이기도 하니.

046

북쪽 뜨락에서
北園

북쪽 뜨락에 봄바람 부니
온갖 꽃들이 하나둘 핀다.

꽃은 한순간 지는 것이라
하루에도 서너 번 와 본다.

꽃밭에서 어찌 술 없으랴만
따르려다가 이내 주저한다.

그대는 천 리 밖 멀리 있고
누가 내게 술을 권해주겠나.

北園東風起　　雜花次第開[1]
心知須臾落[2]　　一日三四來
花下豈無酒　　欲酌復遲廻[3]

所思眇千里⁴　　誰勸我一杯

주석

¹雜花잡화 : 여러 가지 꽃.

²須臾수유 : 짧은 순간.

³遲廻지회 : 망설이다. 배회하다.

⁴眇묘 : 희미하다.

감상

　이 시는 백거이가 대략 40세에서 44세 사이원화 6~10년, 811~815년에 지은 작품이다.

　봄이 아쉬운 것은 그것이 짧기 때문이고, 꽃이 아름다운 것은 곧 시들어버리기 때문이리라. 백거이는 이러한 이치를 잘 알아서 봄과 청춘을 늘 아쉬워했다. 오늘 저 만발한 꽃들도 어느 한 순간 져버릴 터, 그때는 아쉬워도 어쩔 수 없으려니 하루에도 서너 번씩 와서 꽃을 감상한다. 작은 것에서도 삶의 아름다움을 찾는 시인의 진지함이 느껴진다.

　좋은 풍경 앞에 서면 술 한 잔 떠올리는 것이 또 우리네 동양인의 정서고 풍류다. 하지만 백거이는 술잔을 앞에 두고도 기울이지는 못한다. 아름다운 꽃이 있어도 그것을 함께 할 사람이 없으면 그 아름다움은 힘을 잃어서 일까. 꽃 속에서 함께 할 벗이 없자 달님과 그림자를 벗 삼아 술잔을 기울이고 춤을 췄던 시인 이백李白과는 기질적으로 달라 보인다.

047

단가행
短歌行

훤허니 불꽃같은 해
천 리를 떠올랐다가
한순간에 져버리는데
뜨면 대낮이요 지면 밤
구슬처럼 생겨 멋지 않죠.

멈춰 설 수 없는 걸
누군들 어찌하겠소.
그대 위해 술잔 들고
단가행 불러드리리다.

노래 가락 구슬프고
가사 또한 애달프니
자리하신 젊은 손님
한 번 들어보시게나.

오늘 밤도 끝나기 전
내일 아침 쫓아오고
가을바람 막 갔건만
봄바람이 다시 불지.

사람은 묻을 뿌리 없고
시간은 머물 수 없으니
젊음과 해는 져 가는 것.

그대들!
일부러라도 한 번 웃으시게.
그대들!
억지로라도 술 한 잔 드시게.

인생살이 늘 즐거울 수 없고
젊다 해도 한순간 늙는다네.

瞳瞳太陽如火色[1]	上行千里下一刻
出爲白晝入爲夜	圓轉如珠住不得[2]
住不得 可奈何	爲君擧酒歌短歌[3]
歌聲苦 詞亦苦	四座少年君聽取
今夕未竟明夕催	秋風才往春風回
人無根蒂時不駐[4]	朱顔白日相隳頹[5]

勸君且强笑一面 　　勸君且强飲一杯

人生不得長歡樂 　　年少須臾老到來[6]

주석

[1]曈曈동동: 동이 트며 훤해지는 모양.

[2]圓轉원전: 회전하다.

[3]短歌단가: 「단가행短歌行」. 인생의 짧음을 노래한 악부 작품 이름.

[4]根蒂근체: 식물의 뿌리와 과실의 꼭지.

[5]隳頹휴퇴: 무너지다.

[6]須臾수유: 잠시. 짧은 시간.

감상

　　이 시는 백거이가 대략 40세에서 44세 사이원화6~10년, 811~815년에 지은 작품이다. 「단가행短歌行」은 한대漢代의 악부 곡조명인데, 그 시대의 옛 가사는 전해지지 않는다. 조조曹操가 지은 「단가행」이 가장 이른 작품인데, 우수한 인재를 뽑아 천하를 통일하고 싶다는 열망을 표현했다. 후대 문인들의 작품에서는 주로 짧은 인생에 대한 회한이나 인생을 즐기자는 내용이 표현되었다. 백거이의 작품도 마찬가지이다.

　　세월은 쉼 없이 흐르니 어차피 멈추게 할 수 없고, 우리네 인생은 영원한 우주의 세월 속에 그저 한 점에 불과하니, 온갖 시름 다 던져버리고 우선 즐겨봐야 하지 않겠는가. 그런데 우리는 늘 근심 속에 살고 있으니 우선 근심의 뿌리를 뽑아버려야 하리라. 인간의 모든 근심은 소유하거나 소유하지 못해 생기는 것. 재물을 쌓는 일은 곧 근심을 마련하는 일이니, 재물을 쌓아서 근심하느니 차라리 재물이 없어 근심하거나 재물을 갖지 않아 근심을 만들지 않는 것이 낫지 않겠소?

또한 재물이 없다고 근심이 모두 없어지면 좋으련만, 사람의 욕심은 그 끝을 보기 힘드오. 그러니 사람의 일이란 언제나 만족스러울 수 없고, 약간 부족하면 그것으로 족해야 하오. 만약 사람의 일이 일마다 모두 만족스러우면 곧바로 좋지 않은 일이 생기더이다. 인간사 성쇠가 그러하니, 차라리 조금 부족한 것이 좋소.

모든 이욕을 버리고 적당히 만족하며, 우선 즐겨나 보세. 짧디짧은 인생, 가을바람 부는가 싶은데 어느새 봄꽃이 지고, 한순간에 늙음도 밀려온다오. 그러니 억지로라도 웃으시게. 억지로라도 술 한 잔 하고 한세상 시름 잊어보시게!

048

숭산 남쪽으로 돌아가는 장 산인을 송별하다

送張山人[1]歸嵩陽[2]

황혼녘 어둑어둑 하늘엔 가는 눈발
수행방 서쪽은 북소리도 끊어진 때
홑옷의 장 선생이 여윈 말 타고 와
한밤중 사립문 두드리며 고별하네.

추위 속에도 작별하러 와 황송하여
그대위해 술 마련하고 등불 걸었네.
술 거나해져 온기 돌자 물어 본 말
무슨 일로 장안에 왔다 떠나느냐고.

그대는 답하길,
"예전에 우연히 산을 내려 왔고
사십여 개월 장안에 머물렀는데
장안은 예부터 명리다툼 심한 곳
빈손에 돈 없이는 살기 어렵군요.

아침에 도성의 대로에서 떠돌면
살진 말 좋은 수레 탄 이가 속였고
저녁에 권문세가에서 묵게 되면
남은 차 식은 술로 비참하게 했지요.

장안 춘명문
그 앞이 바로 숭산 가는 길
다행히 구름과 샘물은 이 몸 반기니
내일 그대와 이별하고 돌아가렵니다."

黃昏慘慘天微雪[3]　　修行坊西鼓聲絶[4]

張生馬瘦衣且單　　夜扣柴門與我別

酒酣火暖與君言[5]　　何事入關又出關

答云前年偶下山　　四十餘月客長安

長安古來名利地[6]　　空手無金行路難

朝遊九城陌[7]　　　　肥馬輕車欺殺客[8][9]

暮宿五侯門[10]　　　殘茶冷酒愁殺人[11]

春明門[12]　　　　　門前便是嵩山路[13]

幸有雲泉容此身　　明日辭君且歸去

주석

[1] 張山人장산인 : 구체적으로 누구인지 알 수 없으나, 산인山人은 세상을 멀리하
고 산속에 사는 사람을 말함.

²嵩陽숭양: 숭산嵩山의 남쪽.

³慘慘참참: 어두운 모양.

⁴修行坊수행방: 장안 주작문가朱雀門街 동쪽의 한 구역.

⁵酒酤주고: 술을 사다.

⁶名利地명리지: 명리를 다투는 곳.

⁷九城陌구성맥: 도성의 큰 길.

⁸肥馬輕車비마경차: 살진 말과 좋은 수레. 호화로운 생활을 비유.

⁹欺殺기살: 심하게 속이다. 살殺은 정도가 심함을 표현.

¹⁰五侯門오후문: 권문세가의 집.

¹¹愁殺수살: 극도로 근심하다. 살殺은 정도가 심함을 표현.

¹²春明門춘명문: 장안성 동문 3개 중의 중간문.

¹³嵩山숭산: 산 이름. 고대 중국 오악五岳 가운데 중악中岳에 해당하는 산.

감상

　　이 시는 백거이가 43세 경원화9~10년, 814~815년 장안에서 태자좌찬선대부太子左贊善大夫로 있을 때 숭산嵩山으로 돌아가는 장 산인張山人을 송별하며 쓴 작품이다. 태자좌찬선대부는 태자太子의 속관으로 태자를 보좌하는 정오품상正五品上의 직책이다. 백거이는 원화 9년부터 이듬해 강주사마江州司馬로 좌천되기 전까지 이 관직에 있었다.

　　장 산인은 청운의 꿈을 갖고 장안으로 와서 출사를 모색했으나, 좌절 끝에 다시 산으로 돌아가겠다며 송별 인사를 하러 왔다. 그에 의하면, 장안은 권문세가나 부귀한 자들이 사람을 속이고 무시하며 온갖 명리를 독점하는 곳이었다.

대장부가 세상에 나와서 어찌 벼슬이 더럽다고 버리고 산림에서 살기를 바라겠는가. 선비라면 살면서 세상을 경영하는 포부를 갖는 법인데, 세상은 오히려 권문세가나 힘 있는 자들이 자리와 기회를 독점하고 나누려 하지 않는다. 그러니 가진 것 없고 출신이 미약한 사람은 좋은 낯빛으로 허리 굽실거리며 비정한 명리 다툼을 배워 영합하거나, 꿈을 버리고 산림에 은둔하는 수밖에 없을 것 같다.

장 산인처럼 비리와 꼼수가 횡횡하는 세상이 자신과 맞지 않는다고 생각하거나 고상함을 핑계로 거리를 두고 은둔하는 것은 비장한 의지가 아니면 선택하기 힘든 방향이다. 그렇게 장 산인은 구름과 샘물이 환영하는 숭산으로 돌아가려 한다. 그가 경험한 장안 사회는 기득권이 철옹성을 쌓고 있는 요즘 우리 사회와 하나 다를 것이 없어 보인다.

049

봄을 보내다

送春

오늘은 삼월의 마지막 날
봄도 가고 그 하루도 저문다.
슬픔 겨워 봄바람에게 묻노니
내일은 응당 가고 없겠지 라고

곡강 가에서 봄을 배웅하며
아쉬움에 이리저리 둘러보니
물 위로 떨어지는 꽃잎들만
무수하게 분분히 흩날린다.

인생이란 나그넷길 같아
걸음을 멈출 수 없는 것.
날마다 앞을 향해 가지만
그 앞길은 또 얼마나 될지.

전쟁이나 물불같은 재난은
피해 갈 수도 있으련만
오직 다가오는 늙음만큼은
그 어디도 피할 곳 없구나.

이 계절 정녕 가는구나 싶어
연못가 나무에 홀로 기댄다.
봄을 보내는 지금의 심정은
오랜 벗과 이별하는 듯하다.

三月三十日	春歸日復暮
惆悵問春風[1]	明朝應不住
送春曲江上[2]	眷眷東西顧[3]
但見撲水花[4]	紛紛不知數[5]
人生似行客	兩足無停步
日日進前程	前程幾多路
兵刀與水火	盡可違之去[6]
唯有老到來	人間無避處
感時良爲已[7]	獨倚池南樹
今日送春心	心如別親故

¹惆悵추창: 실망하여 슬퍼함.

²曲江곡강: 곡강지曲江池. 장안長安 즉 현재의 산시성陝西省 시안西安 시 동남쪽에

있는 연못. 이전에는 의춘원宜春苑, 낙유원樂遊原, 부용원芙蓉園 등으로도 불림.

당대에는 중화절中和節이나 삼짓날上巳日 등에 많은 사람들이 이곳에 모여

놀았다고 함.

³眷眷권권: 못 잊어 뒤를 돌아보는 모양.

⁴撲水花박수화: 물 위로 떨어지는 꽃.

　참 撲박: 치다. 때리다.

⁵紛紛분분: 어지러운 모양. 어지럽게 날리는 모양.

⁶違위: 피하다. 달아나다. 어기다.

⁷良량: 진실로. 정말로.

감상

이 시는 44세이던 원화 10년815년, 장안에서 태자좌찬선대부太子左贊善大夫로

있으면서 지은 작품이다.

봄은 찬란하다. 그래서 서럽고 그래서 또 아쉽다. 가는 봄이 어느 누구인들 아

쉽지 않으련만, 시인 백거이에게는 언제나 더 남다르다. 그에게 봄은 언제나 다

시는 오지 않을 듯 아쉽다. 시인의 감수성 때문일까, 삶에 대한 열정 때문일까.

삼월의 마지막 날, 올해도 봄은 결국 그 끝자락을 보인다. 잡을 수 없는

봄, 내일 아침이면 냉혹하게 가버릴 봄이다. 그래도 한편으로는 정녕 머물러

주었으면 하는 허튼 바람을 떨칠 수 없다. 바람이 불면 무수한 꽃잎이 다 지

려니, 종잡을 수 없는 바람은 이제 그만 불었으면……. 그러나 어찌하랴, 피

할 수 없는 것이 시간의 흐름이고 계절의 바뀜인 것을. 봄을 보내는 아쉬움에 물 위로 떨어지는 꽃잎마저도 찬란하다. 어쩔 수 없이 봄의 끝자락 풍경을 눈에 담으며 아쉬움을 달랜다.

우리의 청춘도 그렇게 찬란했던가. 우리네 삶은 날마다 앞으로 향해 가며 청춘에서 멀어지고 있다. 그리고 그 뒤로는 세상 어디로도 피할 수 없는 늙음이 따라오리라. 이런 이치를 잘 아는 시인은 잡을 수 없는 그 봄을 이제는 보내려 한다. 오랜 친구를 보내듯, 연못가에서 그 봄의 뒷모습을 지켜준다.

백거이는 이듬해 같은 날 즉 원화 11년^{816년} 3월 30일에도 송춘의 의미를 담아 시를 지었다. 이때는 강주사마로 좌천된 후이다. 시 「떠나는 봄을 배웅하며−원화11년 3월 30일 작送春歸−元和十一年三月三十日作」이다. 내용을 보면, "떠나는 봄을 송별하니, 삼월 마지막 날도 해가 저문다. 작년에는 행원에 꽃 흩날리고 궁궐 실도랑이 푸를 때, 곡강 구비에서 봄을 송별했었네. 금년은 진달래 지고 두견새 우는 때에, 서강의 서쪽에서 봄을 보낸다. 황성에서 봄을 송별할 때도 울적했거늘, 먼 하늘 끝에서 송별하니 더 슬프지 않겠는가. (…중략…) 잘 가거라 올해 장강 가의 봄이여. 살아있다면 내년에도 다시 만나세送春歸, 三月盡日日暮時. 去年杏園花飛御溝綠, 何處送春曲江曲. 今年杜鵑花落子規啼, 送春何處西江西. 帝城送春猶怏怏, 天涯送春能不加惆悵. (…中略…) 好去今年江上春, 明年未死還相見"이다. 당나라 사람들은 장강 중하류를 서강이라고 불렀다. 좌천된 땅에서 작년 같은 날 황성皇城에서의 일을 떠올리면 천양지차로 달라진 신세가 더욱 서글펐을 것이다.

이 시를 읽을 때마다, 늘 〈청춘〉이라는 우리 대중가요가 떠오른다. "언젠간 가겠지 푸르른 이 청춘, 지고 또 피는 꽃잎처럼. 달밝은 밤이면 창가에 흐르는, 내 젊은 연가가 구슬퍼. 가고 없는 날들을 잡으려 잡으려, 빈손 짓에 슬퍼지면, 차라리 보내야지 돌아서야지, 그렇게 세월은 가는 거야……."

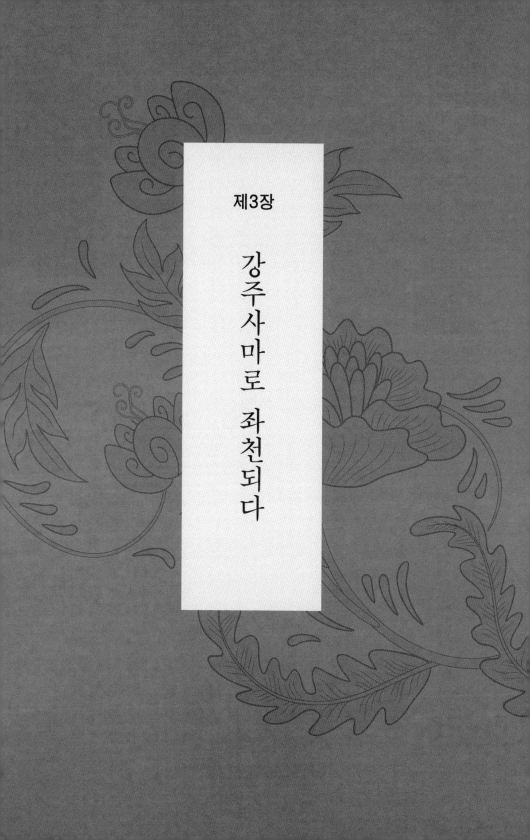

제3장

강주사마로 좌천되다

050
이 십일과 이별한 후 다시 부치다
別李十一[1]後重寄

가을 날씨 참으로 소슬한 날
수레 타고 초가집을 떠났지요.
고개를 돌려 바라본 청문 길
아련할 때까지 울울했답니다.

어찌 고향 연연해서 그러겠소.
높은 관직 간절한 것도 아니오.
슬픈 것은 그대와 헤어지는 것
우리는 한평생 뜻이 같았지요.

한림원에서 조서 함께 받들고
간언하는 글도 나란히 쓰면서
같이 청운의 사다리 올랐는데
도중에 한 사람이 떨어졌구려.

나는 강호를 향해 가고 있고

그대는 조정에 그대로 있으니

미천한 이 몸과 고귀한 그대

서로 만날 날 언제일 런지요?

秋日正蕭條²   驅車出蓬蓽³

回望靑門道⁴   目極心鬱鬱⁵⁶

豈獨戀鄉土   非關慕簪紱⁷

所愴別李君   平生同道術⁸

俱承金馬詔⁹   聯秉諫臣筆

共上靑雲梯¹⁰   中途一相失

江湖我方往   朝廷君不出

蕙帶與華簪¹¹¹²   相逢是何日

주석

¹李十一이십일: 이건李建. 십일十一은 이건의 항렬.

²蕭條소조: 쓸쓸하다. 소슬하다.

³蓬蓽봉필: 봉문필호蓬門蓽戶의 줄임말. 쑥대나 콩대로 만든 사립문. 가난하고
누추한 집을 표현함.

⁴靑門道청문도: 청문의 길.

참 靑門청문: 한漢나라 장안長安 성 동남쪽에 있던 문으로 색깔이 청색이라 하여 붙은
이름. 이 청문 밖에 파교灞橋가 있어 사람들이 이 다리에서 버드나무 가지를 꺾어 송별
했다고 함. 이후로 청문은 송별의 장소라는 의미로 쓰임.

⁵ 目極목극 : 시선이 닿을 때까지 바라보다. 아련해질 때까지 눈을 떼지 않고 바라보다.

⁶ 鬱鬱울울 : 우울하다.

⁷ 簪紱잠불 : 관모와 갓끈. 고대 관원의 복식으로, 높은 관직에 오름을 의미.

⁸ 道術도술 : 도덕과 학술.

⁹ 金馬금마 : 금마서金馬署. 여기서는 한림원翰林院을 지칭.

¹⁰ 靑雲梯청운제 : 청운의 사다리. 입신출세할 수 있는 길.

¹¹ 蕙帶혜대 : 풀로 만든 허리띠. 은자나 미천한 신분을 표시.

¹² 華簪화잠 : 화려한 관모. 높은 관직 또는 높은 관직에 오른 사람을 지칭.

감상

이 시는 백거이가 강주사마江州司馬로 좌천되어 가는 길에 자신을 송별해 준 이건李建에게 다시 지어 보낸 작품이다. 44세원화10년,815년 때의 일이다.

이 해에 재상 무원형武元衡이 피살되었다. 백거이는 이에 대해 범인을 찾아 처벌해야 한다고 주장하다가, 직분을 잊고 주제넘게 나선다는 비판을 받았다. 이어서 백거이의 모친이 꽃을 감상하다 우물에 빠져서 죽었는데, 자식인 백거이가 「꽃을 감상하다賞花」, 「새 우물新井」이라는 시를 지었으니 이는 명교를 훼손한 것이라는 비방을 받고 결국 강주사마로 좌천당한다. 그러나 이런 비방은 표면적인 구실일 뿐 실제 강주사마로 좌천된 이유로 보기는 힘들다. 오히려 백거이가 간관諫官으로 있으면서 현실을 신랄하게 황제에게 고하자, 이에 불편해진 황제나 위기를 느낀 조정 관료들의 미움을 받아 강주사마로 밀려났다는 해석이 더 설득력 있다.

사마司馬는 주대周代부터 설치되어 주로 군무軍務를 맡던 벼슬로, 남북조시대에는 대장군大將軍과 병칭되던 관직이다. 당대에는 절도사節度使 아래에 행군사마行軍司馬를 두었으며, 이와 별도로 매 주州에 사마를 두어 좌천된 사람들을 배치하기도 했다. 강주江州는 현재의 장시성江西省 지우장시九江市에 해당한다. 백거이는 원화 10년 강주사마로 좌천되어 원화 13년까지 강주江州에서 지냈다.

힘 있는 자에게 줄 서서 고운 낯빛으로 아첨하는 것이 자연스러운 벼슬 세계다. 이유야 어찌 됐든 중앙 정치 무대에서 쫓겨나 지방으로 좌천되어 가는 신세인데, 이런 나를 챙겨 그 길을 송별해주는 것만으로도 그의 진심을 알 것 같다. 그 고마운 마음을 어찌 말로 다 표현할 수 있을까만, 그저 편지라도 한 번 더 보내어 마음을 표현하고 싶었으리라.

백거이와 이건은 한때는 평생의 뜻을 공유하며 임금의 조서를 받들고 나란히 간언의 글을 써 올리기도 했었는데, 이제는 그렇지 못하다. 청운의 사다리에서 떨어져 강호로 가고 있다는 표현이나 "미천한 이 몸과 고귀한 그대"라는 표현 속에 달라진 현실에 대한 인식과 좌천된 자신의 좌절감이 복합적으로 반영되어 있다. 또한 언제 다시 만날 수 있을까라는 표현 속에는 자신이 좌천되었지만 다시 중앙으로 복귀할 기대를 완전히 버리지 않았음을 간접적으로 알린 것일 수도 있다. 이래저래 복잡하고 절망스러운 강주길. 아련히 멀어지는 저 청문을 언제 다시 볼 수 있을까!

051

이별하며 주다

留別

선선한 가을엔 대자리 말아 걷고
따뜻한 봄이 되면 솜이불 거두는데
이것들은 감정 없는 사물인데도
헤어질 때는 깊이 아쉬워하지요.

하물며 다정한 그대와의 이별
정이 깊어 이별의 슬픔도 크구려.
이 년간 기쁨 나누며 정들었는데
하루아침에 동서로 나뉘다니요.

두고 가자니 못내 맘에 걸리고
함께 가자 해도 힘에 부칩니다.
앞일은 누구도 알 수가 없으니
다시 보자는 기약도 어렵구려.

그저 주룩주룩 눈물만 흘리고
옷깃이 흥건해도 아랑곳 않네.

秋涼卷朝簟	春暖撤夜衾
雖是無情物	欲別尙沈吟[1]
況與有情別	別隨情淺深
二年歡笑意	一旦東西心
獨留誠可念	同行力不任
前事詎能料	後期諒難尋[2]
唯有潺湲淚[3]	不惜共沾襟[4]

주석

[1] 沈吟침음 : 깊이 읊조리다. 깊이 탄식하다.

[2] 後期후기 : 훗날 다시 만날 것을 기약하다.

[3] 潺湲淚잔원루 : 주룩주룩 흐르는 눈물.

　　참 잔원潺湲 : 조용하고 잔잔함.

[4] 沾襟첨금 : 옷이 젖어 들다. 상심하여 눈물을 흘리다는 뜻.

감상

　이 시는 백거이가 대략 40세에서 44세 사이원화 6~10년, 811~815년에 지은 작품으로 추정된다. 백거이가 이별을 앞두고 누군가에게 적어준 시이다. 누구에게 주었는지 그 대상이 여자인지 남자인지도 알려져 있지 않다. 다만 시의 감정 전개와 시어를 보면 남자보다는 여자에게 준 시인 듯하다.

한여름을 시원하게 지내는 데 필요한 대자리, 한겨울을 따뜻하게 지내는 데 필요한 솜이불. 이러한 무정물無情物도 쓰임이 다해 정리할 때는 마음이 서늘해진다는 비유로, 상대적으로 유정有情한 사람과의 이별에 어찌 감정이 흔들리지 않을 수 있느냐고 반문한다. 이어 떠나야 할 시간이 되자, 지난 두 해 동안 그대와 정이 들었지만 같이 갈 수는 없고 다시 오마는 약속도 할 수 없다는 힘든 말도 꺼냈다. 남은 것은 흥건한 눈물뿐이다.

"그대, 나를 이해해 달라는 말도 할 수가 없구려. 다만 잘 지내시게나. 건강하셔야 하네. 우리 두 사람 만약 인연이 다시 닿거든 그때 만나세."

052

새벽 이별
曉別

새벽 북소리도 이미 끝나가니
송별연 이제 끝내야 할 시간.
그대에게 슬픈 노래를 청하자
눈물 섞인 이별주를 보내오네.

달이 지고 새벽이 밝아 오매
이별의 순간 말도 울어댄다.
아득아득한 먼지 길 속에서
어찌 고개 돌려 이쪽을 볼거나.

曉鼓聲已半[1]　　離筵坐難久
請君斷腸歌[2]　　送我和淚酒[3]
月落欲明前　　馬嘶初別後
浩浩暗塵中[4][5]　　何由見回首[6]

[1]曉鼓효고: 새벽을 알리는 북소리.

[2]斷腸단장: 창자가 끊어질 정도의 극심한 슬픔이나 괴로움.

[3]和淚화루: 눈물을 섞다.

[4]浩浩호호: 끝없이 넓고 멀어 아득한 모양.

[5]暗塵암진: 자욱한 먼지. 오래 쌓인 먼지.

[6]何由하유: 어찌 ~할 수 있는가

감상

이 시는 원화 원년에서 원화 10년 사이806~815년에, 백거이 나이 35세에서 44세 사이에 지어진 작품으로 추정된다. 백거이와 이별하는 사람이 누구인지 알 수가 없지만, 백거이를 보내는 그의 입장에서 한 번 상상해 본다.

이 좋은 봄 경치를 함께 즐기며 삶의 고난을 나누면 서로에게 조금은 위안이 되련만, 그렇지 못하고 또 헤어져야 한다니 안타깝소. 그대의 발걸음이 가볍고 앞길이 무탈하기를 바라는 마음으로 간소한 술상을 차려놓았소. 그대와 내가 석별의 잔을 나누고 있는 지금이 방초 시절이요만, 이제는 날도 밝았으니 끝내야 할 시간이 다가왔소. 그대 떠나갈 길에는 고운 풀이 아득히 이어져 있구려. 저 풀들은 올해도 봄을 따라와 저리도 파릇하게 이어져 있는데, 그 길을 따라갈 수 없는 이 사람은 안타깝다오. 침통해진 심사를 달래려 제게 이별가를 청하셨으니 부족하나마 한 번 불러보지요. 그대에게는 답가 대신 술 한 잔을 청할까 합니다.

이제 날이 다 밝았소. 그대 갈 길이 꽤 멉니다. 말도 빨리 가자며 울어대는 군요. 인생살이란 게 원래가 만나면 헤어지고 떠난 이는 다시 돌아오고 그런 것 아니겠소. 길에 나서면 돌아보지 마시고 마음 굳게 먹고 잘 가세요. 먼 후일 인연이 닿으면 다시 만납시다.

053

보슬비 속에 밤길을 가다
微雨¹夜行

자욱하게 가을 구름 일고
차츰차츰 밤의 한기가 인다.

입은 옷은 점점 젖어오는데
빗방울도 없고 빗소리도 없다.

漠漠秋雲起²　稍稍夜寒生³
但覺衣裳濕　　無點亦無聲

주석

¹微雨미우 : 보슬비.

²漠漠막막 : 짙게 드리운 모양.

³稍稍초초 : 조금씩 조금씩.

이 시는 강주사마江州司馬로 좌천되어 강주로 가는 도중에 지은 작품이다. 원화 10년815년 44세 때의 일이다.

황제의 부름을 받고 가는 밤길이라도 비가 내리면 이런 기분일까. 그때는 이렇게 처량하지는 않으리라. 하늘도 무심하게, 좌천되어 가는 길에 밤공기가 차갑더니 어느덧 옷이 축축해져 온다. 소리 없이 밤비가 내린다.

빗방울도 보이지 않는데 옷이 젖어오는 것은 흡사 내 눈물 때문인 듯, 빗소리도 들리지 않는데 흠뻑 젖은 것도 안으로 안으로 우는 내 통곡때문일지도 모른다.

054
양양에 다시 와서 옛집을 찾아가다
再到襄陽訪問舊居

그 옛날 양양에 왔을 때는
코밑에 막 수염이 났는데
다시 양양에 들른 지금은
수염과 귀밑털 다 허옇네.

예전 그 여행 꿈처럼 아련한데
잠시 머무르매 홀연 그때인 듯.
동쪽 성곽 밑 쑥대 덮인 옛집
황량한 지금 누가 살고 있을까?

옛 친구는 태반이 영락하고
촌락은 딴 데로 옮겨간 터라
오로지 저 가을 강물 위의
물안개만 옛날 그대로구나.

昔到襄陽日[1]	髯髯初有髭[2][3]
今過襄陽日	髭鬢半成絲
舊遊都似夢	乍到忽如歸
東郭蓬蒿宅[4]	荒涼今屬誰
故知多零落	閭井亦遷移[5]
獨有秋江水	烟波似舊時[6]

주석

[1] 襄陽양양 : 현 후베이성湖北省에 위치한 지명.

[2] 髯髯염염 : 수염이 난 모양. 수염이 많은 모양.

[3] 髭자 : 윗수염. 코밑 수염.

[4] 蓬蒿봉호 : 쑥 또는 잡초 더미를 두루 지칭.

[5] 閭井여정 : 마을. 촌락.

[6] 烟波연파 : 안개 같은 것이 끼어 부옇게 보이는 물결.

감상

　이 시는 백거이가 44세원화 10년, 815년에 강주사마江州司馬로 좌천되어 가는 도중에 양양襄陽의 옛날에 살던 집에 들렀을 때의 감회를 적은 작품이다. 백거이는 부친이 정원貞元 7년791년에 양주별가襄州別駕에 제수되어 정원 10년에 생을 마칠 때까지 양양에 살았다. 백거이가 스물세 살 때의 일이다.

　젊은 시절 청운의 꿈을 키우며 살던 양양의 옛집을 강주사마로 좌천되어 가는 도중에 들렀다. 그때는 코밑에 막 수염이 났었는데, 지금은 이미 반백이다.

이곳에 오니 지난 시절의 추억이 생생히 살아나 홀연 그 시절로 돌아간 듯하다. 그 시절 내가 살던 집엔 지금 누가 살고 있을까, 그 시절을 함께 나누던 친구들은 지금 어떻게 살고 있을까. 궁금함이 구름처럼 피어오르는데, 마을도 벗들도 그대로인 것은 없다. 촌락은 옮겨졌고 아는 사람도 별로 남아있지 않다. 하긴 인간사 영고성쇠가 누구에겐들 비켜 갔을까?

나는 또 어떠한가? 청운의 꿈을 품었었고 한때는 임금과 백성의 안위를 지키고자 했지만, 지금은 그저 먼 지방으로 좌천되어 가는 신세다. 궁달은 언제나 뒤바뀌는 것이라 했던가? 인간사에 영원한 것이란 없고 오로지 강물 위의 물안개만 옛것 그대로다.

055

미지에게
寄微之[1]

강주에서 통주를 바라보니
하늘 끝이요 땅 끝이구려.
만 길 드높은 산 울멍줄멍
천 리 드넓은 강 아득아득.
그 사이는 연무가 가로막아
나는 새도 넘을 수 없는 곳.

뉘 알았으랴, 천고의 험난함
우리 둘 사이 놓이게 될 줄.
자네 막 통주에 닿았을 때
울울하게 근심이 맺혔을 터.
나도 이제 강주로 가노라니
멀고멀어 길이 끝이 없다오.

거리는 하루하루 멀어지고

소식은 날마다 끊어지는데
바람에게 소식 전하려 해도
길 멀어 소리가 안 닿는다오.
살아있으면 응당 만나련만
죽으면 이제 긴 이별이리라.

江州望通州²	天涯與地末
有山萬丈高	有江千里闊
間之以雲霧	飛鳥不可越
誰知千古險	爲我二人設
通州君初到³	鬱鬱愁如結⁴
江州我方去	迢迢行未歇⁵
道路日乖隔	音信日斷絶⁶
因風欲寄語	地遠聲不徹⁷
生當復相逢	死當從此別

주석

¹微之미지: 원진元稹. 원진에 대해서는 시「서명사에 모란꽃이 피어 원구를 생각하다西明寺牡丹花時憶元九」참조.

²江州강주: 백거이가 좌천되어 가는 장소. 현 장시성江西省 지우장九江시.

³通州통주: 원진이 좌천되어 가 있는 쓰촨성四川省의 지명.

⁴鬱鬱울울: 우울하다.

⁵迢迢초초: 아득히 먼 모양.

⁶音信음신: 소식.

⁷聲不徹성불철: 소리가 뚫을 수 없다. 즉 너무 멀어서 소리가 닿을 수 없다는 뜻.

감상

 이 시는 백거이가 44세원화10년, 815년 8월에 강주사마江州司馬로 좌천되어 강주로 가는 도중에 지어 원진元稹에게 부친 작품이다.

 원진은 그해 3월 쓰촨성四川省 통주通州의 사마司馬로 좌천되었다. 두 사람모두 장안의 임금 곁에서 경세의 뜻을 보좌했었으나, 세상의 쟁투에 잘못 휩쓸려 한 사람은 강주로 한 사람은 통주로 좌천된 것이다.

 좌천 길에 오르는 막막한 심정을 어찌 아무에게나 털어놓을 수 있을까. 비슷한 처지의 원진이라면 모를까. 간절히 보고 싶지만 두 곳의 거리는 아득하게 멀다. 높낮은 산 험준하고 거센 물살이 가로놓여 있는 곳. 눈을 들어도 가 닿지 않고 기러기도 점으로 멀어지다 사라지는 그런 곳이다. 그 먼 곳에 홀로 도착했을 원진도 지금의 나처럼 막막하고 두렵고 외로웠으리라.

 아득하고 아득한 거리. 살아서 다시 만날 수 있을까 하는 극단적 생각도 들지만 자신을 잘 보전하여 다시 만날 수 있기만을 간절히 바라본다. 하지만 시대 상황이 암울하고 서로의 거리가 아득한데 나이는 들어간다는 절망감에서 나도 모르게 배어 나온 말, 죽으면 이번이 영원한 이별이 될지도 모르지!

 이 시는 3수의 연작시 가운데 제1수이다. 제3수에서는 "떠나온 장안성 날로 멀어져, 낯익은 물건도 고향사람 만난 듯. 어찌 견뎌내랴 이런 심정을. 강가에서 하염없이 그댈 그리워한다. 우리는 산과 강의 기운처럼, 서로 멋지게 어울렸으나, 거센 바람이 몰아닥쳐서, 외로운 구름으로 흩어졌구려. 광풍은 언젠가는 그칠 테니, 구름 합해질 날 어찌 없으리오. 그때까지 서로 자애

하세나, 그대와 나 곤궁하든 현달하든 去國日已遠, 喜逢物似人. 如何含此意, 江上坐思君. 有
如河嶽氣, 相合方氛氳. 狂風吹中絶, 兩處成孤雲. 風回終有時, 雲合豈無因. 努力各自愛, 窮通我爾身"「寄微之」
제3수이라며, 지금의 광풍과 풍파가 언젠가는 끝나 다시 만날 수 있을 터이니,
자중자애하여 자신을 잘 지켜야 한다고 당부한다. 아득한 희망이라도 오늘
을 살아갈 힘이 될 터.

외로울 때 떠오르는 이가 진정한 벗이다. 힘들 때 말을 걸어주는 것이 진
심이다.

056

밤비 내리는 배에서

舟中雨夜

강 위로 먹구름 자욱자욱
강바람은 싸늘하게 솨솨

밤비가 배 지붕 위로 듣고
풍랑이 뱃머리 들이칠 제

배 안의 병든 나그네는
강주로 향하는 좌천객.

江雲暗悠悠[1]　江風冷修修[2]
夜雨滴船背　風浪打船頭
船中有病客　左降向江州[3][4]

주석

[1]悠悠유유: 아득하게 먼 모양.

²**修修**수수 : 의태어. 비바람 소리.

³**左降**좌강 : 좌천되다.

⁴**江州**강주 : 백거이가 좌천되어 가는 장소. 현 장시성江西省 지우장九江시.

감상

이 시는 백거이가 44세원화10년, 815년에 강주사마江州司馬로 좌천되어 강주로 가는 도중에 지은 작품이다.

참으로 처량하다. 좌천되어 가는 신세로 오늘밤은 배에서 잠을 자야 한다. 일찍 배에 누웠는데, 구름이 무겁고 강바람이 수상하더니 배 지붕으로 요란한 가을비가 내리친다. 물결 따라 일렁이던 뱃머리에도 거센 파도가 와 부딪는다. 지친 좌천객은 얼른 잠이 들었으면 싶건만, 출렁이는 배 요란한 빗소리 속에서 오늘 밤은 뜬 눈으로 지새게 되나 싶다. 좌천된 처지, 부정되어버린 내 삶과 진정성, 그리운 고향, 걱정스러운 처자와 부모 형제, 아득한 미래…….차라리 잠이라도 곯아떨어져 이 모두를 잊고 싶건만, 세상사 어느 하나 내 맘대로 되지 않는다.

057

강가 누각에서 다듬이 소리를 듣다
江樓聞砧

강주사람은 겨울옷 준비가 늦어
시월에야 다듬이 소리가 들린다.

이 밤 높은 누각에서 달을 보며
수만 리 밖에서 고향을 그린다.

江人授衣晚[1][2]　十月始聞砧
一夕高樓月　萬里故園心[3]

주석

[1]江人강인: 강주江州의 사람들.

[2]授衣수의: 겨울옷을 준비하다. 주로 9월에 겨울옷을 장만함. 『시경詩經·빈풍豳風·칠월七月』에 "칠월에는 반딧불이 날고, 구월에는 옷을 준비한다七月流火, 九月授衣"에 대해 모전毛傳은 "구월에 서리가 내리기 시작하면 부녀들의 농사일이 끝나서 겨울옷을 준비할 수 있다九月霜始降, 婦功成, 可以授冬衣矣"고 설명한다.

³故園心고원심 : 고향을 그리워하는 마음.

감상

    이 시는 강주사마江州司馬로 강주에 도착해서 지은 작품이다. 44세원화 10년, 815년 때의 일이다.

    낯설고 물 설은 강주에 도착해서 보니 사소한 것까지도 고향과 다르다. 강주는 "밥 짓는 연기 태반이 배에서 나고, 호수가 육지보다 많은人烟半在船, 野水多於地"「早秋晩望, 兼呈韋侍郎」 장안에서는 생각지도 못했던 풍경이 펼쳐지는 곳이다. 그러니 고향 집을 생각하며 아우에게 부친 시에서 "구강은 지대가 낮고 습하여, 사월이면 찌는 듯 더운 곳. 오랜 비는 장마로 이어져, 풍토병에 점차 독기가 생긴다. 질퍽한 논에는 벼를 심고, 재 덮인 화전에는 조를 심는데, 세시 절기가 달라 놀랍고, 풍속이 달라 또 탄식한다九江地卑濕, 四月天炎燠. 苦雨初入梅, 瘴雲稍含毒. 泥秧水畦稻, 灰種畬田粟. 已訝殊歲時, 仍嗟異風俗"「孟夏思渭村舊居寄舍弟」라고 했다.

    이 시에서도 시월에야 겨울옷을 준비하는 생소한 풍경을 접하며 고향을 떠올린다. 북방의 고향땅은 추위가 일찍 오니 9월이면 집집마다 겨울옷을 장만하느라 다듬이 소리가 밤하늘을 울린다. 객살이 떠난 가족에게도 일찌감치 9월이면 겨울옷을 부쳐야 한다. 그런데 강주에서는 시월이나 되어야 밤공기가 싸늘해지고 다듬이 소리도 듣게 된다. 익숙한 다듬이 소리에 마음은 자연스레 고향으로 향하고 눈길은 달빛을 향한다. 타향살이 중에는 가족을 그리워하게 되는 이유가 수도 없이 많다.

058

비파의 노래
琵琶引

심양강 나루에서 가는 벗 보내는 밤
단풍잎 억새꽃에 가을바람 소슬하다.

주인도 말을 내려 길손과 배에 앉아
이별주 나누려니 악기 연주가 없구나.

취해도 흥이 없고 헤어지기 아쉬운데
아득아득 강 위엔 달빛이 잠겨 있다.

홀연 물결 위로 비파 소리 들려오니
주인도 길손도 제 갈 길 다 잊고서

소리 찾아 은근히 그 뉘시냐 물으니
비파 소리 끊어지고 말을 머뭇머뭇

배를 옮겨 다가가 만나자 청하고서
술 더해 등불 돌려 송별연 다시 여네.

수천 번 부른 끝에 겨우겨우 나오는데
비파를 안은 모습 반 얼굴 다 가렸네.

축을 감고 현을 퉁기는 소리 두어 번
곡조도 아니건만 느낌 이미 가득터라.

현을 누르고 퉁기니 소리소리 깊은 정
한평생 못 이룬 뜻을 하소연하는 듯이

다소곳이 손에 맡겨 이어이어 가락 타니
가슴 속 사무친 사연 모두 다 쏟아내듯

살짝 누르다 하염없이 뜯고 비벼 퉁기니
첫 곡은 '예상'이요, 뒷 곡은 '녹요'로다.

굵은 현은 거친 소리 소나기 쏟아지듯
가는 현은 절절 하여 속삭이는 말인듯.

거친 소리 절절한 소리 뒤섞어 퉁기니
큰 구슬 작은 구슬 옥쟁반 구르는 듯

꾀꼬리 맑은 소리 꽃그늘에 미끄러지듯
그윽한 목메임은 샘물이 여울로 흐르듯

차가운 샘물에 비파현 얼어버린 듯
엉긴 현 뜯지 못해 소리 잠시 멈추는데

깊은 시름 속에 남모를 한이 서린 듯
소리 없는 연주가 연주보다 멋스럽네.

은병을 깨뜨려서 물이 철철 쏟아지듯
철기 병사 진격하여 창칼이 부딪는 듯

연주 끝에 기러기발로 중앙을 긁으니
네 줄 현 한 소리로 비단을 찢는 듯.

동서쪽 배의 사람 우울해져 말을 잃고
강물 위 가을 달만 하얗게 빛나도다.

나직이 탄식하며 기러기발 현에 꽂고
옷매무새 가다듬고 앉음새 고치더니
스스로 하는 말, "저는 장안 출신으로
장안 남쪽 하마릉 밑에서 살았었지요.

열세 살에 비파 배워 음률 깨우치고
교방 악단 맨 앞에 이름 올렸습니다.

한 곡조 끝날 때면 스승도 감탄했고
매번 단장하면 미인들도 시샘했었죠.

도성의 부잣집 자제 앞다퉈 선물 보내
한 곡 끝나면 붉은 비단 수도 없으니

자개 비녀를 장단 맞추다 깨뜨리거나
붉은 비단치마도 술 엎어 얼룩졌지요.

한 해 또 한 해 즐기고 즐기는 사이
가을달 봄바람은 한가롭게 지났는데

동생은 종군하고 양모도 돌아가시며
속절없는 세월에 제 얼굴 늙어갔지요.

대문 쓸쓸하고 찾아오는 손님 드물어
늙은 몸으로 상인에게 시집을 갔으나

상인은 돈만 알고 이별을 가벼이 해

지난달 부량으로 찻잎 사러 갔답니다.

나루 길목에서 홀로 빈 배 지킬 제는
배를 감싼 달빛 밝고 강물은 찼지요.

깊은 밤 홀연히 젊은 시절 꿈을 꾸다
꿈속 눈물로 붉은 화장 적셨답니다."

나도 이미 비파 연주에 감탄했는데
이 말을 듣고는 다시 길게 탄식하여

"우린 하늘가 떠도는 신세가 같군요.
오늘 만났는데 옛 일 무에 중하겠소.

나도 지난해에 황성을 떠나온 후
심양 귀양살이로 병들어 누웠다네.

심양은 촌이라 음악도 별거 없어
해가 다가도 관현소리 못 들었네.
분강 근처 낮고 습한 땅에 사는데
갈대와 대나무가 집을 에워 자라지.

그 안에서 아침저녁 들었던 것이란

두견의 피 울음과 원숭이 구슬픔뿐

꽃피는 봄강 아침, 달 밝은 가을 밤
가끔씩 술사다 홀로 잔 기울일 제면

산 노래, 동네 피리 연주 없겠냐만
어색하고 시끄러워 차마 못 듣겠소.

오늘 밤 들어 본 그대의 비파 가락
신선가락 들은 듯 귀가 맑아졌다오.

사양 말고 다시 앉아 한 곡 타주시오.
그대 위해 시로 옮겨 비파행 지으리다."

이 말에 감동한 듯 한참을 서 있다가
다시 앉아 현을 타니 가락이 급하네.

서글픔이 아까보다 더욱더 커졌으니
좌중이 다시 듣고 고개 돌려 울었는데

그 중에 누가 가장 많이 울었던가?
강주사마 푸른 옷자락이 흥건했다네.

潯陽江頭夜送客[1]　　　楓葉荻花秋索索[2 3]

主人下馬客在船　　　舉酒欲飲無管弦[4]

醉不成歡慘將別　　　別時茫茫江浸月[5]

忽聞水上琵琶聲[6]　　主人忘歸客不發

尋聲暗問彈者誰　　　琵琶聲停欲語遲

移船相近邀相見　　　添酒回燈重開宴

千呼萬喚始出來　　　猶抱琵琶半遮面[7]

轉軸撥弦三兩聲[8]　　未成曲調先有情

弦弦掩抑聲聲思[9]　　似訴平生不得意

低眉信手續續彈[10 11]　說盡心中無限事

輕攏慢撚抹復挑[12]　　初爲霓裳後六幺[13 14]

大弦嘈嘈如急雨[15]　　小弦切切如私語[16]

嘈嘈切切錯雜彈　　　大珠小珠落玉盤[17]

間關鶯語花底滑[18 19]　幽咽泉流水下灘

水泉冷澀弦疑絶[20]　　疑絶不通聲暫歇

別有幽愁暗恨生　　　此時無聲勝有聲

銀瓶乍破水漿迸[21]　　鐵騎突出刀槍鳴

曲終收撥當心畫　　　四弦一聲如裂帛

東舟西舫悄無言　　　唯見江心秋月白

沉吟放撥插弦中　　　整頓衣裳起斂容

自言本是京城女　　　家在蝦蟆陵下住[22]

十三學得琵琶成　　　名屬敎坊第一部[23]

曲罷曾敎善才伏　　　妝成每被秋娘妒[24]

五陵年少爭纏頭[25][26]　一曲紅綃不知數[27]

鈿頭雲篦擊節碎[28][29]　血色羅裙翻酒汚

今年歡笑復明年　秋月春風等閑度

弟走從軍阿姨死　暮去朝來顏色故

門前冷落鞍馬稀　老大嫁作商人婦

商人重利輕別離　前月浮梁買茶去[30]

去來江口守空船　繞船月明江水寒

夜深忽夢少年事　夢啼妝淚紅闌干[31][32]

我聞琵琶已嘆息　又聞此語重唧唧[33]

同是天涯淪落人[34][35]　相逢何必曾相識

我從去年辭帝京　謫居臥病潯陽城

潯陽小處無音樂　終歲不聞絲竹聲[36]

住近湓江地低濕[37]　黃芦苦竹繞宅生

其間旦暮聞何物　杜鵑啼血猿哀鳴

春江花朝秋月夜　往往取酒還獨傾

豈無山歌與村笛　嘔啞嘲哳難爲聽[38][39]

今夜聞君琵琶語　如聽仙樂耳暫明

莫辭更坐彈一曲　爲君翻作琵琶行

感我此言良久立　却坐促弦弦轉急

凄凄不似向前聲　滿座重聞皆掩泣[40]

座中泣下誰最多　江州司馬靑衫濕[41]

¹潯陽심양: 현 장시성江西省 지우장시九江市에 해당하는 지역.

²荻花적화: 억새꽃.

³索索삭삭: 쓸쓸한 모양.

⁴管弦관현: ① 관악기와 현악기 또는 관현악. ② 음악

⁵茫茫망망: 넓고 멀어 아득한 모양.

⁶琵琶비파: 현악기 이름. 타원형의 몸통에 곧고 짧은 자루가 달렸고 4~5개의
    현으로 구성됨.

⁷遮面차면: 얼굴을 가리다.

⁸轉軸撥弦전축발현: 축을 감고 현을 튕기다.

  (참) 전轉: 구르다, 회전하다의 뜻.

  (참) 발撥: 튀기다, 튕기다.

⁹掩抑엄억: 튕기고 누르다.

¹⁰低眉저미: 부드럽고 순종하는 모양.

¹¹信手신수: 손에 맡기다.

¹²輕攏慢捻抹復挑경롱만념말부도: 비파를 가볍게 누르거나 뜯고 비비고 퉁기는
    등의 다양한 연주법.

  (참) 攏농: 누르다.

  (참) 捻념: 손가락으로 뜯다.

  (참) 抹말: 문지르다. 비비다.

  (참) 挑도: 휘다. 퉁기다.

¹³霓裳예상: 「예상우의곡霓裳羽衣曲」의 약칭.

¹⁴六幺육요: 당 교방곡敎坊曲 「육요령六幺令」의 약칭.

¹⁵嘈嘈조조 : 급하고 거친 소리.

¹⁶切切절절 : 몹시 애절함. 몹시 간절함.

¹⁷玉盤옥반 : 옥으로 만든 쟁반.

¹⁸間關간관 : 새가 지저귀는 소리.

¹⁹鶯語앵어 : 앵무새의 지저귐 소리.

²⁰冷澁냉삽 : 정체되고 통하지 않다. 굳다.

²¹迸병 : 솟아나오다. 쏟아지다.

²²蝦蟆陵하마릉 : 下馬陵하마릉이라고도 하며, 현재의 시안시西安市 허핑和平 문 근처에 위치. 이 근처에 기녀들의 거주지가 있었음.

²³敎坊교방 : ① 고대 궁정 음악을 관장하던 관서. 주로 아악 이외의 음악과 무도를 익히고 공연함. ② 기방.

²⁴秋娘추랑 : ① 재덕을 갖춘 미녀. ② 기녀.

²⁵五陵年少오릉년소 : 도성의 부잣집 자제.

²⁶纏頭전두 : ① 고대 예인들이 가무를 마치면 손님들이 비단을 선물하는 것. ② 기녀에게 재물을 보내는 행위의 통칭.

²⁷紅綃홍초 : 붉은 명주실. 붉은 비단.

²⁸鈿頭雲箆전두운비 : 자개로 만든 머리 장식과 참빗.

²⁹擊節격절 : 절을 치다. 즉 장단을 맞추다의 뜻.

참 節절 : 대나무로 만든 고대 악기의 이름.

³⁰浮梁부량 : 옛 지명. 현 장시성江西省 징더전시景德鎭市.

³¹妝淚장루 : 여자의 화장한 얼굴 위로 흐르는 눈물.

³²闌干난간 : 종횡으로 복잡하게 얽힌 모양.

³³唧唧즐즐 : ① 탄식하는 소리. ② 찬탄하는 소리.

³⁴天涯천애: 하늘 끝. 까마득하게 먼 곳.

³⁵淪落윤락: 영락하여 타향으로 떠돎.

³⁶絲竹聲사죽성: 현악기와 관악기 소리. 음악 연주 소리.

³⁷湓江분강: 장시성江西省 지우장九江을 흘러 장강으로 흘러드는 강물의 옛 이름. 분수湓水 또는 분포湓浦라고도 했음. 현재의 이름은 롱카이허龙开河.

³⁸嘔啞구아: 관현악 소리를 나타내는 의성어.

³⁹嘲哳조찰: 악기 소리나 노래 소리가 소란함.

⁴⁰掩泣엄읍: 얼굴을 가리고 울다.

⁴¹靑衫청삼: 당대의 품계가 낮은 관원이 입는 푸른색 관복.

감상

　이 시는 강주사마로 좌천된 이듬해인 원화 11년^{816년, 45세}에 지은 작품이다. 심양강 포구에서 지인을 송별하다가 뜻밖에 듣게 된 뛰어난 비파소리에 감상에 젖어, 비파 연주 소리와 심양강 가의 여인 그리고 자신의 신세를 서로 연결하여 지은 서정시이다. 「긴 한의 노래長恨歌」와 더불어 백거이의 대표작이다. 「비파행琵琶行」이라고도 한다.

　작품은 세 단락으로 구분할 수 있다. 첫 단락은 강가에서 빈객을 송별하다 우연히 듣게 된 비파연주 소리에 대한 묘사이다. 비파 소리에 매혹되어 그 음악 소리를 시적 언어로 그대로 풀어냈는데, 때로는 형상 묘사로, 때로는 감정 서술로, 때로는 서사로 자유자재로 구사하며 음악 소리를 형상적 언어로 전환했다. 둘째 단락은 장안의 교방에서 뛰어난 연주와 아름다운 미모로 촉망을 받다가 지금은 돈을 좋아하는 상인의 아내가 되어 밤 강가에서 외로이 남편을 기다리며 눈물을 흘리고 비파를 연주한다는 여인의 삶에 대한 술회를 서술했다. 셋째 단락은 한때 조정을 드나들며 임금을 지척지간에서 모셨으나 지금은 심양 땅 좌천 객으로 병들어 지내는 자신의 신세를 참지 못하고 한탄한다는 내용을 담았다.

이 시는 음악의 울림을 형상적 언어로 절실하고 다양하게 시각화한 점, 또 이 음악적 느낌을 여인의 운명과 자신의 신세에 대한 내면적 비애와도 자연스럽게 연결했다는 점에서 높이 평가받는다. 백거이는 타인의 슬픔으로 자신의 슬픔을, 자신의 슬픔으로 타인의 슬픔을 위로했다. 슬픔이 슬픔을 고칠 수 있음을 보여준다. 아니 어쩌면, 슬픔은 또다른 슬픔으로만 진정한 공감을 얻을 수 있을지도 모른다.

059

낙양성 고향을 생각하다
憶洛下[1]故園
[회수와 여수 지역의 도적이 아직 제압되지 않았다 · 時淮汝[2]寇戎[3]未滅]

좌천된 이곳 심양

난리난 저곳 낙양

낙양 땅 삼천에는

매운 연기 오르고

심양 땅 구강에는

풍토병이 퍼지네.

고향생각 이럴 제

무심한 가을바람

여전히 쓸쓸하다.

潯陽遷謫地[4][5]　　洛陽離亂年

烟塵三川上[6]　　炎瘴九江邊[7][8]

鄉心坐如此　　秋風仍颯然[9]

¹洛下^{낙하} : 낙양성洛陽城을 지칭.

²淮汝^{회여} : 회수淮水와 여수汝水. 회수는 허난성河南省의 황하 이남에서 발원하여
안후이성安徽省을 흘러 장강에 합류된다. 여수는 허난성에서 발원하여 안휘
이성에서 회수에 합해져 장강으로 흘러든다.

³寇戎^{구융} : 반란군. 주금성朱金城 전전箋에 의하면, 이 시에서는 원화 10년 채주蔡州
오원제吳元濟의 난리를 가리킴. 오원제는 창의군절도사彰義軍節度使 오소양吳少
陽의 장자로, 소양이 죽자 모반을 일으켰다가 원화 12년 10월 배도裵度, 이소
李愬에 의해 평정됨.

⁴潯陽^{심양} : 지명. 현 장시성江西省 지우장九江시 지역에 해당. 백거이가 좌천된
강주江州 지역을 가리킴.

⁵遷謫^{천적} : 좌천되다. 폄적되다.

⁶三川^{삼천} : ① 3개의 강물을 합하여 부르는 명칭. 삼천에 포함되는 강물로 경
수涇水 위수渭水 낙수洛水로 보는 설과 황하黃河, 낙수洛水, 이수伊水 세 강물을
보는 설이 있다. ② 낙양洛陽.

⁷炎瘴^{염장} : 습기로 인한 남방 지역의 풍토병.

⁸九江^{구강} : 현 장시성江西省 지우장九江시 지역에 해당. 백거이가 좌천된 강주江
州 지역을 가리킴.

⁹颯然^{삽연} : 바람이나 기운 등이 쓸쓸하다, 소슬하다.

이 시는 백거이가 45세^{원화 11년, 816년}에 강주사마江州司馬로 재임하며 지은
작품이다. 나는 먼 심양 땅으로 좌천되어 있는 중인데, 고향 땅 낙양洛陽에 난

리가 났다고 한다. 심양은 백거이가 있는 강주江州 지역을 말한다. 낙양에 일어난 난리란 바로 직전 해원화10년에 오원제吳元濟가 일으킨 반란을 말한다. 원화 12년 10월에 진압되었다.

지금처럼 휴대폰이라도 있으면 모를까, 급하게 소식을 주고받을 방법이라곤 편지나 봉화밖에 없던 시절. 그나마 개인 간의 소식은 편지로 밖에 전할 수 없는데, 난리통 낙양에선 편지도 끊어진 지 오래다. 형제나 친척이 아직 고향에 남아있는지 무사히 피난을 떠났는지도 알 수 없으니 조바심이 나고 애가 타들어 간다. 숯덩이 같은 가슴으로 그저 오늘도 무사하길 간절히 기원하는데, 무심한 가을바람은 늘 그러한 대로 소슬하다.

060

늙어간다는 것

漸老

오늘이 가면 내일이 오듯
나도 모를 새 나이가 들어
백발은 빗질따라 떨어지고
홍안은 거울에서 사라졌네.

봄이 와도 슬프고 쓸쓸하고
술 마주해도 즐겁지 않구나.
좋은 풍경을 봐도 서글프고
사람도 옛 친구가 더 좋네.

육신도 천지에 속하는지라
변화하며 멎지 않는다지만
이상쿠나, 젊은 시절 마음
닳고 닳아서 어디로 갔을까.

今朝復明日	不覺年齒暮
白髮逐梳落¹	朱顔辭鏡去²
當春頗愁寂	對酒寡歡趣
遇境多愴辛³	逢人益敦故⁴⁵
形質屬天地⁶	推遷從不住⁷
所怪少年心	銷磨落何處⁸

¹逐梳축소: 빗질에 따라.

²朱顔주안: 붉은 얼굴. 젊음을 의미.

³愴辛창신: 슬프고 괴롭다.

⁴益익: 더욱.

⁵敦故돈고: 친구와 절친하다.

⁶形質형질: 사물의 생긴 모양과 성질. 육신.

⁷推遷추천: 변화하다.

⁸銷磨소마: 갈고 갈다.

감상

　이 시는 백거이가 45세원화11년, 816년에 강주사마江州司馬로 재임할 때 지은 작품이다.

　마당에 심어둔 꽃을 핑계 삼아 친구를 부르고, 술동이에 미리 술을 채워 두고 꽃가지로 술잔을 세어가며 호기부리며 마시던 때가 있었다. 그때 그 시절에는 몰랐다. 그때가 좋은 시절이었음을. 그것이 낭만이었음을.

그런데 오늘이 가면 내일이 오는, 그런 특별한 것 없는 하루하루가 이어지는 줄만 알았는데, 어느새 흰 머리에 주름진 얼굴이 되었다. 매일매일이 사소하고 변함없어 보이지만 오히려 그 사소함 속에 멎지 않고 변화하는 무한한 힘이 있었고 내 육신도 그 힘을 피하지 못했음이라.

무상한 것이 인생이다. 이제는 봄 소풍도 꽃구경도 술자리도 그저 그렇다. 웬만한 일에도 서글퍼지고 옛 친구만 그리우니 이것이 늙는 것인가 싶다. 어찌 흰머리에 주름살 가득한 얼굴로만 늙음을 알아차리겠는가. 그 젊은 시절의 열정과 낭만은 도대체 어디로 가버린 것일까. 그저 첫사랑을 떠올리며 돌아갈 수 없는 낭만이라고 되뇌이면서 돌아갈 수 없기에 더 멋진 낭만이라고 위로하지만, 서글픔은 그대로 남아있다.

061

유사를 배웅하다
送幼史[1]

회하엔 도적떼 우글거리고
나는 강주에서 또 해를 보낸다.

네가 닿을 고향 땅은 전쟁터요
네가 갈 길은 눈보라 치는 길.

이런 때 너와 이별 하려 하니
강가에 선 채 어쩔 줄 모르겠다.

淮右寇未散[2]　　江西歲再徂[3]

故里干戈地[4]　　行人風雪途

此時與爾別　　江畔立踟躕[5]

주석

[1]幼史유사: 사람 이름. 구체적인 생평은 알 수 없다. 좌구절佐久節에 의하면 낙

천의 형이 유문幼文이고, 동생이 유미幼美이므로, 유사幼史는 동생 중의 한 명일 수 있다고 함.

2 淮右寇회우구 : 회우 지역의 반란군. 이 시에서는 원화 10년 채주蔡州 오원제吳元濟의 난리를 가리킴. 오원제는 창의군절도사彰義軍節度使 오소양吳少陽의 장자로, 소양이 죽자 모반을 일으켰다가, 원화 12년 10월 배도裴度, 이소李愬에 의해 평정됨.

참 淮右회우 : 회하淮河의 서쪽 지역.

3 江西강서 : 강주江州. 즉 백거이가 좌천되어 있는 곳.

4 干戈간과 : 방패와 창. 전쟁 무기의 총칭. 전쟁.

5 踟蹰지주 : 배회하다. 망설이다. 머뭇거리다.

감상

이 시는 백거이가 45세원화 11년, 816년에 강주江州에서 강주사마江州司馬로 있을 때 지은 작품이다. 이 시에 등장하는 유사幼史가 누구인지는 확실하지 않지만, 동생으로 추정된다.

백거이는 동생들과 각별했다. 아마도 어려운 시절을 함께 살아서 애틋함이 컸던 것으로 보인다. 이듬해에 지은 시 「초여름에 위촌의 옛집을 생각하며 아우에게 부치다孟夏思渭村舊居寄舍弟」에는 어린 시절 아우와의 생활을 이렇게 적었다. "내 고향은 위수 가, 십 년 동안 나무하고 꼴 베며 살았네. 직접 심은 느릅나무 버드나무가, 그늘져 집을 뒤덮었고, 토끼는 다 자란 완두밭에 숨고, 새는 익은 오디 사이에서 울던 곳. 재작년 바로 이 무렵, 너와 함께 풍광 쫓아 소풍을 갔었지. 조카에게 시서를 가르쳤으며, 채소밭에서는 동복의 일을 도왔네. 저물면 마당에 보리를 널어놓았고, 날이 맑으면 누에섶을 늘어놓았었지. 남쪽 골짜기 샘가에서 놀다가, 동쪽 정자에서 달 떠오르기를 기다리기도 했었고, 흥이 일면 술 몇 잔 기울이다, 답답하면 바둑을 두었었네故園渭水上, 十載事樵牧. 手種楡柳成, 陰陰覆墻屋. 兎隱豆苗肥, 鳥鳴桑椹熟. 前年當此時, 與爾同遊矚. 詩書課弟姪, 農圃資童僕. 日暮麥登場, 天晴蠶坼簇. 弄泉南澗坐, 待月東亭宿. 興發飮數杯, 悶來棋一局"라고. 어릴 적 추억 속 이들 형제는 늘 서로를 따라다니는 그림자 같은 사이였다.

그런데 지금 자신은 강주 땅에 좌천되어 있다. 언제 돌아갈 수 있을지 기약이 없는 처지인데, 동생을 송별해야 한다. 당시는 오원제吳元濟가 난을 일으켜 혼란스러웠는데, 동생이 향할 곳이 바로 그 지역이다. 동생의 생명과 안전이 걱정되지만, 좌천된 신세에 해줄 수 있는 것이 없다. 형제간의 불우한 삶에 대한 회한이 깊을 수밖에 없다.

혼란한 국가의 현실, 전란이 일어난 지역으로 떠나야 하는 동생, 좌천된 신세, 언제 다시 만날지 기약할 수 없는 혈육지정 등 온갖 생각과 감정이 뒤범벅되어 차마 뭐라 말을 이을 수가 없다. 그저 이별을 앞두고 강가에 우두커니 서 있다.

062

한밤중 눈
夜雪

이상타, 이부자리가 차갑구나.

다시 보니 창문도 온통 하얗네.

한밤에 큰 눈 무겁게 쌓였구나.

간혹 들리는 댓가지 꺾이는 소리.

已訝衾枕冷[1][2]　復見窗戶明

夜深知雪重　時聞折竹聲

주석

[1]訝아: 놀라다. 의심하다.

[2]衾枕금침: 이불과 베개.

감상

이 시는 백거이가 강주사마江州司馬로 있을 때 지은 작품이다. 원화 11년816

년 45세 때이다. 이부자리가 이상하게 싸늘해 잠을 깼다. 잠을 덜 깬 시선이 우연히 창문을 스쳤는데, 어라! 창문이 유독 하얗네. 아! 간밤에 눈이 왔나 보다. 무심하게 다시 돌아누우며 잠을 청하려는데, 툭 툭 대나무 가지 부러지는 소리가 무겁게 들려온다. 내가 잠자던 한밤중에 소리 없이 큰 눈이 내렸구나.

작은 눈이라면 대나무는 여전히 꼿꼿하게 서 있지만, 지탱하기 어려울 만큼 큰 눈이 오면 댓가지는 구부러지는 것이 아니라 툭툭 부러져버리는 것을 경험으로 안다. 그러니 직접 눈으로 보지 않아도 창밖에서 들려오는 댓가지 부러지는 소리만으로도 눈이 얼마나 많이 왔는지를 알 수 있다. 한밤중에 내린 눈을 시각적, 청각적 감각을 통해 표현한 점이 새롭다.

대나무는 의연한 군자의 기상을 보여준다. 대나무도 식물이라 땅에서 생명을 받아 가지와 잎을 길러낸다. 하지만 뭇 초목들은 서리가 내리면 급격히 시들어 생기를 잃는 것과 다르게 대나무는 눈 서리에도 의젓하게 홀로 빼어난 모습을 유지한다. 그러다가 극단의 순간이 되면 차라리 부러질지언정 시들어 굽히지 않는다. 그래서 대나무는 절개 높은 지사나 운치 있는 선비의 모습을 투영한다. 옛 문인들이 마당이나 창문가에 대나무를 심어두고 바람에 낭창낭창한 모습을 감상하거나 댓잎이 사그락사그락 거리는 소리를 즐기며 마음을 씻고 자세를 가다듬었던 이유이다.

063

행간에게
寄行簡[1]

답답함에 미간을 늘 찌푸리고
묵묵해져 입은 말수가 줄었다.
어찌 이러고 싶어 그러겠느냐.
사방천지 같이 놀 이가 없구나.

재작년 봄 너는 서쪽으로 가
파촉 땅에서 종사하고 있고
올봄 나는 남으로 좌천되어
장강 언저리 병들어 누웠다.

너와 나의 거리 육천 리 길
땅은 막히고 하늘 아득하다.
편지도 열에 아홉 안 가는데
수심 찬 얼굴이 펴지겠느냐.

목마른 이는 마실 물 꿈꾸고

배고픈 사람 먹을 걸 꿈꾸니

봄이 오면 무슨 꿈 꾸겠느냐.

눈만 붙이면 동천 땅 간단다.

鬱鬱眉多斂[2]　黙黙口寡言[3]

豈是願如此　舉目誰與歡[4]

去春爾西征　從事巴蜀間[5]

今春我南謫　抱疾江海壖[6]

相去六千里　地絶天邈然

十書九不達　何以開憂顔[7]

渴人多夢飮　飢人多夢餐

春來夢何處　合眼到東川[8]

주석

[1]行簡행간: 백행간白行簡. 백거이의 셋째 동생.

[2]鬱鬱울울: 우울하다.

[3]黙黙묵묵: 말이 없는 모양.

[4]舉目거목: 눈을 들어 바라보다.

[5]巴蜀파촉: 쓰촨성四川省 지역을 일컫는 말.

[6]壖연: 연안에 붙어 있는 땅. 강 언저리.

[7]憂顔우안: 근심스런 얼굴. 근심하는 모양.

[8]東川동천: 백행간이 종사하고 있는 검남동천부劍南東川府를 지칭함. 그 치소治所

는 재주梓州, 四川省 三台縣에 있음.

이 시는 백거이가 강주사마로 좌천되어 지내던 45세원화 11년, 816년 때 동생인 백행간白行簡에게 부친 편지글 같은 작품이다. 백낙천은 정이 많아 형제 걱정을 늘 마음에 얹어두고 있었는데, 셋째 동생 행간은 유독 아픈 동생이다. 자랄 때는 어려운 생활 속에서 그림자처럼 서로를 따르며 자랐고, 성인이 되어서도 마음이 통했던 특별한 동생이다. 그래서인지 다른 형제보다 백행간과 주고받은 작품이 많다.

강주 땅에 좌천된 신세라 사람 만나는 일도 시큰둥하고 마음도 유쾌하지 않다. 이럴 때일수록 새로운 벗보다는 옛 친구나 형제가 그립다. 그런데 행간은 육천 리 떨어진 먼 동천東川 땅에 있고 편지도 제대로 전해지지 않는다. 길이 머니 동생을 향한 그리움은 더욱 간절하고 내 외로움은 더욱 커져서, 눈만 붙이면 동생 꿈을 꾼다. 꿈에서 만나면 한편으론 반가우나 혹 여의치 못한 일이 생긴 것은 아니겠지 싶어 종일 마음이 뒤숭숭하다. 편지가 열에 아홉은 전해지지 않는다만, 그래도 다시 적어 본다.

시인들은 형제에게 보고프단 말도 이렇게 멋지게 하나 싶다. '눈만 붙이면 네 꿈을 꾸노라'고.

064

꽃신으로 정표 삼아
感情

뜰에서 옷가지 말리다
무심결에 보게 되었던
고향에서 가져온 신발.

그 옛날 이걸 준 사람
동쪽 마을 고운 처자.

건네며 나에게 했던 말
"이것을 정표로 나누고
변치 않는 인연 맺어요.
꼭 매여진 들메끈처럼
단단히 단단히 엮어서
걸을 때나 서있을 때나
항상 함께 해요"라고.

이 몸 강릉으로 좌천되어
삼천리 먼 길 떠나오면서
그 깊은 마음 간직하고자
그걸 여기까지 갖고 왔네.

오늘따라 유독 애달파서
하염없이 보고 또 본다.

사람은 따로따로인데
신발은 그대로 한 쌍.
한때라도 이 꽃신처럼
짝을 이룬 적 있었던가?

슬프구나! 안타깝구나!
비단으로 겉을 만들고
안엔 꽃 수를 놓았는데
긴 장마철을 지나면서
그 곱던 빛깔 다 바래고
꽃들은 모두 죽었구나!

中庭曬服玩¹²   忽見故鄕履
昔贈我者誰   東鄰嬋娟子³⁴
因思贈時語   特用結終始⁵

永願如履綦[6]	雙行復雙止
自吾謫江郡[7]	漂蕩三千里[8][9]
爲感長情人[10]	提携同到此[11]
今朝一惆悵	反覆看未已
人隻履猶雙[12]	何曾得相似
可嗟復可惜	錦表繡爲裏
況經梅雨來[13]	色黯花草死[14][15]

주석

[1]曬쇄 : 햇볕을 쐬다. 말리다.

[2]服玩복완 : 의복과 작은 휴대품.

[3]東鄰동린 : 미녀. 주로 주동적으로 애정을 구하는 여인을 가리킴.

[4]嬋娟선연 : 아름답다. 아름다운 모양.

　🅟 嬋娟子선연자 : 아름다운 사람. 여기서는 신발을 준 여인을 가리킴.

[5]結終始결종시 : 영원한 인연을 맺다. 변치 않을 인연을 맺다.

[6]履綦이기 : 신을 메는 들메끈.

[7]江郡강도 : 강주江州.

[8]漂蕩표탕 : 정처 없이 떠돎.

[9]三千里삼천리 : 장안에서 강주江州까지의 대략의 거리.

[10]長情장정 : 깊은 정.

[11]提携제휴 : 손에 들다. 가지다.

[12]隻척 : 한 사람. 짝을 이루는 것의 한쪽.

[13]梅雨매우 : 장마비.

¹⁴黯암 : 어둡다. 검다.

¹⁵花草死화초사 : 여기서는 신발에 수 놓인 무늬가 색이 바랬다는 의미.

감상

　이 시는 백거이가 46세(원화 12년, 817년)에 강주사마江州司馬로 있을 때 지은 작품이다. 이 시에서 백거이의 마음을 애달프게 했던 사람은 상령湘靈이라는 이름의 여인으로 추정된다. 옛날에는 여인과 관련된 일은 기록을 잘 남기지 않았던 까닭에 확실한 생평은 알 수 없지만, 백거이와 정표를 주고받으며 미래를 약속했었던 여인으로 보인다.(상령에 대해서는 원화 6년의 「밤비(夜雨)」시 참조.)

　모든 연인들이 자신들의 사랑은 영원하길 갈구하듯, 백거이와 그 여인도 그러했으리라. 그들은 곱게 수놓은 꽃신을 정표로 주고받으며, 쌍을 이룬 신발처럼 살자고, 들메끈처럼 굳게 묶여서 비익조처럼 연리지처럼 인생의 희노애락을 함께 하자고 굳게 약속했으리라.

　하지만 세상은 이 연인들을 갈라놓았고, 그들의 정표였던 꽃신은 아픔이 되어버렸다. 한때라도 이 꽃신처럼 짝을 이루고 산 적이 있었던가 라는 회한 섞인 말 속에는, 영원한 인연을 맺지는 못할지라도 단 하루라도 함께 하고픈 사람이었음이 읽혀진다. 그리고는 신발에 수놓은 꽃 그림이 긴 장맛비에 얼룩이 져서 빛이 바래자, 꽃이 죽었다고 한다. 그것은 다름 아닌 자신들의 사랑이 그 꿈같던 약조가 이미 산산이 부서졌음을 표현한 것이다.

　색이 바래버린 꽃, 그래서 죽었다고 표현된 그 꽃 위로 한때의 아름다움을 뒤로하고 시들어 버린 자신들의 청춘과 사랑이 오버랩된다. 신발에 아름답게 수놓은 꽃이 빛이 바래듯, 자신들의 청춘, 꿈같던 약조, 애절한 사랑도 이제는 다시 올 수 없다는 탄식이 절절하게 묻어있다. 백거이는 그 여인과 남남이 된 지 이미 십여 년 가까운 세월이 흘렀는데도, 여전히 가슴에 고이 접어둔다. 낙천지명樂天知命을 신조로 삼은 백거이라도, 불혹을 한참 지난 나이라고 해도 사람의 감정은 어쩔 수 없는 것이려니.

아픈 옛사랑, 오래된 현재다.

065

왕 선생에게
王夫子[1]

왕 선생
현위 부임을 축하드리네.
거긴 동남쪽 삼천오백 리.
길이 멀고 관직은 낮아도
월급은 처자 부양할 만하네.

사내라면 옛 사람 글을 읽고
의관 다듬고 공손히 관직 임하여
작게는 봉록으로 집안 꾸리고
크게는 도로써 나랏일 보좌해야지.

나랏일 보좌는 운에 매인 일
하위직이라도 부끄럽지 않네.
운이 안 와도 먹고살아야 하니
관직의 원근 고하 중요치 않네.

사내라면

거창하게 세상을 구하진 못해도

최소한 굶거나 얼어 죽진 말아야지.

내 보기에 구품에서 일품까지

관직의 기운은 모두 비슷한 것.

자색 인끈 붉은 인끈 파란 관복

그저 색깔이 다른 것일 뿐이네.

왕 선생이여

특별히 권하고 싶은 한 가지는

술 있고 봄이 오면 즐기시게나.

王夫子 送君爲一尉	東南三千五百里
道途雖遠位雖卑	月俸猶堪活妻子[2]
男兒口讀古人書	束帶斂手來從事[3][4]
近將徇祿給一家[5]	遠則行道佐時理[6]
行道佐時須待命	委身下位無爲恥[7]
命苟未來且求食[8]	官無卑高及遠邇
男兒上旣未能濟天下	下又不至飢寒死
吾觀九品至一品	其間氣味都相似
紫綬朱紱靑布衫[9]	顔色不同而已矣

王夫子 別有一事欲勸君　　遇酒逢春且歡喜

주석

¹**王夫子**^{왕부자}：왕질부王質夫로 추정. 주질현盩厔縣 근처 선유사仙遊寺에 은거했던 인물로 백거이가 주질현위이던 시절부터 교유가 있었음. 구체적인 생평은 전하지 않음.

²**活妻子**^{활처자}：아내와 자식을 먹여 살리다.

³**束帶**^{속대}：허리띠를 묶다. 의관을 정제하다.

⁴**斂手**^{염수}：손을 가지런히 모으다. 공손한 모양을 의미.

⁵**徇祿**^{순록}：녹봉을 구하다. 관직에 나아가다.

⁶**佐時理**^{좌시리}：당시의 군주를 도와 나라를 다스리다.

⁷**委身下位**^{위신하위}：낮은 자리에 몸을 의탁하다.

⁸**苟**^구：만약.

⁹**紫綬朱紱青布衫**^{자수주불청포삼}：자색 인끈과 붉은 인끈 그리고 푸른 관복. 등급이 다른 관직을 표현한 것임.

감상

　　이 시는 백거이가 47세이던 원화 13년^{818년} 강주사마 재임 중에 지은 작품이다. 이 시에서 왕 선생은 선유산에 은거하던 왕질부로 추정된다. 왕 부자가 벼슬길에 나가는 것을 격려하는 내용이다.

　　백거이는 관직은 임금을 보좌하여 도를 행하고 가족을 부양할 수 있는 일이므로 가치가 있다고 설명한다. 그러나 높은 자리에 오르는 것은 운이 따라줘야 하는 일이고 또 관직의 높고 낮음은 중요하지 않으므로, 거창하게 임금을 직접 보좌할 만큼의 고위 관직이 아니라도, 집안을 건사하고 자신이 살아갈 방도를 해결하는 것만으로도 충분한 의미가 있다고 왕선생에게 당부한다. 또 관직에 있더라도 자신을 잃지 말고 때를 놓치지 말고 즐길 것을 특별히 당부한다. 자신의 관직 경험과 선유사에 은거하던 왕질부의 성품을 고려한 조언이다.

백거이는 명리를 위해 애쓰는 벼슬아치의 삶을 "달팽이 뿔 위에서 서로 싸운들, 얻는 것은 한 가닥 소털뿐이라相爭兩蝸角. 所得一牛毛"「勸酒十四首·不如來飲酒七首」고, 달팽이 뿔처럼 좁디좁은 데서 소 털 한 가닥을 위해 다투는 것 정도로 부정적으로 인식했다. 그런데 한편으로는 이 시에서와 같이 관직은 처자를 먹여 살리고 부모를 부양하는 방편이라고 인정했다. 현실주의자의 선택이라고 할 수 있다. 그는 또 깊은 산으로 은거하거나 신선이 되겠다는 허튼소리도 하지 말라고 했다. 즉 낙천은 명분이나 허세보다 있는 그대로 삶을 현실적으로 받아들이되 자연의 이치대로 살 것을 주장한 것이다. 그는 안온한 현실주의자이다.

066

초가을
新秋

색바람에 낙엽 하나둘 지고
뜰에 부는 바람 이미 서늘타.

바람 이는 연못에 밝은 달 담겼고
시들은 연방에는 이슬이 맺혔구나.

어찌할꼬, 타향 땅 강남에서의 밤
이제부터 길고 또 길어질 터인데.

西風飄一葉　　庭前颯已涼

風池明月水　　衰蓮白露房¹

其奈江南夜　　綿綿自此長

¹蓮房연방 : 연밥이 들어 있는 송이.

이 시는 대략 원화 11년^{816년}에서 원화 13년^{818년} 사이, 강주사마^{江州司馬}로 있을 때의 작품이다. 백거이 나이 마흔다섯 살경이다.

계절은 어김이 없다. 추위와 더위는 늘 그러하듯 교차할 것이고, 내가 즐겁든 슬프든 새로운 계절은 맞이해야 한다. 하지만 가을은 정녕 두렵다. 더구나 좌천되어 있는 중임에랴.

낙엽이 하나둘 마당을 뒹굴다 쌓이고, 바람은 하루하루 소슬해진다. 밝은 달은 선들바람 스치는 가을 연못에서 일렁이고, 연밥에 내린 이슬도 싸늘하다. 이 장면을 차마 어찌 바라볼거나. 잠 못 드는 밤, 갈수록 길어질 가을밤을 어찌 견뎌낼까.

067

밤비
夜雨

철 이른 귀뚜라미 울다 그치고
사위던 등잔불 다시 밝아진다.

창밖으로 내리는 밤비는
파초잎 빗소리가 먼저 알린다.

早蛩啼復歇[1]　殘燈滅又明[2]
隔窗知夜雨[3]　芭蕉先有聲

주석

[1] 早蛩조공: 철 이른 귀뚜라미.

[2] 殘燈잔등: 희미한 등불.

[3] 隔窗격창: 창문 너머. 창문 밖.

이 시는 백거이가 마흔다섯 살 경인 원화 11년[816년]에서 원화 13년[818년] 사이, 강주사마[江州司馬]로 재임할 때의 작품이다.

한밤중 귀뚜라미가 울다 그치고, 등잔불이 흔들리며 꺼질 듯 다시 살아나는 것은 밤의 공기가 변하고 있음이리라. 곧 비가 내리려나 하던 참에, 후드득후드득 파초 잎에 빗방울이 듣는 소리. 파초 잎이 먼저 비 울음을 하니, 창문을 열지 않아도 밤비가 오시는 걸 알 수 있다.

파초는 중국 남부와 동남아시아가 원산지인 여러해살이풀이다. 키가 5미터까지 자라고 그 잎이 커서 더운 지역에서는 정원수로 심어 해를 가리기도 한다. 넓은 잎이 해를 가리면 마치 하늘이 녹색인 것처럼 보이기도 해서 파초를 '녹천[綠天]'이라는 별명으로 부르기도 한다. 넓은 잎은 약용이나 섬유의 재료, 종이의 대용으로도 쓰인다. 당대의 시인 위응물[韋應物]도 전란으로 인해 동생들의 안부를 알 수 없게 되자, 종이 대신 파초 잎에 그리움을 적기도 했다. "마당의 가을 풀에 이슬 맺히니, 고향의 동생들이 더욱 그리워, 종일 서재에서 아무 일도 못 하다가, 파초 잎에 홀로 시를 적는다.秋草生庭白露時. 故園諸弟益相思. 盡日高齋無一事. 芭蕉葉上獨題詩"「閑居寄諸弟」이다. 이후 파초는 형제애나 서신을 비유하는 어휘로 많이 쓰였다. 당대의 승려인 회소[懷素]는 자신의 암자 주위에 파초를 심어두고 파초 잎에 글씨를 연습하여 서예가로 이름을 날릴 수 있었다고 한다. 비도 알리고 해도 가리고 그리움도 전하고 약재로도 종이대용으로도 쓰이니, 한낱 식물이 그 쓰임이 꽤 다양하다.

068

가을 강변에서 손님을 배웅하며
秋江送客

가을 기러기 줄지어 날아가고
원숭이울음 조석으로 구슬픈데

외로운 쪽배로 떠나갈 나그네
이 강가에서 또 헤어져야 한다.

추적추적 옷을 적시는 빗줄기
자욱자욱 돛을 뒤덮은 먹구름.

심양땅 술로 취하지도 않으면
안개 낀 강변서 시름에 죽으리.

秋鴻次第過[1]　　哀猿朝夕聞
是日孤舟客　　此地亦離群[2]
濛濛潤衣雨[3]　　漠漠冒帆雲[4]

不醉潯陽酒⁵　　烟波愁殺人⁶

주석

¹次第^{차제}: 순서대로. 줄지어.

²離群^{이군}: 사람들과 헤어지다.

³濛濛^{몽몽}: 비가 자욱하게 내리는 모양.

⁴漠漠^{막막}: 짙게 뒤덮은 모양.

⁵潯陽^{심양}: 지명. 백거이가 좌천된 강주江州 지역을 지칭.

⁶愁殺^{수살}: 매우 근심스럽게 하다. 살殺은 정도가 심함을 나타냄.

감상

이 시는 원화 11년^{816년}에서 원화 13년^{818년} 사이, 백거이가 45~47세 경에 강주사마江州司馬로 재임하며 지은 작품이다.

꽃 지는 봄날, 세상을 으늑하게 만드는 보슬비, 낙엽 분분한 가을을 대하면 공연히 슬퍼지는 것이 인지상정이다. 오늘, 줄지어 고향으로 돌아가는 기러기 떼의 행렬이 마음을 들쑤시더니, 먼 곳에서 들려오는 애절한 원숭이 울음소리가 가슴을 찢어 놓는다.

그런데 하필 이런 날 누군가가 떠나려 한다. 만나고 헤어지는 게 인생 다반사이니 감당하기 어렵더라도 담담해지려 하지만, 낮게 드리운 구름 속으로 내리는 빗줄기를 맞으며 먼 걸음을 내디뎌 고독한 뱃길을 가야 하는 길손 생각에 마음이 무겁게 시름겹다. 이 순간 술이 생각나는 것은 어쩌면 당연하겠다. 지독히 외로운 날이다.

069

가을 달
秋月

초저녁 푸르스름하던 달빛
밤 깊어 휘영청 밝아져서

서쪽 주랑 곁 살짝 오더니
남쪽 창문 앞 가득 채우네.

초록 풀 가득한 이 마당에
맑은 이슬 드는 저 하늘에.

툭툭툭 낙엽 지는 소리에
화르르 놀란 새의 날개짓.

둥지 속 새도 편치 않은데
시름겨운 나 어찌 잠드랴.

夜初色蒼然[1]　　夜深光浩然[2]

稍轉西廊下　　漸滿南窓前

況是綠蕪地　　復茲清露天

落葉聲策策[3]　　驚鳥影翩翩[4]

栖禽尚不穩[5]　　愁人安可眠

주석

[1] 蒼然창연 : 푸른 모양. 저물녘 어둑어둑함.

[2] 浩然호연 : 광대한 모양. 막히거나 주저함이 없는 모양.

[3] 策策책책 : 의성어. 여기서는 낙엽이 지는 소리.

[4] 翩翩편편 : 가볍게 나는 모양. 행동이 가볍고 빠른 모양.

[5] 栖禽서금 : 둥지에 든 새.

감상

　이 시는 원화 11년816년에서 원화 13년818년 사이, 백거이가 45~47세 경에 강주사마江州司馬로 재임하며 지은 작품으로 추정된다.

　초저녁 푸르스름하던 달빛이 한밤중 휘영청 떠오르고, 서쪽 주랑을 비추던 달빛이 돌고 돌아 남쪽 창문까지 다가온 모습을 묘사함으로써, 시인이 오랜 시간 잠 못 들고 달빛이 변하는 것을 바라보고 있었음을 표현했다. 또 자신이 그렇게 오랫동안 잠 못 들고 앉아 있는 이유를 놀라서 홰치는 새의 모습을 빌어 설명했다. 마음이 편치 않으니 잠을 들 수 없다는 것이다. 설명하지 않고도 모든 것을 다 설명했다.

　강주사마 생활을 겪으며 백낙천은 서서히 현실 정치에 대한 마음을 접고 낙천지명樂天知命의 삶을 받아들인다. 원화 13년 7월 낙천은 강주사마로서의 생활을 술회하여 「강주사마청기江州司馬廳記」를 남겼다. "관직은 시운에 달린 것이나, 마음을 편히 하고 안하고는 사람에 달린 것이다. (…중략…) 내가 이 강주를 보좌한 것이 이미 4년이다. 마음은 마치 하루나 이틀 된 듯 편안하고 한가한데, 어찌 그럴 수 있었는가? 때를 알고 명을 알았을 뿐이다官不官. 繫乎時也. 適不適, 在乎人也. (…中略…) 予佐是郡, 行四年矣! 其心休休如一日二日, 何哉? 識時知命而已"「江州司馬廳記」. 때를 알고 명을 알게 되는 심경에 이르기까지, 쉽지 않았을 일이다.

070

강주사마의 관사
司馬宅[1]

비 내린 오솔길 잡초에 뒤덮이고
서리 내린 뜨락엔 단풍잎 풍성타.

쓸쓸한 강주사마 관사
골목엔 지나는 이 없고

마주한 장강의 강물만
갈바람에 조석으로 일렁일렁.

雨徑綠蕪合[2]　霜園紅葉多

蕭條司馬宅[3]　門巷無人過

唯對大江水　秋風朝夕波

주석

[1]司馬宅사마택 : 강주사마의 관사.

²綠蕪合녹무합: 풀들이 무성하게 뒤덮은 모양.

³蕭條소조: 쓸쓸하다.

이 시는 백거이가 원화 13년^{818년, 47세} 강주사마 재임 중 지은 작품이다. 아무도 찾아오는 이 없어 고요하기만 한 관사에 붉은 단풍잎이 수북하다. 그 위로 가을비가 내려 여름내 무성했던 잡초가 어지럽다. 마치 정지된 듯 쓸쓸한 관사 앞으로 그저 장강의 물결만이 가을바람에 일렁인다.

사람의 향기가 느껴지지 않는 적막한 관사는 마치 좌천이 아니라 귀양살이하는 느낌을 줄 듯하니, 그 쓸쓸함에 좌천객의 시간은 더욱 더디고 힘겹다. 다른 시에서도 강주사마 관사에서 홀로 잠들 때의 느낌을 "거친 풀이 마당을 가득 메우고, 대나무가 처마까지 드리운 곳. (…중략…) 청사는 얼음처럼 싸늘하니, 뉘라서 와서 같이 자려 하겠는가荒涼滿庭草, 偃亞侵簷竹. (…中略…) 官曹冷似冰, 誰肯來同宿「司馬廳獨宿」"라고 설명했다.

쓸쓸한 관사에 정을 못 붙여서일까. 백낙천은 바로 전 해인 46세에 여산廬山 중턱에 초당을 마련하고 그곳 생활을 즐겼다. 그가 지은 초당기「草堂記」에 의하면 "여산의 절경은 온 세상 산 가운데 최고이다. 산 북쪽에 향로봉이라는 봉우리가 있고 그 북쪽에 유애사라는 절이 있다. 봉우리와 절 사이의 풍광은 여산 가운데 최고 절경이다. 원화 11년 태원 사람 낙천이 이 풍경을 보고 마음에 들어했는데, 마치 먼 길 나그네가 고향을 지나가는 듯이 마음이 끌려 떠날 수가 없어 봉우리를 마주하고 절을 옆에 낀 곳에 초당을 지었다. 이듬해 완성되었다匡廬奇秀甲天下山. 山北峯曰香爐, 峯北寺曰遺愛寺. 介峯寺間, 其境勝絶, 又甲廬山. 元和十一年秋, 太原人白樂天見而愛之, 若遠行客過故鄕, 戀戀不能去, 因面峯腋寺, 作爲草堂. 明年春, 草堂成"。

초당은 깎아지른 듯한 흰 바위가 있고 맑은 물이 졸졸 흐르는, 앞뒤로 소나무 수십 그루와 대나무 천여 그루가 자라 울창한 곳이었다. 초당을 막 지었을 때의 만족감과 설레임을 시로 지어 바위에 적었는데, 내용은 이러하다. "한평생 마음에 드는 곳 없었는데, 이곳을 보고 마음이 기울어, 마치 노년을 보낼 곳을 찾은 듯, 떠날 줄을 몰랐다. 바위에 걸쳐 초가지붕을 엮고, 도랑을 파고 차밭도 만들었다. 내 귀를 씻을 것은 무엇일까, 지붕에서 날아 떨어지는 샘물이요, 내 눈을 깨끗이 할 것은 무엇일까, 섬돌 아래 자라난 흰 연꽃이네. 왼손에는 술병을, 오른손에는 오현금을 드니, 고상하게 마음이 절로 흡족해져, 그 사이에 다리를 뻗고 앉는다平生無所好, 見此心依然. 如獲終老地, 忽乎不知還. 架岩結茅宇, 斫壑開茶園. 何以洗我耳, 屋頭飛落泉. 何以淨我眼, 砌下生白蓮. 左手携一壺, 右手挈五弦. 傲然意自足, 箕踞于其間. "「香爐峰下新置草堂, 卽事詠懷, 題于石上」

낙천은 이 초당에서의 생활에 만족하며 차츰 마음의 평화를 얻었다. "해가 중천에 오를 때까지 실컷 자고도 일어나기 싫은 것은, 자그마한 집에 겹이불을 덮어 춥지 않기 때문이라. 유애사 종소리는 베갯머리에서 듣고, 향로봉 잔설은 발만 걷으면 보인다. 여산은 명리 다툼을 피해 살 수 있는 곳이요, 사마는 노년을 보내기 딱 좋은 벼슬이네. 마음 편하고 몸이 건강하면 거기가 바로 돌아가 살 곳이니, 고향이 어찌 꼭 장안 땅이어야 하겠는가?日高睡足猶慵起, 小閣重衾不怕寒. 遺愛寺鐘欹枕聽, 香爐峰雪撥簾看. 匡廬便是逃名地, 司馬仍爲送老官. 心泰身寧是歸處, 故鄕何獨在長安"「香爐峰下新卜山居, 草堂初成, 偶題東壁」의「重題」강주사마로 좌천되며 정치적 욕심을 버렸고, 이 초당에서 생활하며 마음의 안정을 얻었다.

강주는 지금의 장시성江西省 지우장시九江市인데, 이곳에 백거이의 초당을 재현하여 지었다는 '화경花徑'이 있다. 백거이 상像과 연못, 소박한 마당이 갖추어져 있다. 그러나 이 화경은 백거이가 향로봉과 유애사를 낀 여산 최고 절경에 지었다는 그 초당은 아니다. 실제 초당은 그보다 훨씬 위쪽인 산중턱에 있었을 것으로 추정된다. 몇 년 전 물어물어 어렵게 다소 높은 산중턱에 위치한 곳을 찾아갔는데, 연못 터와 스러져가는 건물터가 있었다. 물론 백거이가 아닌 청대의 어느 문인이 백거이의 초당을 복원해 지었다는 유적이다. 필자가 찾아갔을 때 주변에 복원공사를 진행하다 멈춘 흔적이 있었는데, 그 이후의 모습을 알 수 없어 궁금하다.

071

가을 무궁화

秋槿[1]

소슬바람에 이슬 시리고
하늘가로 황혼 드리우니
마당에 있는 무궁화 꽃
하루 만에 피었다 진다.

가을에 피어 이미 쓸쓸한데
저녁이면 어찌나 분분턴 지.
빛깔 선명치 않아 아쉬운데
주저 없이 져 더욱 안타깝네.

이걸 보니 드는 생각 있어
그 마음을 한 번 적어본다.

남자가 늦게 부귀를 얻고
여자가 늦게 혼인을 하면

머리가 센 후 뜻을 얻거나

늙은 용모로 남편 섬기는 것.

때를 놓치면 안 되는 것에

어찌 청춘만한 것이 있으랴!

風露颯已冷²	天色亦黃昏³
中庭有槿花⁴	榮落同一晨⁵
秋開已寂寞	夕殞何紛紛⁶
正憐少顔色	復歎不逡巡⁷
感此因念彼	懷哉聊一陳
男兒老富貴	女子晚婚姻
頭白始得志	色衰方事人
後時不獲已⁸	安得如靑春!

주석

¹秋槿추근: 가을 무궁화.

²颯살: 바람이 불다. 바람소리.

³天色천색: 하늘빛. 하늘의 기운.

⁴中庭중정: 마당.

⁵榮落영락: 꽃이 피고 지다.

⁶殞운: 죽다. 떨어지다.

⁷逡巡준순: 배회하다. 주저하다. 미루다.

⁸**不獲已**불획이 : 지난 것을 얻을 수 없다.

감상

    이 시는 백거이가 47세원화13년, 818년에 강주사마江州司馬로 있을 때의 작품
이다. 무궁화 꽃을 빌어 인생사를 노래했다.

    무궁화 꽃은 다른 꽃이 만발하는 봄 여름을 지나 가을에 쓸쓸히 꽃을 피
운다. 꽃은 그 아름다움만으로 충분히 찬사를 받을 만하거늘, 무궁화는 늦게
피고 색도 화려함을 잃어 어느 누구의 관심도 얻지 못한다. 봄날 한창 때 화
사하게 피었던 꽃들은 그 퇴장마저도 아름다운 모습으로 기억되지만, 무궁
화는 그나마도 오래 피어 있지도 못해 해 질 무렵 바람 한 자락에 스러져버
린다. 주어진 시간을 다하고 떠날 때가 되어 떠나는 것이지만, 유독 애잔하
고 안타깝고 아쉽다.

    인생사도 역시 그럴 수 있다. 백발이 되어 출세하거나 다 늙어서 시집을
가는 것, 모두 청춘에 이루었으면 훨씬 값지고 빛났을 일이다. 그래서 청춘
은 고귀하고 흘려버리면 안타까운 것이리라. 다 때가 있는 법이다.

    백낙천이 지방 하급관직인 강주사마로 좌천되어 있으면서, 자신도 이제는
마흔일곱 살이니 출세나 부귀를 이루기에는 늦었다는 느낌이 들어 지어낸 작
품인 듯싶다. 그런데 이 시기가 백거이 인생의 최고 고비이자 전환기였다.

072

이 칠, 유 삼십삼과 함께 원구를 방문하는 꿈을 꾸고

夢與李七[1]庾三十三[2]同訪元九[3]

간밤 꿈에 장안으로 돌아가
정든 친구들과 해후했었네.
꿈 속에서 손지는 내 왼쪽에
순지는 내 오른쪽에 있었지.

이월의 어느 봄날이었던 듯
봄바람 맞으며 손을 잡고서
함께 정안리로 내쳐 달려서
말에서 내려 원구를 찾았네.

원구는 때마침 홀로 있다가
우리를 반갑게 맞아주었지.
서쪽 뜰 꽃을 구경시켜주고
북쪽 정자에 술을 마련했네.

서로 옛날 추억을 돌이키고
짧은 만남 못내 아쉬워하며
한순간 마음을 함께 나누다
하품과 기지개로 헤어졌네.

꿈을 깨도 곁에 있는 듯하여
벗을 찾았으나 찾을 수 없고
희미한 등잔불 벽에 비끼고
새벽 달빛 창으로 들어오네.

날 밝은 후 서북쪽을 바라보매
만 리 밖 그댄 아는지 모르는지.
날로 늙는데 만날 기약 없으니
배회하며 흰머리만 긁어댄다.

夜夢歸長安　　見我故親友
損之在我左[4]　順之在我右[5]
云是二月天　　春風出携手
同過靖安里[6]　下馬尋元九
元九正獨坐　　見我笑開口
還指西院花　　仍開北亭酒
如言各有故　　似惜歡難久
神合俄頃間[7]　神離欠伸後[8]

覺來疑在側　　求索無所有

殘燈影閃墙⁹ ¹⁰　斜月光穿牖¹¹

天明西北望　　萬里君知否

老去無見期　　踟躕搔白首¹² ¹³

| 주석 |

¹李七이칠 : 이종민李宗閔, 약 783~846년, 자 손지損之, 농서隴西 성기成纪, 현 甘肃省 秦安县 사람. 정원贞元 21년805년진사에 급제하여 관직에 진출함. 재상 배도裴度와 함께 회서淮西 지역의 반란을 평정했고, 목종穆宗 즉위 후에는 중서사인中书舍人, 지공거知贡举 등에 올라 인재 선발을 담당함. 당대 중후기 수십 년 간 지속되었던 우이당쟁牛李党争의 우당牛党의 영수였는데, 이덕유李德裕의 집정 시기에 실권하고 지방관으로 사망함.

²庚三十三유삼십삼 : 유경휴庚敬休, ?~ 835년, 자는 순지順之, 남양南阳 신야新野 사람. 진사에 급제하여 비서성교서랑秘书省校书郎에 제수된 후 집현학사集贤学士, 한림학사翰林学士, 예부랑중禮部郎中 등의 관직에 오름. 문종文宗 재임 시 태자 노왕鲁王 이영李永의 스승에 오름.

³元九원구 : 원진元稹. 원진에 대해서는 시 「서명사에 모란꽃이 피어 원구를 생각하다西明寺牡丹花時憶元九」 참조.

⁴損之손지 : 이종민李宗閔. 손지는 이종민의 자.

⁵順之순지 : 유경휴庚敬休. 순지는 유경휴의 자.

⁶靖安里정안리 : 장안성 내 원진元稹의 집이 있는 곳. 원진의 출생지이기도 하다.

⁷俄頃間아경간 : 짧은 시간 동안.

⁸欠伸흠신 : 하품과 기지개.

⁹殘燈잔등: 흐릿한 등잔불.

¹⁰閃섬: 반짝이다. 빛이 흔들리다.

¹¹光穿牖광천유: 빛이 창문에 비치다.

참 穿천 : 뚫다.

¹²踟躕지주: 머뭇거리다. 배회하다.

¹³搔소: 긁다.

감상

　이 시는 백거이가 47세원화13년, 818년에 강주사마江州司馬로 있을 때의 작품이다. 지난밤 꿈속에서 좋은 벗들을 만났다. 그 친구들을 양쪽에 끼고 봄바람을 맞으며 원진의 집으로 가면서 우리는 소년처럼 한껏 들떠 있었다. 원진과 꽃구경을 하고 술잔을 기울이며 추억을 안주 삼아 즐겼다. 꿈이 아니었으면 얼마나 좋았을까만, 안타깝게도 꿈에서 깨어버렸다. 생시 같은 꿈에서 깨고 보니 허망하게도 곁에는 아무도 없다. 그 대신 밤을 밝혀온 등불만 가물가물 사위어가며, 창틈으로 들어오는 새벽 잔달의 흐릿한 빛과 함께 처량한 내 모습을 우두커니 비춘다. 그리운 벗 대신 달빛과 그림자를 곁에 두자니, 오히려 외로움은 사무치고 그리움은 더욱 간절해진다.

073

강남에서 천보 시절 노악사를 만나다
江南遇天寶¹樂叟²

백발의 병든 노인 흐느끼며 말하길
"녹산의 난리 전에 이원에 뽑혔지요.
비파로 법곡을 뛰어나게 연주하여
화청궁에서 천자를 자주 모셨답니다.

이때는 천하가 오래 태평할 때라
매년 시월 조원각에 행차했는데
백관 움직이면 패옥소리 찰랑찰랑
만국 사신 회동엔 거마 분주했지요.

황금 비녀는 석옹사에서 반짝였고
난향 사향 향기 온천수에 더했지요.
귀비는 나긋나긋 임금님 모셨는데
몸 약해 보석장신구도 무겁다 했죠.

눈 날리는 겨울에도 비단도포 따뜻하고
봄바람 살랑대면 무지개치마 휘날렸는데
환락 끝나기 전에 연땅 도적떼 쳐들어와
강한 활 살진 말에 오랑캐말로 지껄였죠.

장안 사람 오랑캐 피해 다투어 떠나고
황제도 도성 버리고 촉으로 떠나기에
이때부터 떠돌아 남쪽 땅까지 왔는데
수만 명이 다 죽고 혼자 살아남았네요.

가을바람에 강물 하염없이 일렁이면
저녁비 오는 배에서 술잔 기울였는데
수레바퀴 자국 물속의 붕어처럼 힘 잃고
이슬의 은택 잃은 시든 풀 신세였답니다.”

“나도 장안에서 왔다만 그대 묻지도 마소
여산과 위수는 황량한 촌락으로 변했고
신풍의 고목에는 밝은 달빛도 처량하니
장생전은 어두컴컴 황혼에 잠겼답니다.

단풍잎은 기울어진 지붕 분분히 뒤덮고
푸른 이끼 무너진 담장에 겹겹이 꼈는데
오직 환관이 궁궐 관리사가 되어

해마다 한식날 한 번 문을 연다오."

白頭病叟泣且言　　　祿山未亂入梨園[3][4]
能彈琵琶和法曲[5]　　多在華清隨至尊[6][7]
是時天下太平久　　　年年十月坐朝元[8]
千官起居環珮合[9]　　萬國會同車馬奔
金鈿照耀石瓮寺[10][11]　蘭麝熏煮溫湯源[12][13]
貴妃宛轉侍君側[14][15]　體弱不勝珠翠繁
冬雪飄颻錦袍暖[16]　春風蕩漾霓裳翻[17][18]
歡娛未足燕寇至[19][20]　弓勁馬肥胡語喧
毆土人遷避夷狄[21]　鼎湖龍去哭軒轅[22]
從此漂淪落南土[23]　萬人死盡一身存
秋風江上浪無限　　　暮雨舟中酒一尊
涸魚久失風波勢[24]　枯草曾沾雨露恩
我自秦來君莫問　　　驪山渭水如荒村[25][26]
新豐樹老籠明月[27]　長生殿暗鎖黃昏[28]
紅葉紛紛蓋欹瓦　　　綠苔重重封壞垣
唯有中官作宮使[29]　每年寒食一開門

주석

[1] 天寶천보: 당대 현종玄宗의 연호. 742~755년.

[2] 樂叟악수: 노 악사樂師.

[3] 祿山녹산: 안록산安祿山. 천보 연간 반란을 일으킨 인물.

⁴梨園^{이원}: 당 현종 시기 궁정에서 가무를 관장하던 기구. 많은 예인藝人들이 소속되어 있었음.

⁵法曲^{법곡}: 고대의 악곡. 동진東晉과 남북조南北朝 시기에는 법악法樂이라고 지칭했으나 불교 법회에서 사용하면서 법곡이라고 불림. 원래는 외래 음악이 포함된 서역西域 음악에 한족의 청상악淸商樂이 결합한 것으로 수대隋代에 점진적으로 만들어졌는데, 당대에 들어 여기에 다양한 곡조가 더해지면서 극성기를 이루었다. 『구당서舊唐書』 권28 「음악지音樂志」에 의하면, "개원 이후 악공들은 변방의 곡조나 민간 곡조를 섞어 불렀는데 (…중략…) 법곡이라고 불렀다自開元以來, 歌者雜用胡夷裏巷之曲, (…中略…) 相傳謂爲法曲". 즉 당대의 법곡은 외국곡과 민간의 곡조가 섞여서 만들어진 곡조임을 알 수 있다. 대표곡으로 「적백도리화赤白桃李花」, 「예상우의霓裳羽衣」 등이 있다.

⁶華淸^{화청}: 화청궁華淸宮. 당唐 태종太宗이 여산驪山 기슭에 지은 이궁離宮으로 현종玄宗과 양귀비楊貴妃가 사랑을 나눈 곳으로 유명함.

⁷至尊^{지존}: 천자.

⁸朝元^{조원}: 조원각朝元閣. 여산驪山 화청궁華淸宮에 있는 전각 이름.

⁹環珮^{환패}: 허리에 차는 둥근 옥.

¹⁰照耀^{조요}: 비추다.

¹¹石瓮寺^{석옹사}: 여산驪山에 있는 절 이름.

¹²蘭麝^{난사}: 난초와 사향.

¹³熏^훈: 향기가 스며들다.

¹⁴貴妃^{귀비}: 현종의 귀비貴妃 양옥환楊玉環.

¹⁵宛轉^{완전}: 순응하다. 완곡하다.

¹⁶飄颻^{표요}: 바람에 흔들리는 모양.

¹⁷蕩漾^{탕양}: 넘실거리다. 출렁거리다.

¹⁸霓裳翻^{예상번} : 무지개치마가 휘날리다.

참 霓裳^{예상} : 무지개치마. 가볍게 휘날리는 부드러운 춤복. 또는 신선의 옷.

¹⁹歡娛^{환오}: 즐거움, 환락.

²⁰燕寇^{연구}: 연 지방에서 일어난 도적 떼. 안록산이 연燕 지역에 속하는 범양范陽에서 난을 일으켜서 일컫는 말.

²¹豳土人遷^{빈토인천}: 전란을 피해 임금을 따라 백성들도 피난하다. 『사기·주본기』에 의하면 "고공단보가 다시 후직과 공류의 유업을 닦고 덕을 쌓으며 의를 행하므로 나라의 백성들이 모두 이를 받들었다. 훈육 융적이 쳐들어와서 재물을 약탈하려 했고, 얻고 난 후에는 땅과 백성도 빼앗으려고 했다. 백성들은 분노해서 전쟁을 하려고 했다. 고공은 (…중략…) 이내 식구들과 같이 빈을 떠나서 칠·저를 건너고, 양산을 넘어 기산 아래에 고을을 만들어 살았다. 빈 사람들은 나라 전체가 노인은 부축하고 약한 사람을 이끌어 이웃 나라에서도 모두 고공을 따라 기산으로 모여들었다_{古公亶父復修後稷公劉之業. 積德行義, 國人皆戴之. 薰育戎狄攻之, 欲得財物, 予之, 已復攻, 欲得地與民, 民皆怒, 欲戰. 古公 (…中略…) 乃與私屬逐去豳, 度漆沮, 逾梁山, 止於岐下, 豳人舉國扶老攜弱, 盡複歸古公於岐下"「史記·周本紀」}

²²鼎湖龍去哭軒轅^{정호룡거곡헌원}: 황제黃帝가 용을 타고 떠나 이를 슬퍼한다는 뜻. 당 현종이 안록산의 난이 일어나자 장안을 떠나 사천 지역으로 몽진을 간 일을 비유함. 전설에 의하면, 황제가 형산의 정호鼎湖에서 정鼎을 주조하고 득도하여 신선이 되어 용을 타고 하늘로 올라가려고 하자, 그 신하가 이를 막기 위해 활로 용을 쏘아 황제를 떨어뜨리려고 했으나 그리하지 못했다_{黃帝鑄鼎於荊山鼎湖, 得道而仙, 乘龍而上, 其臣弓射龍, 欲下黃帝, 不能也「淮南子·原道訓」}고 함.

²³漂淪^{표륜}: 신세가 박하여 이리저리 떠돎.

²⁴涸魚^{학어}: 학철고어涸轍枯魚, 학철지부涸轍之鮒의 줄임말. 수레바퀴 자국에 고인 물에 있는 붕어를 의미하며 매우 심한 곤경에 처한 사람이나 사물을 비유.

²⁵驪山^{여산}: 장안 교외에 위치한 산. 이곳에 화청궁華淸宮이 있음.

²⁶渭水^{위수}: 강 이름. 깐수성甘肅省에서 발원하여 산시성陝西省에서 낙수洛水와 합해짐.

²⁷新豐^{신풍}: 지명. 산시성陝西省 린퉁현臨潼縣 서북쪽에 위치.

²⁸長生殿^{장생전}: 여산驪山 화청궁華淸宮에 있는 전각 이름.

²⁹中官^{중관}: 환관. 궁중의 관리.

감상

이 시는 백거이가 마흔다섯이던 원화 11년^{816년}부터 13년^{818년} 사이에 지어진 것으로 추정된다. 강주사마로 재임하던 시기이다. 이 시는 천보天寶 시절 궁중의 이원제자梨園弟子였던 노악사의 말과 경험을 빌어 부귀영화의 무상함, 인생의 허망함 등을 노래하고 있다.

당 현종은 음악에 재주가 뛰어난 황제였다. "현종은 또 정사를 돌보는 중에도, 태상에 소속된 삼백 명의 악공에게 관현악기 연주를 가르쳤는데, 일제히 시작되는 음악소리에 하나라도 틀린 소리가 있으면 반드시 이를 알아내고 바로잡았다. '황제제자' 또는 '이원제자'라고 불리었는데, 음악관서를 황실 정원에서 가까운 이원에 두었다. 태상시에는 또 별교원을 두어 신곡을 지어 바치게 했다. 태상에서는 매일 새벽 '태악'의 별관인 교원에서 북과 피리를 마구 연주하도록 했다. 침식하며 연주하는 사람이 천 명 정도였는데, 궁중의 의춘원에 기거하였다. 현종은 또 신곡 사십여 곡을 지었으며, 악보도 새로 만들었다玄宗又於聽政之暇, 敎太常樂工子弟三百人爲絲竹之戲, 音響齊發, 有一聲誤, 玄宗必覺而正之. 號爲皇帝

弟子, 又云梨園弟子, 以置院近於禁苑之梨園. 太常又有別教院, 教供奉新曲. 太常每凌晨, 鼓笛亂發於太樂別署

教院. 廩食常千人, 宮中居宜春院. 玄宗又制新曲四十餘, 又新制樂譜."『구당서(舊唐書)』卷28「음악지(音樂志)」

이처럼 황제 곁에는 악사들이 많았는데, 이 시는 그런 악사의 눈과 경험을 빌어 지난 역사를 이야기하고 있다. 노악사는 먼저 현종과 양귀비의 사치와 로맨스를 이야기하고, 그로 인해 안록산의 난이 일어나자 황제가 촉蜀으로 몽진하고 많은 사람이 죽었으며 자신도 남방을 떠도는 신세가 되었다고 이야기한다. 현종과 양귀비의 이야기는「긴 한의 노래長恨歌」편에서 설명했으므로 참고바란다. 이어 백낙천의 입을 빌어 안사의 난이 지난 후 폐허가 된 여산과 위수, 현종과 양귀비가 사랑을 나누었던 장생전長生殿의 황폐한 모습을 표현함으로써 역사의 흥망성쇠와 그 서글픔을 노래했다.

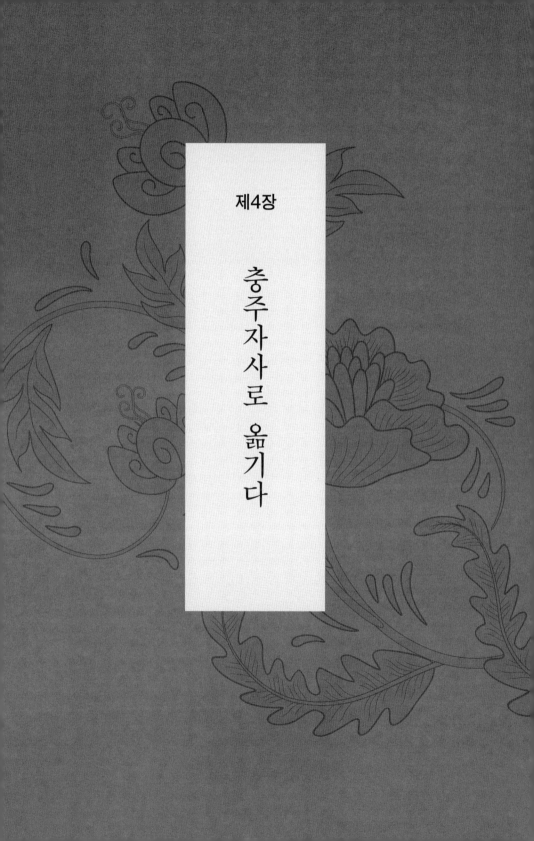

제4장

충주자사로 옮기다

074

충주[1] 군청에서
郡中

고향에선 소식도 끊겼고
산성은 세월도 더디다.

여기가 얼마나 먼 곳인가
섬돌 앞에서 여지를 따네.

鄕路音信斷[2]　　山城日月遲
欲知州近遠　　階前摘荔枝[3]

주석

[1] 충주忠州 : 지명. 현 쓰촨성四川省 쭝현忠縣이다.

[2] 音信음신 : 소식.

[3] 摘荔枝적여지 : 여지를 따다. 여지는 더운 지방에서 나는 여름 과일.

　백거이는 47세이던 원화 13년^{818년} 12월 강주사마江州司馬에서 충주자사忠州刺史로 제수되었고, 이듬해에 가족과 함께 충주에 도착했다. 자사刺史는 주州의 장관長官이다. 충주가 험준한 곳이기는 하나, 백거이는 이곳에서 자연과 더불어 지내며 안분지족의 삶에 더욱 다가가게 된다. 이 시는 원화 14년^{48세, 819년}에 지은 작품이다. 이듬해인 원화 15년에 사마원외랑司馬員外郎에 제수되어 장안으로 귀환한다.

　충주는 외진 곳이었다. "지금 온 충주는 깊고 외진 곳, 골짜기의 끝이요 높낮은 산 잇닿아 있는 곳. 오월이면 지나는 배도 끊기고, 염여퇴가 말처럼 버티고 선 곳今來轉深僻, 窮峽巓山下. 五月斷行舟, 灩堆正如馬"이었다. 지역이 외지다 보니 풍속과 인정도 중원과 많이 달랐는데, 낙천도 그런 생소함을 감추지 않았다. 충주는 "산이 에워싸 마을은 좁고, 계곡에 끼여 날씨가 고르지 않은 곳. 울창한 산림에 평지가 적고, 비가 잦고 흐린 날 많은 곳. 활활 소금 달이는 불꽃에, 자욱자욱 화전 일구는 연기山束邑居窄, 峽牽氣候偏. 林巒少平地, 霧雨多陰天. 隱隱煮鹽火, 漠漠燒畬烟"「初到忠州登東樓, 寄萬州楊八使君」가 있는 곳이었다. 어찌 풍속뿐이랴. 환경은 사람도 변하게 만들어 "충주 사람들은 원숭이를 닮아서, 온 산야를 활기차게 누비네巴人類猿狄, 矍鑠滿山野"라고 이질적 느낌을 표현하기도 했다. 그러다 보니 사람도 친구도 만나기 어려웠다. 같은 시에서 "친구를 만나고 사귀는 것은 그저 바램일 뿐, 사람을 만나는 것만으로도 즐거운 곳敢望見交親, 喜逢似人者"^{이상「自江州至忠州」}이라고 표현했다. 시름을 함께 풀 친구가 없어 힘들다고 했던 강주에서의 생활이 오히려 사치다 싶은 곳이다.

　이「충주 군청에서」시는 백거이가 충주에서의 고립감과 외로움을 표현한 시다. 고향에서 오는 소식은 오래전 뜸해졌고, 관청일 한가하니 천지사방이 조용하고 세월은 더디다. 문득 장안에서는 보기도 힘든 여지가 여기서는 앞마당에서 자란다는 것을 느끼며, 작은 사물에서 뜻하지 않게 기후와 풍토가 다른, 외지고 먼 곳에 와 있다는 사실을 확인하게 된다. 외로움이 밀려온다.

여지는 더운 지방 과일이어서 푸젠이나 광동 지역에서 주로 생산되지만, 수대隋代에서 당대에 이르는 7~10세기에는 중국의 기온이 지금보다 높아 쓰촨성四川省 지역에서도 생산되었다. 여지와 관련한 시로 백거이의 「여지를 심다」도 있다. "붉은 껍질 속 진주 알갱이가 좋다지만, 흰 수염 태수는 참으로 어리석구나, 열매 맺는 십 년 후에 누가 있을지도 모르건만, 저 홀로 정원에서 여지를 심네紅顆珍珠誠可愛. 白鬚太守亦何痴. 十年結子知誰在. 自向庭中種荔枝"「種荔枝」라는 내용이다. 흰 수염 태수는 백거이 자신을 말하는데, 그의 우직함을 볼 수 있는 대목이다.

현종의 사랑을 받은 양귀비도 촉 지방에서 태어나서인지 여지를 좋아했다. 양귀비가 신선한 여지를 먹고 싶어하자, 바로 당 현종의 명령이 떨어졌다. 당대에 장안으로 여지를 배송할 수 있는 산지로는 가장 가까운 곳이 쓰촨의 부주涪州인데, 가깝다 해도 장안에서 대략 6~700km 거리이다. 그런데 여지는 삼 일만 지나도 신선함이 떨어져 맛이 없다. 그러니 여지가 상하기 전에 장안까지 운반해야 하는데, 그 최선의 방법이 말을 릴레이하듯이 달리는 것이었다. 중요한 것은 말과 사람이 지치지 않을 만큼의 짧은 거리인 몇 리 혹은 십여 리마다 역참을 두고 빠른 말을 준비해두고서 밤낮을 이어서 달리게 하는 것이다. 일반 백성들은 근본적으로 먹지 못하는 과일이었다.

장안에서 보면 수놓은 비단이 쌓인 듯
산 위의 천 개 궁문이 차례로 열리네.

파발마 흙먼지에 귀비가 미소 지으니

여지 진상하는 사자일 줄 아무도 모르네.

長安回望繡成堆 山頂千門次第開

一騎紅塵妃子笑 無人知是荔枝來

—杜牧,「過華淸宮絶句」

당대 말기 두목杜牧이 쓴 이 시의 내용은 흙먼지를 자욱하게 일으키며 날
듯이 달려오는 파발마는 마치 변방의 위급함을 전하는 것처럼 보이나, 사실
은 양귀비 한 사람의 웃음을 얻기 위해 여지를 싣고 오는 것임을 백성들은
모른다는 것이다. 조정의 사치와 향락을 비판한 시다. 이 사치와 향락이 결
국 안록산의 난을 불렀다. 같은 여지라도 시인들의 눈에는 달리 보인다.

075

서루의 밤
西樓[1]夜

고요하고 또 고요한 사방
성 모퉁이로 나뭇가지 숨고

산성의 등불 하나둘 사위며
골짝 하늘 은하도 성긴 밤

세월은 동류수처럼 흐르건만
내 신세는 남쪽땅 떠도는 새.

달 지고 강물 무거운 이 밤
서루의 새벽이 유독 늦구나.

悄悄復悄悄[2]　　城隅隱林杪[3]
山郭燈火稀[4]　　峽天星漢少
年光東流水[5][6]　生計南枝鳥[7][8]

月沒江沈沈^9　西樓殊未曉

주석

^{1}西樓서루: 충주성忠州城 서쪽에 있는 누각.

^{2}悄悄초오: 근심되어 기운이 없는 모양. 조용한 모양.

^{3}林杪임초: 숲의 나무가지 끝.

^{4}山郭산곽: 산성山城.

^{5}年光연광: 세월.

^{6}東流水동류수: 동쪽으로 흐르는 물. 사물이나 시간 등이 죽거나 지나가 버리
면 다시 돌아올 수 없음을 비유.

^{7}生計생계: 생명을 유지하는 방법. 생활.

^{8}南枝남지: 남쪽을 향한 나뭇가지. 따뜻한 남쪽 지방을 비유.

^{9}沈沈침침: 물이 깊은 모양. 마음이 무거움을 형용.

감상

　이 시는 백거이가 48세원화14년, 819년에 충주忠州에서 자사刺史로 있을 때의
작품이다. 충주성 서쪽 누각에서 한밤중에도 잠 못 들고 홀로 앉아 있는 답
답한 심정을 표현했다. 그 심정을 직접적으로 서술하지 않고 경물 묘사를 통
해 비유적으로 드러냈다.

　밤이 깊어지면서 산촌의 등불이 점점 사라지는데, 하늘의 별은 오늘따라
성기다. 사방이 모두 어둠뿐이다. 밤이 흘러 흘러 달도 흐려지니, 이제는 응
당 새벽이 와야 할 시간인데, 여명은커녕 강물 소리만 무겁게 들려온다. 백
거이의 마음이 그러하다는 뜻이다. 새벽은 기다리지 않아도 오겠지만, 애타

게 기다리는 사람에게는 더욱 더디게 느껴지니 조급해진다.

　그의 마음이 왜 그랬을까. 동류수처럼 한 번 흘러가면 오지 않는 것이 세월이고 젊음인데, 자신은 중앙에서 멀리 떨어진 남쪽 땅 충주에서 이리저리 떠돈다. 강주사마라는 좌천객 신세를 벗어나기는 했지만, 충주자사 역시 먼 한쪽 구석의 한직 아닌가. 뜻을 펼치고 싶지만 그럴 수 없는 자신의 신세에 대한 한탄과 미래에 대한 불안함이 겹쳐진다. 그러니 백거이에게 기다리는 새벽 여명은 어두운 밤이 지나가고 맞는 하루의 시작일 수도 있지만, 인생의 여명이기도 하다. 인생의 밤이 버거워 잠을 이루지 못했고, 그래서 기다리는 새벽은 더욱 더디게 느껴진다.

076

왕질부에게
寄王質夫[1]

처음 그대를 만나던 그 날
속연 적은 그대가 좋았다오.
나도 도성 땅 공무를 보지만
명리에는 얽매이지 않았지요.

봄이면 선유동을 찾아가고
가을엔 운거각에 올랐는데
누관 아래로 물결 잔잔하고
용담 주위로 꽃 아득했지요.

옹기종기 바위에서 시 읊고
샘물가에서 술잔 기울였는데
출처 계획을 이야기할 때면
산에서 늙겠다 약속했지요.

갑자기 비바람 속에 헤어져
결국 벼슬에 매여 버린 몸.
그대는 산을 떠난 구름이요
나는 새장 속 학이 됐구려.

새장 깊어 학은 점점 초췌해지고
산 멀어 구름 이리저리 떠도는데
나가고 물러남이 비록 다르다만
평생의 약속 어긴 것은 매한가지.

지금 우리는 어떤 곳에 있는가
나이 들면 살던 데서 살아야지
나는 파남에서 태수 노릇 하고
그댄 정서의 막부에서 종사 중.

해마다 몸은 점점 늙어가는데
살아갈 방도 여전히 부족하니
고향 떠난 슬픔에 잠겨 있다가
종군하는 그대가 부러워진다오.

옛날 놀던 일 마치 꿈인 듯하고
지난 일 생각하니 어제 같건만
그리워하는 사이 봄은 또 깊어

고향 산천 꽃은 지고 있겠구려.

憶始識君時	愛君世緣薄²
我亦吏王畿³	不爲名利著⁴
春尋仙遊洞⁵	秋上雲居閣⁶
樓觀水潺潺⁷⁸	龍潭花漠漠⁹¹⁰
吟詩石上坐	引酒泉邊酌
因話出處心¹¹	心期老巖壑¹²
忽從風雨別	遂被簪纓縛¹³
君作出山雲	我爲入籠鶴
籠深鶴殘悴¹⁴	山遠雲飄泊¹⁵
去處雖不同	同負平生約
今來各何在	老去隨所托
我守巴南城¹⁶	君佐征西幕
年顔漸衰颯	生計仍蕭索¹⁷¹⁸
方含去國愁¹⁹	且羨從軍樂
舊遊疑是夢	往事思如昨
相憶春又深	故山花正落

주석

¹ 王質夫왕질부 : 사람 이름. 주질현盩厔縣 근처 선유사仙遊寺에 은거했던 인물. 백거
이가 주질현위이던 시절부터 교유가 있었음. 구체적인 사적은 알 수 없음.

² 世緣세연 : 세상의 모든 인연.

³王畿왕기: 고대 도성 주위 천 리에 해당하는 지역. 도성.

⁴名利명리: 명예와 이익. 주로 관직생활을 의미함.

⁵仙遊洞선유동: 선유산仙遊山. 지금의 섬서성陝西省 주질현盩厔縣 남쪽에 위치한 산. 그 안에 선유사라는 절이 있음.

⁶雲居閣운거각: 종남산終南山의 운거사雲居寺.

⁷樓觀누관: 주질현 동쪽의 종성관宗聖觀을 가리킴.

⁸潺潺잔잔: 시냇물이 흐르는 소리 또는 흐르는 모양.

⁹龍潭용담: 선유담仙遊潭. 오룡담五龍潭으로도 불림. 지금의 섬서성陝西省 주질현盩厔縣 남쪽에 있는 선유산의 남쪽 선유사仙遊寺와 북쪽 중흥사中興寺 사이에 있는 연못으로, 당대에는 시인들이 자주 모이는 장소였음.

¹⁰漠漠막막: 광활하여 아득하다.

¹¹出處출처: 나아가고 멈춤. 출사와 은거.

¹²老巖壑노암학: 산에서 늙다. 은거하다.

¹³簪纓잠영: 고대 관리의 복식과 모자. 지위가 높음 또는 벼슬아치를 의미.

¹⁴殘悴잔췌: 초췌하다.

¹⁵飄泊표박: 정해진 곳이 없이 이리저리 떠돎.

¹⁶巴南파남: 쓰촨성四川省 지역 남쪽.

¹⁷生計생계: 살아갈 방도. 생활.

¹⁸蕭索소삭: 생기가 없다. 쓸쓸하다.

¹⁹去國愁거국수: 고향을 떠난 수심. 고향에 대한 걱정이나 그리움.

감상

이 시는 백거이가 충주자사忠州刺史로 있던 48세원화14년, 819년 때, 왕 질부에게 부친 작품이다. 왕 질부는 주질현 근처 선유사仙遊寺에 은거했던 인물로 구체적인 행적은 전해지지 않으나, 백거이가 주질현위로 근무할 때부터 교유했던 인물이다. 백거이와 관직의 험난함을 이야기하거나 청운의 꿈을 되돌아보는 등 감정이 통하고 뜻이 맞았던 지인으로 보인다. 직전 해인 원화 13년 왕질부가 처음 벼슬에 나갈 때도 벼슬의 높고 낮음이 중요한 것이 아니라 배운 도를 행하거나 처자를 부양하는 의미 있는 일이라고 격려의 글을 보냈었다.

이 시 역시 젊은 시절 함께 운거각雲居閣에 오르고 선유산仙遊山을 노닐며 용담龍潭을 바라보던 시절을 추억하면서, 지금 자신의 삶은 새장 속에 갇힌 새와 같은 신세라고 비유한다. 출처를 고민하며 함께 청산에서 늙고자 했었으나, 모두 현실에 이끌려 벼슬에 몸을 담게 되었는데, 게다가 앞으로도 이렇게 늙을 것을 생각하니, 그 옛날이 더욱 꿈만 같고 그립다는 내용이다.

왕 선생, 내가 평생의 약속은 어겼지만 그래도 꿈을 버리진 않았다오. 그대와 내가 노닐던 그 꽃피던 선유동, 그곳엔 여전히 꽃이 만발하고 있겠지요? 언제쯤이면 우리 다시 돌아가 꽃동산 함께 거닐 수 있을까요?

077

소 처사를 초대하다

招蕭處士[1]

충주 골짝 아는 이 없을까만
그들은 그리운 이는 아니고
집 앞으로 찾아오는 손님도
마주 대할 뿐 알지 못합니다.

멀리는 그저 구름 키 나무요
가까이는 처자식 밖에 없어
먹고 자는 일상 생활 외에는
참으로 할 만한 일이 없구려.

동쪽 교외의 그대 소 처사는
잠시 함께 웃을 수 있는 이.
술잔 가득 술도 마실 수 있고
장구 지어 읊을 줄도 아는 분.

청사 앞 아전들 다 돌아가고

강가의 길도 말랐을 때쯤에

그대 대지팡이 짚고 오시게.

청사에서 한 번 만나시구려.

峽內豈無人	所逢非所思
門前亦有客	相對不相知
仰望但雲樹²	俯顧惟妻兒³
寢食起居外⁴	端然無所爲⁵
東郊蕭處士	聊可與開眉⁶
能飮滿杯酒	善吟長句詩
庭前吏散後	江畔路乾時
請君携竹杖	一赴郡齋期

주석

¹蕭處士소처사: 蕭 씨 처사處士. 구체적인 생평은 알 수 없음. 처사는 세상을 멀

　리하고 초야에 묻혀 사는 선비를 일컬음.

²仰望앙망: 고개 들어 바라보다. 멀리 보다.

³俯顧부고: 고개 숙여 바라보다. 가까이 보다.

⁴起居기거: 살아가다.

⁵端然단연: 단정한 모양. 과연, 참으로.

⁶開眉개미: 눈썹을 펴다. 웃는 얼굴이 되다. 웃다.

감상

    이 시는 백거이가 충주자사忠州刺史로 있던 48세원화14년, 819년에, 충주 근교에서 자유롭게 사는 소 씨 처사를 초대하는 글이다.

    충주성은 백거이와 연고가 있는 지역이 아니다. 위치도 중앙인 장안성에서 멀리 떨어진 외지고 험한 지역이었다. 오가기가 힘들다 보니 사람 간의 왕래도 많지 않았고, 그 자신도 강주사마를 역임한 뒤 다소 위축된 상태에서 자사 직에 임하는지라 사람들과의 교류에 적극적이지 않았던 것으로 보인다. 그러나 보니 공무도 많지 않고 보이는 사람은 가족뿐이고 일상은 그저 먹고 자는 일이라고 실토한다. 다른 시에서도 "(충주성) 안에 외롭게 처박힌 사람, 억지로 자사라 할 수 있겠지만, 수시로 남몰래 실소하니, 자사가 어떻게 이럴 수 있을까. 창고의 곡식으로 처자를 먹여 살리고, 누런 비단으로 몸을 두른다. 관모와 관복에는 이끼가 끼고, 안개비가 성벽을 뒤덮는 곳. 군청의 북소리 아침저녁 이어져도, 관사에서 일어났다 다시 눕는다中有窮獨人, 强名爲刺史. 時時竊自哂, 刺史豈如是. 倉粟喂家人, 黃縑裏妻子. 莓苔緊冠帶, 霧雨霾樓雉. 街鼓暮復朝, 郡齋臥還起"南賓郡齋卽事, 寄楊萬州고 했다. 권력이나 부귀가 모두 헛된 것이니 욕심 버리고 살고자 했던 백거이라 해도, 충주성처럼 아무 역할을 할 수 없는 곳에 묻혀 있자면 초라하고 무료한 마음이 생길 수밖에 없다.

    그런 중에 알게 된 성 동쪽 교외에 사는 소 처사. 초야에 묻혀 사는데 말도 통하고 술도 좋아하며 게다가 시도 지어 주고받을 수 있다고 하니, 구속 없는 사귐이 가능할 듯하다. 이 시는 그런 소 처사를 관사로 초청하기 위해 보내는 작품이라 할 수 있다.

078

손님을 배웅하고 돌아와 저녁의 감회를 적다
送客回晚興

충주성 위로 구름 걷히고
강가의 풍랑도 가라앉아서

높낮은 산 어지러이 나오고
드맑은 강물 잔잔히 흐른다.

길손 실은 배 이미 아득하고
남겨진 나 이제 술도 깼는데

낭창낭창 가을 대나무 위로
파촉 매미 울음소리가 차다.

城上雲霧開　　沙頭風浪定

參差亂山出　　澹濘平江淨[1]

行客舟已遠　　居人酒初醒[2]

嫋嫋秋竹梢³　巴蟬聲似磬

주석

¹澹濚^{담영}: 물이 맑고 깊은 모양.

²居人^{거인}: 집에 남겨진 사람.

³嫋嫋^{요뇨}: 가늘고 부드러운 모양. 가는 것이 흔들리는 모양.

감상

　이 시는 백거이가 48세^{원화 14년, 819년}에 충주자사^{忠州刺史}로 있을 때 지은 작품이다. 손님을 배웅하고 돌아왔을 때의 쓸쓸한 느낌을 적었는데, 경물을 빌어서 벗을 떠나보내야 하는 상황의 도래와 이별 후의 느낌을 표현했다. 손님이 누군지 어디로 가는지는 알 수가 없으나, 물길을 따라가는 먼 길 손님으로 보인다.

　충주성 위로 구름이 걷히고 풍랑도 가라앉았다. 높이가 다른 산세가 어지러이 드러난다 함은 날씨가 빠르게 개어 이제 길손이 배를 띄우고 길을 나설 수 있다는 의미다. 이별의 순간이 왔음을 암시한다. 하지만 시인은 이별의 정황이나 아쉬움을 직접적으로 서술하지 않았다. 언외의 암시가 있을 뿐이다. 또한 나그네 실은 배가 아득해졌음과 자기가 마셨던 이별주가 깨어감을 통해 일정한 시간이 흘렀음을 표현한다. 그러나 시간이 흘러도 벗을 보낸 쓸쓸함은 여전히 마음에 남아있음을 가을 매미의 울음소리가 차갑게 들린다는 표현으로 담아냈다. 길손을 보낸 이의 가슴이 서늘하고 허전하다.

079

중양절에 파대에 오르다
九日登巴臺[1]

기장 술 딱 맛좋게 익고
구월에도 날씨 따뜻하여
국화꽃은 피지 않았어도
한가롭게 죽지곡 들으며
수유 술잔에 술을 따른다.

작년 중양절 이맘때에는
분성 한구석 떠돌았는데
올해 다시 맞은 중양절엔
쓸쓸히 파자대에 올랐다.

나그네 귀밑털 이미 희고
고향 편지 안 온 지 오래.
술잔 두고 머리 긁어대니
손님들 어쩔 줄을 모르네.

黍香酒初熟[2]　　菊暖花未開

閑聽竹枝曲[3]　　淺酌茱萸杯[4]

去年重陽日　　漂泊湓城隈[5][6]

今歳重陽日　　蕭條巴子臺[7]

旅鬢尋已白[8]　　鄕書久不來

臨觴一搔首[9][10]　　座客亦徘徊

---

[1]巴臺파대: 즉 파자대巴子臺. 『방여승람方輿勝覽』 권61 「함순부咸淳府」에 의하면,
　　"파자대는 임강현에 있다巴子臺在臨江縣". 또 『청통지淸統志』·「충주忠州」에는
　　"파자대는 충주의 동쪽에 위치한다巴子臺在州東"는 기록이 있다.

[2]黍香酒서향주: 기장 술.

[3]竹枝曲죽지곡: 파촉巴蜀 지역의 민가. 당대의 유우석劉禹錫이 이 곡조에 새로운
　　가사를 지어 이 곡조가 널리 알려지게 됨.

[4]茱萸杯수유배: 수유 무늬가 그려진 술잔.

[5]漂泊표박: 정처 없이 떠돌다.

[6]湓城隈분성외: 분성의 외진 지역.

　　참 湓城분성: 강주江州의 옛 이름. 분수湓水가 장강長江 입구로 들어가서 생긴 이름.

[7]蕭條소조: 쓸쓸하다.

[8]旅鬢여빈: 나그네의 귀밑머리.

[9]鄕書향서: 고향에서 오는 서신.

[10]臨觴임상: 술잔을 앞에 두고.

[11]搔首소수: 머리를 긁적이다.

이 시는 백거이가 충주자사忠州刺史 재임 시절인 48세원화 14년, 819년에 지은 작품이다.

오늘은 음력 9월 9일 중양절이다. 예부터 높은 곳에 올라 국화주를 마시는 풍습이 있는 날, 충주성 높은 곳인 파자대巴子臺에 놀랐다. 손님들과 함께할 오늘을 위해 날짜를 맞추어 기장술을 담았다. 충주 땅은 남방이라 국화가 늦게 피니, 기장술로 국화주를 대신할 요량이다. 손님들과 함께 즐거운 마음으로 중양절을 즐기리라.

오늘 날씨는 맑고 화창해도, 시절은 이미 낙엽이 지는 때다. 낙엽 따라 무심한 세월 따라 다시 맞은 중양절, 처량한 신세가 유독 마음에 얹힌다. 작년 중양절에는 강주사마로 있었고, 올해 중양절에는 충주자사로 여기 와 있다. 말은 자사라지만 마음은 여전히 유배객 신세와 다름없다. 한평생을 세사에 휩쓸려 나돌다 보니, 지금은 고향과 멀리 떨어진 천 리 밖에서 헤매고 있다. 고향을 마음대로 갈 수도 없는데다 타향살이 오래되니 고향 편지도 이미 뜸해졌다. 고향집 형제들은 무사한지.

중양절을 핑계로 삼아 오늘 하루는 즐겁게 보내려 기장술이며 수유술잔에 죽지곡竹枝曲까지 준비했는데, 밀려오는 고향 생각이 도무지 감춰지지 않는다. 술이라도 빌려 착잡한 마음을 달래보리라.

080

세밑 수상

歲晚

물은 서리되어 골짜기로 흐르고
잎은 바람따라 산으로 돌아가지.
흘러흘러 또 한해 지나가노니
만물도 근본으로 되돌아가누나.

어찌타 남으로 좌천된 이 길손
다섯 해째 돌아가지 못하는가.

운 막혀도 분수는 정해졌던 것
세월 지나니 마음이 편안하다.
마음은 말과도 통한다 하기에
정념하고서 혼자 되뇌어본다.

"장안을 떠나와야 했던 일
정녕 즐겁지는 않았었지만

고향으로 돌아가는 일도

꼭 즐거운 일은 아니리라.

어찌 고생 자초하면서도

쉬운 것을 내어 버리고서

어렵게 살 필요 있느냐"고.

霜降水返壑	風落木歸山
冉冉歲將晏[1][2]	物皆復本源
何此南遷客	五年獨未還[3]
命迍分已定[4]	日久心彌安
亦嘗心與口[5]	靜念私自言[6]
去國固非樂[7]	歸鄕未必歡
何須自生苦	捨易求其難

주석

[1] 冉冉염염 : 세월 같은 것이 가는 모양.

[2] 晏안 : 해가 저물다.

[3] 五年獨未還오년독미환 : 오 년째 홀로 돌아가지 못하다의 뜻. 강주사마江州司馬로 좌천된 원화 10년부터 충주자사忠州刺史로 있는 원화 14년까지의 기간을 말함.

[4] 迍둔 : 나아가지 못하고 머뭇거리다.

[5] 亦嘗心與口 : 생각하는 것과 말하는 것은 서로 통한다.『단경壇經・반야품般若品』: "이것道은 반드시 마음으로 생각하는 것이지 말하는 것은 아니다. 말을 하고 행하지 않으면, 마치 허황된 듯도 하고 될 듯도 하고 이슬 같기도

하고 번개같기도 하다. 입으로 말하고 마음으로 행하면 곧 생각하는 것과 말하는 것이 서로 통하게 된다此須心行, 不在口念. 口念心不行, 如幻如化, 如露如電. 口念心 行, 則心口相應.”

[6]私自사자: ① 스스로, 직접. ② 몰래, 속으로.

[7]國국: 수도. 장안長安을 가리킴.

감상

이 시는 원화元和 14년819년, 48세 충주忠州에서 자사刺史로 있으면서 지은 작품 이다. 백거이도 젊은 시절 한때는 강렬한 정치의식을 지니고 사회의 부조리 에 정면으로 도전한 적이 있었다. 그래서 자신을 돌보지 않고 임금에게 직언 을 했다. 하지만 정치 현실은 그리 녹녹치 않았고, 그의 열정과 진실은 외면당 했다. 결국 그는 강주사마江州司馬로 쫓겨났다. 그리고 작년에는 한직인 충주자 사로 임명되어 이곳에 오게 되었다. 그렇게 오 년 세월을 타향살이 중이다.

강주사마로 좌천된 이후 그는 정치적 사회적 현실에 악착같이 뛰어들지 않고, 독선獨善적 삶을 추구하며 명철보신한다. 충주에서의 생활도 초기에는 여전히 궁박한 자신의 신세를 답답하고 우울하게 받아들였지만 점차 안분 지족安分知足하며 순리를 따르는 삶을 살고자 한다.

이 시는 도입 부분에서 한 해가 끝나갈 무렵 초목이 본원으로 돌아가듯, 오 년째 외지에 있는 자신도 원래 있던 곳으로 돌아가고 싶은 염원을 표현한 다. 하지만 그것도 잠시, 모든 것을 자신의 분수로 받아들이고 안분지족하며 낙천지명樂天知命하고자 한다. 그러나 그 마음이 자꾸 흔들리는지, 말로 자꾸 되뇌이며 자신에게 다짐한다. ‘고향으로 돌아가는 일도 꼭 좋은 것만은 아닐 수 있다’고.

이 시 외에도 백거이는 많은 작품에서 안분지족한 삶, 낙천지명의 신조를 노래했다. "내 타고난 운수가 이러하거늘, 이를 어기면 오히려 고생하게 되리라. 내 분수에 만족하고, 가난하더라도 언제나 즐겁게 살아가리라性命苟如此, 反則成苦辛. 以此自安分, 雖窮每欣欣"「詠拙」라고. 그는 불혹이 끝나가고 곧 지천명을 맞게 되는 나이다. 세상사가 꼭 마음대로 되지는 않더라는 것을 이제 충분히 안다. 이듬해 겨울 백거이는 상서사문원외랑尚書司門員外郎에 제수되어 장안으로 돌아간다.

081

동성 봄소풍
東城尋春

노쇠한 기색 날로 짙어지고
즐거움은 날마다 줄어든다.

오늘은 이미 어제만 못하니
후일은 응당 오늘만 못하리.

그래도 아직 많이 늙지 않아
무엇이라도 힘껏 할 수 있네.

꽃 피면 여전히 소풍 즐기고
술 마시면 아직도 시 읊노라.

다만 걱정은 이런 흥취마저
세월 따라 사라져버리는 것.

동성의 봄도 곧 지나갈 터

일부러라도 한번 가야겠네.

老色日上面	歡情日去心
今旣不如昔	後當不如今
今猶未甚衰	每事力可任
花時仍愛出	酒後尙能吟
但恐如此興	亦隨日銷沈[1][2]
東城春欲老	勉强一來尋[3]

주석

[1]隨日수일 : 세월을 따라서.

[2]銷沈소침 : 사라지다.

[3]勉强면강 : 애쓰다. 억지로. 일부러.

감상

이 시는 백거이가 49세원화 15년, 820년에 충주자사忠州刺史로 있으면서 지은 작품이다. 세월은 쉼 없이 변화하고 흘러간다. 그 세월 속에 마음 자락 둘 곳은 역시 자연의 이치, 순리를 따르는 것이다. 글을 읽은 지식인이라면 처세는 더더욱 고상해야 할 터. 상황에 따라 마음을 크게 먹고, 순리에 따라 스스로를 억제하면 고상하기 위해 노력하지 않더라도 절로 고상하게 되리라. 늙는 것도 자연의 순리라 어찌할 수 없지만, 나를 억제하여 '일부러라도', '억지로라도', 꽃 시절이면 봄 소풍도 가고 술 마시면 시도 지어 읊어보리라. 더 늦기 전에, 소풍이나 시를 읊는 흥취마저 다 사라지기 전에 말이다.

찬란한 꽃과 싱그러운 초록 잎이 자태를 뽐내는 곳에서, 무심하게 즐겨보리라. 봄 한철 온몸으로 피워내는 그들의 격정을! 그들의 합창을! 그리고 그저 그뿐, 덧없다 하지 말자. 속절없는 의미를 붙이지 말자. 피었으면 지는 것이 순리다. 꽃은 그저 자연의 흐름에 따라 피고 질 뿐이다. 그 꽃이 져야 녹음이 지고 열매를 맺고 또 꽃을 피우는 것이다. 내가 즐거움이 날로 줄고 내일은 오늘보다 더 노쇠해 가는 것도 다 그런 순리다. 그러니 유우석劉禹錫처럼 "오늘 꽃을 마주하고 술을 마셨는데, 기분이 달콤해 몇 잔 취토록 마셨네. 한데 서러울손 꽃이 하는 말, 늙은 그대를 위해 핀 것이 아니랍니다今日花前飮, 甘心醉數杯. 但愁花有語, 不爲老人開"「唐郞中宅與諸公同飮酒看牧丹」라며 꽃구경하다가 살짝 서럽고 기가 죽더라도, 그 청춘의 박절함을 원망하지도 말자. 늙으면 이래저래 서럽다지만, 누구나 늙는다.

오늘은 동성으로 봄소풍 가고, 내일은 또 어디로 꽃구경을 나설거나.

082

강가의 송별
江上送客

강가의 꽃도 이미 시들고
강변의 풀도 이미 말랐다.

먼 길 손님 어디로 가실지
외로 갈 돛배 오늘 떠나네.

두견 소리도 울음 우는 듯
상죽 반점도 핏자국인 듯.

너도 나도 정 많은 사람
이런 날에 이별이라니!

江花已萎絶¹　江草已消歇²
遠客何處歸　孤舟今日發
杜鵑聲似哭　湘竹斑如血³

共是多感人   仍爲此中別

주석

¹菱絶위절 : 시들어 떨어지다.

²消歇소헐 : 시들어 마르다.

³湘竹상죽 : 줄기에 붉은 갈색의 무늬가 있는 대나무. 무늬가 눈물 자국 무늬인
데 순임금의 두 부인 아황娥皇과 여영女英이 흘린 것이라는 전설이 전한다.
상비죽湘妃竹 또는 반죽斑竹이라고도 함.

감상

이 시는 백거이가 충주자사忠州刺史로 재임하던 49세원화 15년, 820년에 지은
작품이다. 가을이 되어 서리 맞아 시든 꽃과 말라버린 풀잎은 사람 마음에
덧없음을 더하고 절로 쓸쓸하게 만든다. 하물며 백낙천처럼 정 많은 사람,
자연의 변화에 늘 예민한 사람, 세상사에 휩쓸려 외지고 생소한 충주 땅까지
밀려 온 사람은 말해 무엇 하겠는가!

어느 소슬한 날, 외로운 충주성에서 또 한 사람을 떠나보내야 한다. 누군
지는 알 수 없지만, 떠나는 이도 작은 돛배 한 척에 몸을 싣고, 바람을 벗 삼고
물결을 나침반 삼아 가야 한다. 떠나는 그나 남겨진 나나 사람 그리워 발길을
돌리지 못하는 것은 마찬가지. 여보시게. 하필 오늘, 이런 날 가야 하는가.

두견새도 날 대신하여 울음 우는 듯, 무심코 바라본 상죽의 붉은 얼룩도 내 마
음 저미며 그려낸 핏빛 무늬인 듯! 가을엔, 가을엔 떠나지 말아야 한다.

083

아침에 풍신제를 지내고 이 사인을 생각하다

早祭風伯¹ 因懷李十一舍人²

먼 충주땅 비록 작고 외지지만
조정 법도대로 시사를 지낸다.
일찍 일어나 풍신제 올리는 날
새벽하늘은 아직 어둑어둑하다.

앞장선 기마 무사와 아전들이
나를 동쪽 교외로 인도하는데
물 위 안개는 비처럼 자욱하고
산을 밝힌 등불은 별보다 높다.

문득 떠오른 옛날 조정의 조회
그대와 궁정을 드나들었었지.
함원전 앞 용미도 걸어 오르며
푸른 종남산 돌아보곤 했는데.

헤어진 후 몸은 점점 늙어가고

그리움에 마음은 편치 않구려.

그 시절 생각하면 내 귓가에는

옥같은 그대 소리 낭랑하다오.

遠郡雖褊陋[3]	時祀奉朝經[4][5]
夙興祭風伯[6]	天氣曉冥冥[7]
導騎與從吏[8][9]	引我出東坰[10]
水霧重如雨[11]	山火高於星[12]
忽憶早朝日[13]	與君趨紫庭[14]
步登龍尾道[15]	却望終南靑
一別身向老	所思心未寧
至今想在耳	玉音尙玲玲[16][17]

주석

[1] 風伯풍백: 바람의 신.

[2] 李十一舍人이십일사인: 이건李建. 이건은 원화 11년 겨울 풍주자사灃州刺史로 임명되었는데, 그 전에 병부낭중兵部郞中 겸 지제고知制誥를 역임하여 사인舍人이라 칭했다. 십일十一은 항렬을 말함.

[3] 褊陋편루: 좁고 외지다.

[4] 時祀시사: 시제時祭. 춘하추동 사계절마다 일월日月과 산천山川에 지내는 제사.

[5] 朝經조경: 조정의 전장제도典章制度.

[6] 夙興숙흥: 일찍 일어나다.

⁷冥冥^{명명}: 어두운 모양.

⁸導騎^{도기}: 앞에서 인도하는 기사.

⁹從吏^{종리}: 속리. 하급관리.

¹⁰坰^경: 들. 교외.

¹¹水霧^{수무}: 물 위의 안개.

¹²山火^{산화}: 산에서 풀이나 나무를 태울 때 나는 불. 화전이나 수렵을 위한 인위적인 불이나 번개와 같은 자연적 산불을 말함.

¹³早朝^{조조}: 조정에서의 회의.

¹⁴紫庭^{자정}: 궁정.

¹⁵龍尾道^{용미도}: 당대 대명궁大明宮 함원전含元殿 앞의 길. 위에서 내려다보면, 용이 꼬리를 내린 것처럼 굽었다 하여 붙여진 이름.

¹⁶玉音^{옥음}: 다른 사람의 말을 높여 일컫는 말. 맑고 우아한 소리.

¹⁷玲玲^{영령}: 옥이 부딪는 소리. 맑고 우아한 소리.

감상

이 시는 백거이가 충주자사忠州刺史로 있던 49세원화 15년, 820년에 지은 작품이다. 자사로서 오랜만에 조정에서도 거행한 적이 있는 풍신제를 올리는 날이다. 풍속과 인정이 생소한 곳에서 할 일 없이 지내다가, 오랜만에 법도를 따져가며 자사로서의 자신을 확인하게 되는 날이다. 기마무사와 아전이 앞서서 나를 인도하며, 등불을 높이 들어 길을 밝혀준다. 자연스럽게 지난날 밤낮없이 바쁘던 조정에서의 일들이 떠오르지 않을 수 없다. 함원전含元殿에서 법도를 따르고 용미도龍尾道를 오르며 천자를 받들던, 종남산이 내려다보고 있는 그곳.

충주에서 한가하게 자연의 순리대로 살고는 있으나, 마음은 늘 이대로 사는 것이 맞는지 물어온다. 조정을 떠나온 지 이미 여섯 해째, 이제 그곳으로 돌아갈 기회가 영영 없을지도 모른다. 불안한 마음이 전혀 없는 것도 아니니, 옛날 조정에서 함께 일하던 이 사인이 생각나던 차에 이 시를 보낸다. 그대 옥같은 목소리 여전하지요?

084

꽃그늘 속에서 술을 마주하고
花下對酒

손 뻗어 붉은 앵두꽃 잡으면
앵두꽃 싸락눈처럼 흩날리고
고개 들어 태양을 바라보면
태양은 화살처럼 휙 날아가네.

예쁜 봄꽃과 시절 풍경도
짧은 순간 시들어버리는데
하물며 피와 살이 젊은 몸
어찌 영원히 강건하겠는가.

사람은 갈피없이 집착하니
부귀 쫓고 빈천 걱정하느라
근심이 늘 미간에 드러나고
웃는 모습은 잘 보이지 않네.

하물며 나는 성성한 백발을
거울로 보지 않을 수 없으니
꽃그늘 아래 술잔 내어두고
누가 권하길 기다릴 수 있겠나.

引手攀紅櫻[1]	紅櫻落似霰
仰首看白日	白日走如箭
年芳與時景[2][3]	頃刻猶衰變[4]
況是血肉身	安能長强健
人心苦迷執[5]	慕貴憂貧賤
愁色常在眉	歡容不上面
況吾頭半白	把鏡非不見
何必花下杯	更待他人勸

감상

이 시는 백거이가 충주자사忠州刺史로 2년째 재임하고 있던 49세원화15년, 820

년에 지은 작품으로,「꽃그늘 속에서 술을 마주하고花下對酒」2수 가운데 제2수이다.

시인들에게는 술을 마셔야 하는 이유가 수도 없이 많겠지만, 인생이 짧다는 감회는 늘 술을 부를 수밖에 없는 주제다. 봄은 봄대로 인생이 짧고 가을은 가을대로 세월이 빠르다. 짧은 인생은 세월의 빠름, 피할 수 없는 늙음, 날로 늘어가는 흰머리, 병든 육신, 무한한 자연, 변함없는 산천초목 등과 맞물려 깊은 한탄과 우울을 일으킨다.

이 시에서도 빨간 앵두꽃이 눈처럼 흩날리는 모습을 보고 젊음이 영원할 수 없다는 탄식이 터진다. 더 나아가 사람들은 부귀영화를 갈망하고 빈천을 걱정하느라 짧은 인생 중에도 늘 근심에 싸여있다고 한다. 꽃구경도 하고 즐겨야 하는데 말이다. 게다가 자신은 백발마저 성성하니, 술잔에 술 채워줄 벗이 없어 술을 마실 수 없다고 투정할 마음 여유조차 없다. 혼자서라도 술을 마셔야 할 것 같다. 그래야 이 봄을 견딜 듯하다. 젊은 시절에는 예쁜 봄꽃을 즐기며 술을 마셨던가! 이래저래 꽃그늘 아래에서는 술을 안 마실 수가 없다.

085

성 동쪽의 옛 제단에 올라

登城東古臺[1]

저 멀리멀리 동쪽 교외의
거무스름하게 쌓인 흙더미.
어느 시대 유적인지 모르나
아마도 파왕의 제단인 듯.

파가는 오래전 들리지 않고
파궁은 누런 먼지에 파묻혀
무성한 봄풀 사방 뒤덮으니
소나 양 여기저기 풀을 뜯네.

높이 올라 잠시 조망해보니
눈 시원하고 마음 여유롭네.
처음 본 충주 땅 산천 기세
산은 첩첩 물은 휘돌아 든다.

높은 곳이라 눈귀 탁 트이고

멀리 보면 가슴도 열리지만

그래도 내 고향 그리움만은

수시로 동북쪽에서 밀려오네.

迢迢東郊上²	有土靑崔嵬³
不知何代物	疑是巴王臺
巴歌久無聲⁴	巴宮沒黃埃⁵
靡靡春草合^{6 7}	牛羊緣四隈
我來一登眺	目極心悠哉
始見江山勢	峰疊水環回
憑高視聽曠⁸	向遠胸襟開
唯有故園念	時時東北來

주석

¹城東古臺성동고대: 충주성 동쪽에 있는 옛 누대 혹은 옛 제단. 여기서는 파자대
巴子臺를 말함.『방여승람方輿勝覽』권61「함순부咸淳府」에 의하면, "파자대는
임강현에 있다巴子臺在臨江縣".『청통지淸統志』·「충주忠州」에도 "파자대는 충주
의 동쪽에 위치한다巴子臺在州東"는 기록이 전해진다.

²迢迢초초: 길이 아주 먼 모양.

³崔嵬최외: 돌이 있는 흙산. 높은 산을 두루 지칭.

⁴巴歌파가: 파촉巴蜀 지방의 민가.

⁵巴宮파궁: 파촉巴蜀을 다스리던 옛 왕조의 왕궁.

⁶靡靡미미: 부드러운 모양. 끊임없이 이어진 모양.

⁷合합: 합해지다. 뒤섞다. 뒤덮다.

⁸憑高빙고: 높이 올라.

감상

이 시는 백거이가 충주자사忠州刺史 재임 2년 차인 49세원화 15년, 820년에 지은 작품이다.

충주성 동쪽 외곽의 파자대巴子臺에 올랐다. 파왕巴王의 누대로 추정되는 이곳. 한때 이 지역을 호령했을 파왕은 이제 간 곳 없고, 황폐해진 궁궐 자리와 누대, 무성한 봄풀뿐이다. 파왕의 권위를 보이며 파자대에서 누렸을 제왕의 향락도 오간 데 없이 사라진 지 오래라, 이젠 이 지역 민가인 파가巴歌도 들을 수 없다. 파궁을 터 삼아 살며 풀을 뜯고 있는 소와 양의 모습은 이런 역사와 권력의 허망함을 더해 준다.

자신이 자사로 있는 지역의 그런 역사를 떠올리며 충주성을 내려다본다. 성안에서 살 때는 외지고 험한 성이었지만 멀리서 보니 첩첩의 산세와 휘돌아 흐르는 강물이 잘 어울린다. 그러나 그것도 잠시, 자연스럽게 고향이 있는 동북쪽으로 시선이 간다. 고향은 늘 그립다.

낙천은 외진 충주에 있으며 매우 외로웠을 듯하다. 직전 해인 원화 14년 막 충주에 도착해서 충주성 동루東樓에 올라 "난간에 기대어 그리운 곳 바라보지만, 시야가 닿지 않으니 마음이 울적하다. 기러기는 봄을 등지고 떠나고, 강물이 불어 오가는 배도 없다憑軒望所思, 目斷心涓涓. 背春有去雁, 上水無來船「初到忠州登東樓, 寄萬州楊八使君」고, 고향에 대한 그리움과 외진 곳에서 세상과 격절되어 있는 듯한 느낌을 표현했었다. 올해 파자대에 올라와서도 자연스럽게 고향이 있는 방향을 가늠하고 바라보지만, 막 충주에 도착했던 작년보다는 심정적으로 안정된 느낌을 준다.

086

동쪽 언덕 산책

步東坡

아침에 동쪽 언덕 산책하고
저녁에 다시 그곳을 오른다.
동쪽 언덕이 왜 좋은가 하면
새로 자란 나무가 있어서네.

나무 심은 것은 올해 초인데
늦봄 무렵 꽃이 무성해졌지.
멋대로 순서 없이 심은 터라
줄 안 맞고 그루 수 모른다만

그늘은 햇빛 따라 움직이고
향기는 미풍 따라 퍼져가며
새순에는 새가 와 앉아 쉬고
시들은 꽃엔 나비 날아가지.

한가하게 반죽지팡이 짚고서

천천히 삼베신 끌고 나선다오.

얼마나 오가는지 알고 싶소?

이내 푸르던 길 매끈해졌다오.

朝上東坡步	夕上東坡步
東坡何所愛[1]	愛此新成樹
種植當歲初	滋榮及春暮[2]
信意取次栽[3][4]	無行亦無數
綠陰斜景轉	芳氣微風度
新葉鳥下來	萎花蝶飛去[5]
閑携斑竹杖[6]	徐曳黃麻屨[7][8]
欲識往來頻	青苔成白路

주석

[1] 東坡동파: 동쪽 비탈길.

[2] 滋榮자영: 무성한 꽃. 번성하다.

[3] 信意신의: 마음대로.

[4] 取次취차: 순서. 순서대로.

[5] 萎花위화: 시든 꽃.

[6] 斑竹반죽: 줄기에 붉은 갈색 반점이 있는 대나무.

[7] 曳예: 끌다.

[8] 黃麻황마: 대마大麻. 삼베.

이 시는 백거이가 원화 15년^{820년, 49세} 충주자사^{忠州刺史}로 있으면서 지은 작품이다. 백거이는 강주사마^{江州司馬}로 좌천된 이후 정치적 열정은 적어지고 독선^{獨善}적 삶을 추구한다. 충주자사로 재임할 때도 자연과 더불어 지내며 안분지족^{安分知足}하고자 했다. 역시 충주자사로 있을 때 지은 「세밑 수상^{歲晚}」이라는 작품에서 "운 막혀도 내 분수는 정해졌던 것, 세월 지나면 마음이 편안하다^{命迍分已定, 日久心彌安}"라고 한 것도 그러한 마음의 표현이다. 이 시 「동쪽 언덕 산책」는 자사로 이태째 재임할 때 지은 작품으로, 동쪽 언덕에 나무를 심어두고 이를 낙으로 삼아 즐기는 백거이의 모습이 잘 나타나 있다. 안분지족 낙천지명의 삶이다.

송대의 대문호 소식^{蘇軾}은 호가 동파^{東坡}이다. 소식은 황주^{黃州}에 좌천되어 "시골 노인들과 시냇가에서 어울려 놀았고, 동쪽 언덕에 집을 짓고 스스로 동파거사라고 불렀다^{軾與田父野老, 相從溪山間, 築室於東坡, 自號東坡居士"宋史·蘇軾傳」}고 한다. 일설에는 소식이 '동파' 즉 동쪽 언덕을 호로 삼은 것은, 그가 황주^{黃州}에 좌천되어 있을 때 백거이의 이 시 「동쪽 언덕 산책^{步東坡}」이나 「동쪽 언덕에 꽃을 심다^{東坡種花}」 등의 작품을 읽으며, 충주자사로 있던 낙천이 동쪽 언덕을 산책하며 마음을 비우고 한적함을 즐겼던 것을 부러워하여 지은 것이라고도 한다.

087

감회
遣懷[1]

즐거움 끝나면 늘 슬픔이 오고
좋은 운은 액운의 끝에 온다고
뉘라서 그렇게 말할 수 있을까.
내 삶은 끝까지 막혀있는 것을.

첨윤에게 점을 쳐 물어도 보고
거북점을 쳐봐도 답이 없구나.
하늘 우러러 물어도 보았으나
하늘은 그저 푸르고 푸르더라.

그 이후 오로지 운명에 맡기니
명리를 쫓던 마음 다 사라졌고
요즘은 한층 편안한 기분이라
고향도 애달피 그리진 않는다.

되돌아보면 세상사 괴로움은

가질 수 없는 데서 생기는 것.

나는 지금 가지려는 것 없으니

근심과 슬픔 거의 벗어났다네.

樂往必悲生	泰來由否極
誰言此數然	吾道何終塞
嘗求詹尹卜[2]	拂龜竟黙黙[3]
亦曾仰問天	天但蒼蒼色[4]
自茲唯委命[5]	名利心雙息
近日轉安閑	鄕園亦休憶[6]
回看世間苦	苦在求不得
我今無所求	庶離憂悲域[7]

주석

[1]遣懷견회 : 속마음을 풀어내다.

[2]詹尹첨윤 : 옛 점술가 이름.

[3]拂龜불구 : 거북의 등 껍데기를 던지다. 즉 고대 점을 치는 행위에 대한 묘사임.

[4]蒼蒼창창 : 푸르고 푸르다.

[5]委命위명 : 운명에 맡기다.

[6]休휴 : 그만두다. 멈추다.

[7]庶서 : 여러. 많다.

이 시는 백거이가 49세원화 15년, 820년에 충주자사忠州刺史로 있으면서 지은 작품이다. 인생사엔 즐거운 일만 있지도 괴로운 일만 있지도 않다. 힘든 시기가 끝나면 행복한 때를 지낼 수도 있다. 또다른 액운이 다가오고 있겠으나 우리는 그것을 모른 채 하루하루 그 행복이 지속되기를 바란다. 하지만 굽이굽이 곡절이 있는 것이 우리네 인생이리라. 호사다마란 말도, 고생 끝에 낙이라는 말도 그런 우리네 인생 경험이 켜켜이 쌓여 생긴 말이지 싶다.

하지만 낙천은 액운이 지나면 좋은 일이 온다는 말조차 자신에게는 해당되지 않는다고 회의한다. 강주사마로도 끝나지 않고 계속된 이 먼 충주에서의 자사刺史 생활. 겉으로는 사마司馬에서 자사로 관직이 바뀌었으나, 중앙 정치 무대인 장안에서 보면 멀고 먼 이 충주에서의 자사 직이란 좌천이나 다름없다. 그러니 옛날에는 액운이 끝나면 좋은 운이 오리라고 믿었었고, 늘 답답하기만 한 자신의 운명이 언제쯤 풀릴지를 알고자 했었다. 그러나 그 답은 알 수 없는 법. 외려 답답한 마음을 솔직히 들여다보니, 명리를 갖고자 하나 쫓을 수 없어 생긴 답답함이고 고민이었다. 세상사 모든 근심은 그렇게, 갖고자 해도 가질 수 없는 데서 기인하는 것. 그 욕심을 내려놓으니 이제 마음이 편안하다. 모든 것을 다 가진 듯하다. 마음의 평화까지 얻었다. 말 그대로 '낙천樂天'이요, '지명知命'이다.

이 시에서 낙천이 "세상사 괴로움은, 가질 수 없는 데서 생기는 것. 나는 지금 가지려는 것 없으니, 근심과 슬픔 거의 벗어났다네"라는 표현은 아무것도 갖지 않는다는 것이 아니라, 내려놓고 버리면서 불필요한 것을 갖지 않는 것을 말한다. 인생의 온갖 괴로움을 통찰하고 얻은 깨달음이라 할 수 있다. 지금 우리에게도 보석같은 금언이다.

이 시와 더불어 낙천지명, 안분지족의 삶을 철학적으로 노래한 다른 시가 있어 소개한다. "길흉화복은 모두 연유가 있는 것, 그 원인을 깊이 살필지언정 겁내지는 말아라. 화마가 윤택한 집을 태우기는 하여도, 풍랑 속 빈 배를 뒤집지는 않노라. 명예는 내 것이 아니니 많이 취하지는 말며, 이득은 내 몸의 재난이 되니 적당히 탐해야 한다. 사람은 표주박과는 달라서 먹어야 살지만, 적당히 먹고 나면 일찌감치 그만 먹어야 하리라 吉凶禍福有來由. 但要深知不要憂. 只見火光燒潤屋. 不聞風浪覆虛舟. 名爲公器無多取. 利是身災合少求. 雖異匏瓜難不食. 大都食足早宜休." 「感興」 내 마음의 정곡을 찔린 기분이다. 행복은 필요한 것을 얼마나 많이 갖고 있느냐에 있지 않고, 불필요한 것에서 얼마나 벗어나 있는가에 있다는 법정 스님의 말씀이 떠오른다.

088

순리대로 살리라
委順[1]

충주산성 땅은 거칠어도
대나무는 멋진 빛깔이고
태수 봉급이 많지 않아도
의식은 충족할 수 있다네.

외물에 얽매임은 마음에 달린 것
마음 편안해 얽매임이 사라지니
고향도 잊은 듯한 기분이 드는데
누가 이걸 벼슬살이라 하겠는가?

멀든 가깝든 한가지라 생각하고
남이든 북이든 순리대로 살리라.
돌아가는 것 정녕코 간절하다만
이 먼 하늘 끝도 살만은 하다네.

山城雖荒蕪[2]　　竹樹有嘉色

郡俸誠不多[3]	亦足充衣食
外累由心起[4]	心寧累自息
尚欲忘家鄉	誰能算官職[5]
宜懷齊遠近[6]	委順隨南北
歸去誠可憐	天涯住亦得

주석

[1]委順위순 : 자연에 순응하다. 자연이 부여한 순조로운 기운.

[2]荒蕪황무 : 땅이 거칠다. 잡초가 우거지다.

[3]郡俸군봉 : 태수의 봉급.

[4]外累외루 : 몸 밖의 외물에 얽매임.

[5]算산 : ~로 계산하다. ~로 셈하다.

[6]齊제 : 나란히 하다. 같다.

감상

  이 시는 충주자사忠州刺史 이태 째인 49세원화15년, 820년에 지은 작품이다. 세상사 모든 것은 마음에 달렸다고 판단하고 순리대로 살겠다는 의지를 표현한 시다.

  백거이는 대나무를 소재로 지은 시가 많다. 이 시도 여전히 대나무를 보며 자신을 의연하게 지키고자 했다. 첫 두 구 "충주산성 땅은 거칠어도, 대나무는 멋진 빛깔이다"라는 표현은 실제 경물에 대한 표현일 수도 있지만, 자신의 처지와 의지에 대한 표현일 수도 있다. 즉 충주 땅 외진 곳에 자사로 와 있어 신세가 궁박해도, 여전히 대나무처럼 곧고 의연하게 자신을 지키고 있음을 빗대어 나타낸 것이다. 더 나아가 외물에 얽매이지 않고 마음을 편안하게 다스리게 된 경지에 이르렀음을 설명한다. 멀고 가깝다거나 남쪽 혹은 북쪽이라는 것도 멀리서 보면 다 거기서 거기이니, 고향이 아니어도 또 살만하다는 말이다.

백거이는 이 시기에 정치적 불우함에 대한 슬픔이나 원망도 다 천명으로 받아들이고 순리대로 살고자 하는 경향이 강하게 나타난다. 그래서일까. "우습구나, 굴원이 천명도 모르고서, 물가를 떠돌고 슬피 흐느끼는 꼴이란長笑靈均不知命. 江蘺叢畔苦悲吟"「詠懷」이라고 일갈하기도 했다. 시비곡직도 따지지 않고, 기쁨이나 슬픈 기색도 얼굴에 담지 않을 수 있는 경지. 충주자사 시절은 그런 경지로 가는 시간이었다.

제5장

다시 장안으로

089

시냇골 노인의 집에 묵다

宿溪翁

[낭관 직에 막 제수되어 장안으로 가던 때이다 · 時初除^1郎官^2赴朝^3]

누구나 금은보화를 좋아하고
입으로는 술과 고기를 탐하지.
어찌 이 시냇골의 노인네처럼
표주박에 물마시며 자족할까?

시내 남쪽에서 땔나무를 베고
시내 북쪽에서 집을 수리한다.
해마다 백 이랑 농사를 짓고
봄엔 송아지 한두 마리 모네.

그 마음이 지극히 편안하니
이밖에는 다른 욕심 없는듯
시냇가에서 우연히 만났는데
결국 그의 초막에서 묵었네.

장안길이라 하니 취옹 묻기를

'벼슬살이는 무엇하러 하느냐.'

공허한 내 답에 웃겨 죽는 노인

낭관이 별 같은 자리라 했으니.

衆心愛金玉[4]　　衆口貪酒肉

何如此溪翁　　飮瓢亦自足[5]

溪南刈薪草[6]　　溪北修墻屋[7]

歲種一頃田　　春驅兩黃犢

於中甚安適[8]　　此外無營欲[9]

溪畔偶相逢　　庵中遂同宿

醉翁向朝市[10]　　問我何官祿

虛言笑殺翁[11][12]　　郎官應列宿[13]

주석

[1]除제 : 제수하다. 어떤 관직에 임명하다.

[2]郎官낭관 : 당대에 시랑侍郎, 낭중郎中 등의 직책을 이르는 말.

[3]赴朝부조 : 조정에 나아가다. 이 시에서는 장안으로 돌아가다의 뜻.

[4]衆心중심 : 뭇 사람의 마음.

[5]飮瓢음표 : 표주박으로 물을 마시다. 가난한 생활을 의미.

[6]刈薪草예신초 : 땔감을 베다.

[7]墻屋장옥 : 담과 지붕. 집.

[8]安適안적 : 편안하다.

⁹營欲영욕: 욕망. 욕구.

¹⁰朝市조시: 조정과 저자. 명리의 경쟁이 심한 곳을 비유.

¹¹虛言허언: 실상이 없는 말. 허튼 말.

¹²笑殺소살: 웃겨 죽다.

¹³列宿열숙: 여러 별자리 또는 이십팔수二十八宿. 이십팔수는 하늘을 스물여덟 구역으로 나누고 그 구역마다 지정한 28개의 별자리를 말함.

감상

이 시는 백거이가 49세원화15년,820년에 충주자사忠州刺史에서 사문원외랑司門員外郎으로 제수되어 장안으로 가는 도중에 지은 작품이다. 사문司門은 국경의 화물 출입과 그 관세, 빈객의 도래到來를 알리는 부서이고, 사문원외랑司門員外郎은 그곳에 소속된 종육품상從六品上의 관직이다. 백거이는 원화 15년 여름 사문원외랑에 제수되어 장안으로 돌아왔는데 같은 해 12월 주객랑중지제고主客郎中知制誥에 제수되었다.

푸른 산에 흰 구름이 흐르고, 시냇물 맑은 곳에 꽃이 새를 맞아 웃는 곳. 멋진 풍경이다. 누구나 한두 번쯤 그런 곳으로 놀러 가서 들뜨고 설레는 유람을 할 수는 있다. 그런데 그 안에서 초부樵夫로 산다는 것은 또 다른 선택이다. 선택을 어렵게 하는 하고많은 이유 가운데도, 이욕을 떨쳐내는 것은 결코 쉽지 않은 일이다. 흔히들 모든 걱정은 재물에서 나온다거나 갖고 싶은 것을 갖지 못해 생긴다고 하고, 또 가진 재물만큼 근심이 생긴다고들 하지만, 그래도 이욕의 노예로 사는 것이 범부凡夫 필부匹婦의 삶이기도 하다.

충주에서 장안으로 가는 길. 귀양살이에 가까운 충주자사 직을 끝내고 다시 장안으로 돌아간다. 정치적 곡절을 겪어 벼슬살이가 두렵고 회의스럽기는 하지만 한편으로는 골이 깊었으니 이제 산이 높기를 기대하는 마음이 없다고도 할 수 없다. 그러나 가는 길에 만난 초부. 직접 땔나무를 베고 작은 땅에 농사를 짓고 어린 소 두어 마리 기르며 사는 곳. 그에게 산속 생활은 부족하나마 적당히 만족하는 삶이 아닌 그야말로 더이상 원하는 것이 없는 만족스럽고 유유자적하는 삶이다. 무심의 삶이다. 무심으로 세상을 바라보면, 높은 벼슬에 있든 초야에 은거하든 초부나 농부로 살든 유유자적할 수 있다. 반대로 무심의 경지에 이르지 못하면, 지극한 부귀를 누린다 해도 유유자적할 수 없을 것이다. 서둘러 장안으로 향하던 내가 부끄럽던 차, 장안을 뭐 하러 가느냐고 묻는 초부의 질문이 날카롭게 날아와 꽂힌다. 내심을 들킨 기분이라 솔직하게 말할 수는 없고, 말도 되지 않는 농담으로 이 초라함을 벗어나려 해 본다.

하지만 마음속에 절로 이는 생각은 누를 수 없다. 나는, 벼슬살이를 꿈꾸는 나는 이욕에 이끌리지 않았던가, 형세에 쫓겨 끝내 한가하지 못하고, 털끝만한 이해라도 어긋날까 마음 졸이고, 보잘 것 없는 자들의 비방이나 칭찬에 마음 쓰이지 않았던가. 이런저런 함정에 빠질까 두려워 두리번거리면서도 벼슬길을 부지런히 드나들고 있는데, 고개만 돌리면 청산은 멀지 않은 곳에 있다.

허균許筠의 『한정록閑情錄』에는 "산에 사는 것이 도시에서 사는 것보다 낫다. 대개 여덟 가지 덕이 있으니, 까다로운 예절을 책망하지 않게 되고, 생소한 손님을 만나지 않게 되고, 술과 고기를 혼식하지 않게 되고, 논밭과 집을 다투지 않게 되고, 세태를 묻지 않게 되고, 시비곡직을 다투지 않게 되고, 글빚을 받지 않게 되고, 벼슬의 이동을 말하지 않게 된다". 바로 이 시냇골 노인의 삶이다.

090

마당의 소나무
庭松

본채 아래에 무엇이 있는가?
섬돌 마주한 소나무 열 그루.
어지러이 심어 순서도 없고
나무의 키도 고르지 않다네.

큰 나무는 삼 장 높이 요
작은 것은 겨우 십 척이라.
야생으로 자란 것 같으니
누가 심었는지 알 수 없다.

솔가지는 푸른 기와에 닿고
하얀 누대까지 길게 이어져
아침저녁 바람과 달 깃들고
건조하나 습하나 먼지가 없네.

가을에는 솔바람 소리 솔솔
여름에는 그늘 지워 서늘서늘
봄 깊어 실비 내리는 저녁엔
잎마다 구슬 맺혀 휘늘어지고

세밑에 큰 눈 내리는 날이면
축 처진 가지 옥처럼 하얗네.
계절마다 나름의 정취를 지녀
어떤 나무도 이보다 못하리라.

작년에 이 집을 샀을 때
사람들은 비웃어댔지만
한집안 식구 스무 명이
소나무 곁으로 이사했네.

이사 와서 얻은 것이라곤
답답함 푸는 정도라 해도
이것이 바로 내 유익한 벗
어찌 꼭 사람이라야 하나.

나도 그저 그런 세속의 인사라
관직에 올라 먼지세상 나다니니
소나무 주인으론 적합하지 않아

볼 때마다 한 번씩 부끄럽다오!

堂下何所有[1]	十松當我階
亂立無行次[2]	高下亦不齊
高者三丈長	下者十尺低
有如野生物	不知何人栽
接以靑瓦屋[3]	承之白沙臺
朝昏有風月[4]	燥濕無塵泥
疏韻秋槭槭[5 6]	涼陰夏凄凄[7]
春深微雨夕	滿葉珠蓑蓑[8]
歲暮大雪天	壓枝玉皚皚[9]
四時各有趣	萬木非其儕
去年買此宅	多爲人所咍
一家二十口	移轉就松來
移來有何得	但得煩襟開
卽此是益友[10]	豈必交賢才
顧我猶俗士	冠帶走塵埃[11]
未稱爲松主[12]	時時一愧懷[13]

주석

[1] 堂당: 집. 남향의 본채.

[2] 行次행차: 순서.

[3] 靑瓦屋청와옥: 푸른 기와지붕.

⁴朝昏조혼: 아침과 저녁.

⁵疏韻소운: 담아淡雅한 운치 또는 담아한 소리. 여기서는 바람이 솔잎에 부는
소리를 의미.

⁶槭槭축축: 의성어. 나뭇잎이 바람에 날리는 소리. 가랑잎이 떨어져 흩어지는
소리.

⁷凄凄처처: 싸늘한 모양. 쌀쌀한 모양. 쓸쓸한 모양. 구름이 이는 모양.

⁸蕤蕤시시: 꽃술이 축 늘어진 모양.

⁹皚皚애애: 서리나 눈이 흰 모양.

¹⁰益友익우: 유익한 벗. 『논어論語 · 계씨季氏』: "이익이 되는 세 친구가 있고 손
해가 되는 세 친구가 있다. 정직한 사람, 도리를 잘 지키는 사람, 견문이 넓
은 사람은 이익이 되는 사람이다. 아첨하는 사람, 부드러운 척하는 사람,
말 잘하는 사람은 해가 되는 사람이다益者三友, 損者三友. 友直, 友諒, 友多聞, 益矣. 友便
闢, 友善柔, 友便佞, 損矣"에서 나온 말.

¹¹冠帶관대: 모자와 허리띠. 작위. 관직. 관리.

¹²稱칭: 적합하다. 부합하다.

¹³愧懷괴회: 부끄럽다.

<hr>

감상

이 시는 백거이가 장안長安에서 중서사인中書舍人으로 있을 때인 장경長慶 2
년822년, 51세에 지은 작품이다. 백거이는 장경長慶 원년821년, 50세 중서사인에
제수되어 이듬해 7월 항주자사杭州刺史로 부임하기 전까지 역임했다. 중서사
인中書舍人은 조서詔書 작성, 칙령勅令 제정, 소송이나 상소 등을 관장하는 관직
으로, 당대 문인들은 조정의 핵심 직무이며 최고의 관직이라고 여겼었다. 정

오품상正五品上에 해당한다. 그는 한 해 전인 장경 원년 2월 초, 장안 신창리新昌里의 집을 구입하여 이사를 했는데, 이 시는 그 집 마당에 있는 소나무를 읊은 시이다.

대청 아래 소나무 열 그루. 정갈하게 자라 무성한 푸른 솔잎은 종일토록 바람결에 무덕무덕 향긋한 내음을 전해온다. 여름 그늘이 질 때 그 아래에서 솔바람을 맞으면 맑고 푸른 바람이 가슴 속을 헹궈내듯 시원하게 해준다. 겨울에는 흰 눈을 이고 선 고고한 자태를 감상할 수 있는데, 잡념이 사라지고 세속의 욕망을 잊어버려 마음을 비우게 된다. 이렇듯 집 안에서 소나무를 보며 느끼는 산중의 맛이란 은근하면서도 깊숙하고 자연과 합일되는 맛이다. 관직 생활을 하며 더럽혀진 마음을 이 소나무를 바라보며 바로잡게 된다. 이래저래 좋은 벗이다.

091

저녁 귀갓길 소회
晩歸有感

아침에는 이 씨 댁을
저녁에는 최 씨 댁을
조문하고 병문안한다.

말을 돌려 몰아서
홀로 돌아오는 길

고개가 떨궈지고
마음이 울적하다.

한평생 마음 맞는 벗
많다 해도 예닐곱 명

어찌할거나, 십 년 새
셋 중 하나 떠났구나.

유형은 꿈에서나 보고
원형은 꽃필 때 잃었지.

늙을 일만 남았건만
누구와 함께 놀거나.

봄빛 만발한 장안성
이 화창한 꽃시절에.

朝吊李家孤	暮問崔家疾
回馬獨歸來	低眉心鬱鬱^{12}
平生所善者	多不過六七
如何十年間	零落三無一^3
劉曾夢中見^4	元向花前失
漸老與誰遊	春城好風日^5

주석

^{1}低眉저미 : 고개를 숙이다. 근심하는 모양.

^{2}鬱鬱울울 : 우울하다.

^{3}零落영락 : 초목이 시들다. 죽다.

^{4}劉유·元원 : 유는 유돈질劉敦質, 원은 원종간元宗簡.

참 劉敦質유돈질 : ?~804년. 구체적 사적은 미상. 백거이의 몇몇 작품에 그의 이름이 등장하는 것으로 보아 백거이와 교류가 있었을 것으로 추정함.

참 元宗簡원종간:?~ 822년. 허난河南 사람. 자는 거경居敬. 진사에 급제하여 헌종憲宗 원

화元和 연간 이후 관직에 나아감. 시문 짓기를 즐기고 백거이, 원진元稹, 장적张籍 등

과 교유함.

[5]春城춘성: 봄이 오는 장안성을 말함.

감상

이 시는 백거이가 장경長慶 2년822년 51세에 장안長安에서 중서사인中書舍人
으로 있으면서 지은 작품이다. 지인을 영원히 떠나보내고 느끼는 외로움을
표현한 시다.

이 씨와 최 씨, 유 형, 원 형 다 떠났다. 마음 맞는 벗은 몇 명 되지도 않는
데 자꾸 떠나니, 세상이 텅 빈 듯하다. 유 씨와 원 씨에 대해 백낙천은 설명을
붙이길 "유 삼십이 교서는 죽은 후 꿈에서 종종 보았고, 원 팔 소윤은 올봄 앵
두꽃이 필 무렵 멀리 떠났다劉三十二校書歿後, 甞夢見之, 元八少尹, 今春櫻桃花時長逝."고 했
다. 유 삼십이는 유돈질劉敦質, 원 팔은 원종간元宗簡을 말하며, 모두 백거이의
지기이다.

좋은 사람이 다 떠났으니 이제는 누구와 놀아야 할까! 정말로 놀고 싶은
데 같이 놀 사람이 없어서가 아니다. 진심을 나누던 좋은 벗이 다 떠났으니,
아무리 외로움이 절절하다 한들 이제 풀어낼 수 있겠느냐는 말이다.

지기를 떠나보내 고통스러운데, 야속한 봄은 온 장안성에 꽃을 피웠다. 꽃
이 피어서 외롭고, 화창해서 시리다. 어쩌란 말이냐, 날더러 어쩌란 말이냐.

092

곡강의 가을 제1

曲江^{1}感秋其一

원화 2년, 3년, 4년, 나는 해마다 「곡강의 가을」이라는 시를 지었다. 모두 세 편으로 제7집에 편집했다. 그때 나는 좌습유 겸 한림학사로 있었는데, 얼마 안 되어 강주사마, 충주자사로 좌천되었다. 재작년 주객랑중 겸 지제고로 승진했고, 1년이 채 되지 않아 중서사인을 제수 받았다. 지금 곡강을 거니는데 하필 시절이 또 가을이다. 풍경은 그대로이지만 사람들은 많이 달라졌다. 게다가 나는 중간에 막혔다가 나중에 때를 만나 일이 풀렸다. 그때는 젊었었지만 지금은 노쇠하니 슬픈 감회가 일어 다시 이 글을 짓게 되었다. 아! 인생살이 변고가 많은데, 내년 가을에는 또 어떠할지 알 수가 없구나. 지금은 장경 2년 7월 10일이다.

원화 이 년 가을
내 나이 서른일곱
장경 이 년 가을
내 나이 쉰하나

그 사이 십사 년 세월 중
육 년은 좌천된 신세였네.
궁함과 통함, 늙음과 젊음
운명에 맡기고 세상 따랐지.

여산의 혜원을 사부로 모시고
상강의 굴원을 다시 애도하며
밤이면 슬픈 죽지가를 듣고
가을엔 수몰되는 염여퇴를 봤네.

얼마 전 충주자사를 그만두고
다시 중서사인으로 붓 잡았지.
시운 늦은 걸 무에 자랑하겠소.
흰 머리에 붉은 인끈 단 것을.

옛날의 의기는 다 사라지고
젊던 그 얼굴도 이제 아닌데
유독 이곳 곡강의 가을만은
풍경이 옛 모습 그대로구나.

幷序: 元和二年三年四年. 予每岁有「曲江感秋」诗. 凡三篇. 编在第七集卷. 是时
予为左拾遗翰林学士. 无何. 贬江州司马忠州刺史. 前年. 迁主客郎中知制诰. 未周岁.
授中书舍人. 今遊曲江. 又值秋日. 风物不改. 人事屡变. 况予中否後遇.[2] 昔壮今衰.

慨然³感懷. 复有此作. 噫, 人生多故. 不知明年秋又何许也. 时二年七月十日云耳.

元和二年秋	我年三十七
長慶二年秋	我年五十一
中間十四年	六年居譴黜⁴
窮通與榮悴⁵⁶	委運隨外物⁷⁸
遂師廬山遠⁹	重弔湘江屈¹⁰
夜聽竹枝愁¹¹	秋看灩堆沒¹²
近辭巴郡印¹³	又秉綸闈筆¹⁴
晚遇何足言¹⁵	白髮映朱紱¹⁶
銷沉昔意氣¹⁷	改換舊容質
獨有曲江秋	風烟如往日¹⁸

주석

¹曲江곡강 : 곡강지曲江池. 장안長安 즉 현재의 산시성陝西省 시안西安 시 동남쪽에 있는 연못. 이전에는 의춘원宜春苑, 낙유원樂遊原, 부용원芙蓉園 등으로도 불림. 당대에는 중화절中和節이나 삼짓날上巳日 등에 많은 사람들이 이곳에 모여 놀았다고 함.

²中否後遇중비후우 : 중간에 막히고 후에 시운을 만나다.

　참 否비 : 막히다.

³慨然개연 : 슬프다.

⁴譴黜견출 : 좌천되어 귀양가다.

⁵窮通궁통 : 빈궁함과 현달함.

⁶榮悴_{영췌}: 젊음과 늙음. 인간 세상의 성쇠.

⁷委運_{위운}: 운에 맡기다.

⁸外物_{외물}: ① 몸 밖의 것. 일반적으로 재물이나 공명 같은 것을 지칭. ② 바깥 세상의 사람이나 사물.

⁹廬山遠_{여산원}: 동진東晉 시기 여산廬山 동림사東林寺에 있던 승려 혜원慧遠.

¹⁰湘江屈_{상강굴}: 전국戰國 시기 상강湘江에 목숨을 던진 문인 굴원屈原.

¹¹竹枝_{죽지}: 쓰촨성四川省 동부의 파투巴渝 지역 민가. 당대의 유우석劉禹錫이 이 곡조에 새로운 가사를 지어 이 곡조가 널리 알려지게 됨.

¹²灩堆沒_{염여퇴몰}: 염여퇴灩預堆가 수몰되다.

> 참 灩預堆_{염여퇴}: 창장長江 구당협瞿塘峽 입구에 있는 수중 암초. 그 주변의 물살이 거세기로 유명함.

¹³巴郡印_{파군인}: 충주자사를 의미.

> 참 巴郡_{파군}: 충주忠州.

¹⁴綸闈_{윤위}: 윤각綸閣. 중서성中書省을 일컬음.

¹⁵晩遇_{만우}: 시운을 늦게 만나다.

¹⁶朱紱_{주불}: 붉은 인끈.

¹⁷銷沈_{소침}: 사라지다.

¹⁸風烟_{풍연}: 풍광. 경치.

감상

이 시는 백거이가 장경 2년822년 51세 가을에 장안에서 중서사인中書舍人으로 있으면서 지은 작품이다.

곡강曲江은 중화절이나 상사일 같은 명절이면 많은 장안 사람들이 나와 노니는 곳이었다. 이때를 전후하여 오색의 비단으로 만든 천막이나 비취색 휘장들이 온 제방과 언덕에 넓게 펼쳐지고, 화려한 수레나 건장한 말들이 서로 부딪힐 정도로 많이 몰려들어 성황을 이루는 곳이었다. 주변에는 여러 조정 관서의 정자도 늘어서 있었다. 안록산安祿山의 난이 발발하여 현종玄宗이 촉蜀, 쓰촨성 지역 지방으로 몽진을 떠나가 곡강에도 전란의 피해가 미쳐 곡강 주변의 건물이 모두 타버렸고 오직 상서성尙書省의 정자만 남아있었다고 한다. 두보杜甫가 "소릉 밖 늙은이 소리 죽여 울며, 봄날 몰래 곡강 가로 나간다. 강어귀 궁궐 전각의 수많은 문 다 잠겼는데, 수양버들과 새 창포는 누굴 위해 푸른가少陵野老吞聲哭, 春日潛行曲江曲. 江頭宮殿鎖千門, 細柳新蒲爲誰綠"「哀江頭」라고 한 것도 전란으로 인해 황폐하게 변한 곡강의 풍경을 읊은 것이다.

곡강은 역사의 성쇠를 느끼게 할 뿐 아니라 젊은 선비들의 희망과 애환이 교차하는 곳이기도 하다. 과거에 급제한 신진 인사들이 축하연을 하며 급제에 대한 기쁨과 환희를 즐기는 장소이기도 했고, 과거에 낙방한 선비들은 좌절과 슬픔을 풀어내는 곳이기도 했다. 이처럼 당대에 곡강은 역사의 성쇠, 희망과 절망, 포부와 애환이 모두 서린 곳이었다.

오늘 백거이도 오랜만에 그 곡강에 와서 가을을 느끼며 이런저런 회상에 잠긴다. 옛날 서른일곱 젊을 적에 이 곡강으로 가을 소풍을 왔더랬다. 그다음 해, 그 다음다음 해에도. 그때는 젊음의 열정이 가득했고 온 세상이 나를 위한 기회인 줄 알았고 그래서 두려움이 없었다. 그곳을 지금 쉰한 살이 되어 다시 왔으니 감회가 특별할 수밖에. 더구나 그동안의 삶은 온갖 곡절과 풍파의 연속이었다. 좌천된 신세로 먼 강주江州 땅 충주忠州 땅을 떠돌며, 동진東晉의 선사 혜원을 스승으로 받들며 불교에 기대어 마음을 다스려야 했고, 회재불우懷才不遇의 비운을 비명으로 마감했던 굴원屈原의 심정도 더 깊이 알게 되었다.

다시 돌아온 곡강. 예나 지금이나 풍경은 그대로다. 이제 인생의 궁함도 통함도 모두 천명임을 받아들일 수 있는 나이가 되었고 그만큼 원숙하게 세상을 바라볼 수 있는 나이가 되는데, 백발이 성성한 모습 앞에 드는 상념은 어쩔 수 없다.

093

곡강의 가을 제2
曲江感秋其二

남쪽 언덕의 풀 황폐하고
건들바람에 나무 소슬하다.
가을이 이제 막 온 듯한데
매미소리 수도 없이 들리네.

향부자풀 조밀하게 펼쳐있고
연꽃 진 곳에 연밥이 푸르다.
오늘 바라보고 있는 이곳은
옛날에 가을을 느꼈던 그곳.

연못의 물은 옛날 그대로요
성 위로 솟은 산 여전하건만
유독 내 검던 귀밑머리만은
이젠 하얗게 변해버렸구나.

나에게는 영예와 젊음이

아침과 저녁처럼 어긋나

시운 이제 겨우 오려는데

나이와 젊음 이미 저만치.

봄이 와도 즐기지 않던 옛날

늙고 보니 그저 한탄스럽네.

그래서 이 영회시를 지어서

곡강 한 길모퉁이에 적는다.

疏蕪南岸草[1]	蕭颯西風樹[2]
秋到未幾時	蟬聲又無數
莎平綠茸合[3]	蓮落靑房露
今日臨望時	往年感秋處
池中水依舊	城上山如故
獨我鬢間毛	昔黑今垂素
榮名與壯齒	相避如朝暮
時命始欲來	年顔已先去
當春不歡樂	臨老徒驚誤[4]
故作詠懷詩	題於曲江路[5]

---

[1] 疏蕪소무 : 황폐하다. 거칠다.

²**蕭颯**소삽 : 쓸쓸하다. 처량하다.

³**綠茸**녹용 : 가늘고 조밀한 풀 또는 그러한 모양.

⁴**驚誤**경오 : 젊은 시절을 놓친 것을 후회함.

⁵**曲江**곡강 : 곡강지曲江池. 장안長安 즉 현재의 산시성陝西省 시안西安시 동남쪽에 있는 연못. 이전에는 의춘원宜春苑, 낙유원樂遊原, 부용원芙蓉園 등으로도 불림. 당대에는 중화절中和節이나 삼짓날上巳日 등에 많은 사람들이 이곳에 모여 놀았다고 함.

감상

이 시는 장경 2년822년에 지은 「곡강의 가을曲江感秋」라는 연작시의 제2수이다. 곡강에서 가을을 느끼며, 계절의 변화로 인한 감회를 인생의 변화와 연결지어 쓴 시이다. 이제 시운이 들어 관직이 순탄한가 싶은데 한편으론 나이가 들어 귀밑머리가 하얗다고 탄식하면서, 인생의 영광과 젊음은 함께 오기 힘든 것이니 젊을 때를 잘 즐기라는 당부의 시이다.

이 시와 서문에서 말한 원화 연간에 지은 「곡강의 가을曲江感秋」 외에도, 39세 때원화 5년, 810년에도 같은 제목 「곡강의 가을 – 원화 5년에 짓다曲江秋 – 五年作」라는 시를 지었다. 역시 계절적 가을과 인생의 가을을 연결지어 쓸쓸한 감회를 읊은 시다. "모래밭 풀에 내리는 빗줄기, 언덕 위 버드나무에 부는 선들바람. 삼 년 내내 가을 기운은, 모두 이 곡강 가를 거닐며 느꼈었네. 철 이른 매미 처량하게 울어대고, 시든 연꽃 떨어져 버리니, 지난해 없어졌던 가을 상념이, 지금 하나하나 살아나는구나. (…중략…) 세월은 그저 흐르는 것이 아니어서, 이 몸은 하루하루 늙어가건만, 늙는 것도 모르고 있다가, 귀밑머리 하얗게 되고서야 깨달았네沙草新雨地, 岸柳涼風枝. 三年感秋意, 并在曲江池. 早蟬已嘹唳, 晩荷復

離披. 前秋去秋思, 一一生此時. (… 中略…) 歲月不虛設, 此身隨日衰. 暗老不自覺, 直到鬢成絲."라고. 인생
한 구비가 돌고 나면, 나이가 몇 살이든 가을이 오고 초목이 질 때는 이래저
래 스산하다. "이럴 때 술이 없다면, 가을바람 어떻게 이겨내는가此時無一盞. 何
計奈秋風"「何處難忘酒」其四도 이해되고.

094

송죽 예찬

玩松竹

앉을 때는 앞쪽 처마가 좋고
누울 때는 북창 북쪽이 좋다.

북창 대나무는 시원한 바람 잦고
처마 앞 소나무는 빛깔이 고운데

그윽한 정취가 나와도 잘 맞아
속된 생각까지 절로 사라지네.

너희들은 비록 감정이 없어도
나는 너희에게 얻은 것 있노라.

사물 본성이 서로 비슷하다면
동물 식물 따질 필요는 없으리.

坐愛前檐前	臥愛北窗北
窗竹多好風[1]	檐松有嘉色[2]
幽懷一以合[3]	俗念隨緣息[4]
在爾雖無情	於予卽有得
乃知性相近	不必動與植[5]

주석

[1] 窗竹창죽: 창가의 대나무.

[2] 檐松첨송: 처마 앞의 소나무.

[3] 幽懷유회: 마음속의 정회情懷.

[4] 隨緣수연: 인연에 따라.

[5] 動與植동여식: 동물과 식물.

감상

이 시는 백거이가 51세장경 2년, 822년에 중서사인中書舍人으로 있을 때의 작품
이다. 「송죽 예찬玩松竹」 2수 가운데 제2수이다.

대나무는 눈서리가 와도 굽히지 않고 의연한 자세를 유지한다. 소나무
도 사계절 내내 푸른 자세로 우뚝 서 있다. 이처럼 대나무나 소나무는 요염
한 꽃이나 허랑한 풀들과 달라, 곧으면서도 자랑하지 않고 늙어도 시들지 않
아 계절의 변화에 상관하지 않는다. 그 모습은 조용히 자신을 지켜가는 군자
의 모습을 닮았다. 백거이도 이런 나무들을 가까이 심어두고 틈나는 대로 북
창에 기대어 대나무 사각거리는 소리를 듣거나 처마에 앉아 푸른 솔바람을
즐겼다. 푸른 솔잎을 보고 있거나 바람소리를 듣고 있노라면 속된 마음이 다

정화되는 듯 했음이리라.

소식蘇軾도 마찬가지다. 그도 차라리 고기 없이는 살아갈지언정, 대나무 없이는 살 수 없다고 했다. 그 이유는 대나무가 있어야 자신의 삶이 속되지 않도록 경계할 수 있기 때문이었다. 「어잠승록균헌시於潛僧綠筠軒詩」에 "고기 없이 밥을 먹을 수 있으나, 대나무 없이는 살 수가 없네. 고기가 없으면 수척하게 야위겠지만, 대나무가 없으면 사람이 속되게 변할 것. 야윈 것은 살을 찌우기 쉬우나, 속된 것은 고칠 수 없다네可使食無肉, 不可使居無竹. 無肉令人瘦, 無竹令人俗. 人瘦尚可肥, 俗士不可醫"이다. 하찮은 사물을 통해서도 자신을 지켜갈 교훈을 얻어내는 두 문인의 삶의 자세가 닮아있다. 대나무와 소나무의 의연함과 변함 없음을 본받으며 동물과 식물을 구분하지 않는 백거이의 의식은 허심한 경지로 물아物我의 세계를 대하는 데서 얻어진다. 자연과 일체화되는 동류의식이 그 바탕에 있다고 할 수 있다.

이 시절 백거이가 살던 곳은 장안 신창리新昌里였는데, 새집을 채 다 짓기도 전에 우선 한 일이 북창에 대나무를 심는 것이었다. "올봄 이월 초, 신창리로 집을 옮겨, 마굿간과 창고도 짓기 전에, 우선 대청을 먼저 올리고, 창에 종이도 바르지 않은 채, 대나무를 아무렇게나 심었네. 의도는 북쪽 처마 아래, 창과 대나무가 서로 마주하게 하는 것今春二月初, 卜居在新昌. 未暇作廊庫, 且先營一堂. 開窗不糊紙, 種竹不依行. 意取北檐下, 窗與竹相當"이었다. 그 창문이 이 시에서 말하는 북창이다. 그리고는 조정에서 퇴근하여 관복을 벗고 맑은 댓바람 부는 그 북창 아래 누우면, 복희씨도 부럽지 않다淸風北窗臥, 可以傲羲皇"이상「竹窗」고 너스레를 떨었었다. 자연을 제대로 즐기는 삶이자, 대나무나 소나무처럼 속되지 않게 살고자 하는 지향의 표현이다.

095

늙고 병들어 재미가 없는 소회를 읊다

衰病無趣 因吟所懷

밥도 대부분 배불리 먹지 않고
잠자리 누워도 잠은 늘 적으니
먹는 것이나 잠자는 것이 모두
젊은 시절의 그 맛이 아니로다.

한세상 시와 술을 즐겨 왔지만
이젠 그것마저도 버려야 하리라.

술은 약을 타야 마실 수 있으니
더 이상 취하는 즐거움이 없고
시는 거의 남의 읊조림 들을 뿐
내 자신은 한 자도 짓지 않는다.

병든 모습과 이런 늙은 신색이
밤낮없이 계속 늘어가는 데다

조회에 참석하는 일도 적으니
근신인 것도 무척 부끄럽구나.

나중엔 수령살이나 자청하려니
시골은 먹고사는 돈 적게 들 터.
식구 거느리고 촌에 은거하거든
세상일에는 관심 두지 않으련다.

朝餐多不飽	夜臥常少睡
自覺寢食間	都無少年味
平生好詩酒	今亦將舍棄
酒唯下藥飲	無復曾歡醉
詩多聽人吟	自不題一字
病姿與衰相	日夜相繼至
況當尙少朝	彌慚居近侍[1]
終當求一郡[2]	聚少漁樵費[3]
合口便歸山[4][5]	不問人間事

주석

[1] 近侍근시 : 제왕을 가까이에서 모시다 또는 그러한 시종. 근신近臣.

[2] 當당 : '장차 ~하려고 한다'의 뜻으로 해석.

[3] 漁樵費어초비 : 먹고사는 생활비.

참 漁樵어초 : 고기 잡고 땔감하다.

⁴合口합구: 식구를 모아, 식구를 거느리고의 뜻으로 해석.

⁵歸山귀산: 퇴은退隱하다.

감상

이 시는 장경 2년822년 51세 때 중서사인中書舍人으로 있으면서 지은 작품이다. 백거이는 평생 관직에 있으면서도 그 자리에 그다지 애착하지도 그렇다고 현실을 완전히 부정하지도 않았다. 적당히 안분지족安分知足하고 낙천지명樂天知命했다. 그 가운데 시와 거문고와 술을 삼우三友라 하며 즐겼는데, 특히 시와 술을 즐겨, "옛날에는 시 미치광이였으나, 지금은 술주정뱅이 늙은이라 昔是詩狂客, 今爲酒病夫"「鄆州贈別王八使君」거나, "오직 시와 술과 벗하고, 잠도 밥도 잊노라但遇詩與酒, 便忘寢與飧"「自詠」고 스스로를 표현했었다.

그러나 이제는 늙고 병들어 그렇게 좋아하던 시와 술도 제대로 즐길 수 없다는 소회를 표현했다. 게다가 조회에도 자주 참석하지 못하니 임금을 가까이서 모시는 근신 노릇도 이제는 내어놓아야 할 듯하다고 느낀다. 이처럼 인생의 후반기에 들어서면서 백거이는 도가적 경향이 강해지고, 복잡한 인간 세상에 얽매이고 싶어 하지 않았다. 그저 "교외에 살아 사람들과 얽힐 일 없고, 낮에도 누워 푸른 산 마주하리. (…중략…) 평생 어떻게 먹고살 것이냐 하면, 앞 시냇가에 낚싯대 드리우리라郊居人事少, 晝臥對林巒. (…中略…) 若問生涯計, 前溪一釣竿"「秋暮郊居書懷」와 같은 삶을 꿈꾸었다. 이 시의 마지막에도 이제는 시골 마을 수령살이 정도로 관직을 내려놓고 식구들과 그곳에 은거해서 조용히 살고 싶은 희망을 피력했다. 자신이 진정 원하는 삶, 그것이 가장 행복한 삶이다.

096

소요의 노래
逍遙詠

이 몸을 사랑하지도 말자
이 몸을 미워하지도 말자.

육신을 뭐 하러 사랑하나
만겁 번뇌의 뿌리인 것을.

육신을 뭐 하러 미워하나
잠시 뭉쳐진 먼지 덩이를.

사랑도 미움도 없애야만
소요인이라 할 수 있으리.

亦莫戀此身　　亦莫厭此身
此身何足戀　　萬劫煩惱根[1]
此身何足厭　　一聚虛空塵

無戀亦無厭　　始是逍遙人

주석

¹萬劫^{만겁}: 영원한 세월. 무한한 시간.

감상

　　이 시는 백거이가 장안에서 중서사인^{中書舍人}으로 재임하던 51세^{장경 2년, 822}
년의 작품으로, 육신에 얽매이지 말 것을 표현한 시다. 육신이 있어 온갖 번
뇌가 시작되므로 애착을 가질 필요가 없다고 한다. 그뿐이랴, 그 육신은 죽
으면 문드러져 사라질 것에 불과하다. 그래서 육신은 허공의 먼지가 잠시 모
여 뭉쳐져서 만들어진 것이라고 했을까.

　　육신을 사랑하지도 미워하지도 말라 함은 삶과 죽음에 그 경계를 둘 필요
가 없다는 말로도 들린다. 낙천은 「방언放言」이라는 시에서도 육신에 대한 애
착을 버릴 것을, 더 나아가 살고 죽는 것 모두가 꿈이니 이런저런 감정도 다
허망한 것이라고 했다. "현세에 연연하며 죽음을 두려워할 필요가 있는가. 육
신을 혐오하지도 삶을 싫증내지도 말아라. 살고 죽는 것은 모두가 허망한 꿈
인데, 그 꿈속 인간이 어찌 슬프고 즐거운 감정에 얽매이는가何須戀世常憂死. 亦莫
嫌身漫厭生. 生去死來都是幻. 幻人哀樂系何情"라고.

　　그래서일까. 육신에 대한 애착을 버리고 삶과 죽음의 경계를 초월한 노년
에 그는 "얼굴에는 기쁨이나 슬픈 기색 줄었고, 가슴 속에는 시비를 따지는
마음도 사라졌다面上減除憂喜色, 胸中消盡是非心"「詠懷」고 했다. 그때그때 나를 지배
했던 희로애락도 시시비비도 지나고 보니 별 것 아니더라는, 그 감정의 거센
출렁거림도 다 지나가더라는, 삶의 노회함에서 나온 말이지 싶다. 살아있음

과 마찬가지로 죽음도 삶의 한 부분이라지만, 그 경계를 없앤다는 것이 어떤 것일까? 무디고 미욱한 필자는 감을 잡기 어렵다. 훗날에는 어떨지 몰라도.

097

술을 마시고 지어 소열과 은요번 두 협률랑에게 답으로 주다
醉後狂言[1] 酬贈蕭殷二協律[2]

여항 군민 중에 가난한 떠돌이 많지만
그중 소·은 두 협률랑 특히 궁하구나.
날씨가 추워도 몸엔 여전히 갈옷이요
아침 해 높아도 솥에는 먼지만 가득.

강가의 성곽과 산사의 십일월
북풍에 먼지 날고 눈발 분분할 때
빈객은 비단옷의 따스함 모르고
백성은 겨울옷의 고마움 알지 못해

태수인 이 몸 절로 부끄럽구나.
겹겹이 입고 덮어 따뜻하게 사니.

염색사와 침녀에게 명을 내려
우선 두 분의 옷을 만들라 했는데
얇고 부드러운 오면, 곱디고운 계포

여우털처럼 부드럽고 구름처럼 희다네.

수고롭게 시문 적어 나에게 보냈으니
이런 하찮은 은혜 무에 그리 고맙다고.

나의 큰 옷을 그대들은 못 보았으리라
넓이와 따뜻함이 화창한 봄 같은 그것.
이 옷은 비단옷도 솜옷도 아니어서
법도로 재단하고 어짊으로 따뜻함 채우리.

연장질 서툴러 아직 다 못 만들었지만
다 되면 내 한 몸만 감싸는 것 아니네.
만약 이 항주 땅에서 5년을 벼슬한다면
그대들과 함께 온 항주인 펼쳐 덮으리라.

餘杭邑客多羈貧[345]	其間甚者蕭與殷
天寒身上猶衣葛	日高甑中未拂塵
江城山寺十一月	北風吹沙雪紛紛
賓客不見綈袍惠[6]	黎庶未霑襦袴恩[7]
此時太守自慚愧	重衣復衾有餘溫
因命染人與針女	先製兩裘贈二君
吳綿細軟桂布密[89]	柔如狐腋白似雲[10]
勞將詩書投贈我	如此小惠何足論

我有大裘君未見　　寬廣和煖如陽春

此裘非繪亦非纊[11][12]　　裁以法度絮以仁[13]

刀尺鈍拙制未畢　　出亦不獨裹一身

若令在郡得五考[14]　　與君展覆杭州人

| 주석 |

[1]狂言^{광언}: ① 허망하고 거짓되거나 마음대로 지껄이는 말. ② 겸손을 표현할 때 사용하는 말. 여기서는 후자의 뜻.

[2]蕭殷二協律^{소은이협률}: 소열蕭悅과 은요번殷堯藩 두 협률랑協律郎을 지칭함.

(참) 蕭悅^{소열}: 난릉蘭陵 사람이며 당대의 유명 화가로서 대나무 그림에 뛰어났고, 백거이가 항주자사로 있을 때 속료로 있었다.

(참) 殷堯藩^{은요번}: 수주秀州 사람으로 원화 9년 과거에 낙제했으나 상서尙書 양한공楊漢公에 의해 진사로 발탁되어 영락현령永樂縣令 등을 역임했다. 심아지沈亞之, 마대馬戴 등과 시문을 교류했다. 백거이가 항주자사杭州刺史와 소주자사蘇州刺史로 있을 때 속관으로 있었고 백거이와 주고받은 시도 여러 편이 전해진다. 시어사侍御史로 관직을 마쳤다.

(참) 협률協律: 협률도위協律都尉, 협률교위協律校尉, 협률랑協律郎 등 악관명樂官名의 줄임말.

[3]餘杭^{여항}: 여항군餘杭郡. 현 저장성浙江省 항저우杭州 시의 옛 지명.

[4]邑客^{읍객}: 성이나 읍면 등에 거주하는 사람.

[5]羈貧^{기빈}: 외지에서 빈곤하게 지내다 또는 그러한 사람.

[6]綈袍惠^{제포혜}: 두꺼운 비단으로 만든 옷.

[7]黎庶^{여서}: 민중. 백성.

[8]吳綿^{오면}: 오吳지방에서 생산되는 명주.

⁹桂布계포: 계림桂林 일대에서 생산되는 고종등古棕藤으로 짠 베.

¹⁰狐腋호액: 여우 겨드랑이 부분의 가죽.

¹¹繒증: 비단. 견직물.

¹²纊광: 솜. 솜옷.

¹³絮서: 솜. 솜옷.

¹⁴五考오고: 당唐 헌종憲宗 시대에 시행되었던 제도로, 좌천된 관원에 대해서는 다섯 번의 심사를 거쳐 인사발령을 내는 것을 의미함. 여기서는 '5년 동안 근속勤續하다'라는 의미로 해석함.

감상

이 시는 백거이가 장경長慶 2년822년 51세에 항주자사杭州刺史로 재직할 때 지은 작품이다. 백거이는 섬세한 감성을 지닌 시인이자 자상한 선비였고 어진 행정가이기도 했다. 유학자 집안의 자손으로 자신이 받은 유가적 훈도를 백성을 위해 실천하여, 가난하고 억눌린 백성들을 한없이 동정하고 그들을 구제하고자 했다. 이 시는 그러한 백거이의 애민정신이 잘 나타나 있는 작품이다. 가난한 빈객인 소열蕭悅과 은요번殷堯藩 두 협률랑協律郞에게 옷을 지어주자 그들이 감사의 시를 지어 보냈고, 그 시에 화답하여 다시 이 시를 지었다. 이 시를 통해 자신은 법도와 어짊으로 항주의 군민을 따뜻하게 보살피고 싶다는 희망을 표현했다. 이런 의지를 표현한 다른 시도 있어 참고할 만하다. "장부는 겸제를 높이 받들어야 할지니, 어찌 내 한 몸 좋은 것만 쫓겠는가? 어찌하면 만 리를 덮을 솜옷을 만들어, 사방의 백성들을 다 덮을 수 있을까? 丈夫貴兼濟, 豈獨善一身. 安得萬里裘, 蓋裹周四垠"「新製布裘詩」이다. 사회적 정의의 실현보다 정치적 이익에 따라 정략적 판단이 앞서는 요즘 일부 정치가들이 머릿속에서 교차된다.

백거이는 장경 4년824년, 53세 5월까지 항주자사 임기를 채웠고 태자좌서자
분사동도太子左庶子分司東都에 임명되었다.

098

몰래 한 이별
潛別離

울 수도 없네요.
몰래 한 이별이라.

말해도 안 되겠지요.
남모를 그리움이라.

우리 둘 외에는
아무도 모른답니다.

한밤 깊은 새장의
외로운 새처럼

봄날 예리한 칼에
베인 연리지처럼.

황하 물이 탁해도

맑을 날이 있고

까마귀가 검어도

흴 날이 있건만

몰래 한 우리 이별

그립고 또 그리워도

다시 만날 기약조차

나눌 수 없군요.

不得哭　潛別離

不得語　暗相思

兩心之外無人知

深籠夜鎖獨栖鳥　　利劍春斷連理枝¹²

河水雖濁有清日³　　烏頭雖黑有白時

唯有潛離與暗別　　彼此甘心無後期⁴

주석

[1] 利劍이검 : 예리한 칼.

[2] 連理枝연리지 : 두 나무의 가지가 서로 닿아 붙어서 자라는 가지를 말하며, 부부나 남녀의 사이가 화목한 것을 비유.

³河水_{하수}: 황하의 물.

⁴甘心_{감심}: 괴로운 마음. 괴로움을 기꺼이 받아들임.

감상

　이 시는 대략 장경 3년^{823년} 이전에 지은 작품으로 추정된다. 시는 시작부터 이별을 이야기한다. 울 수도 없다. 남이 알게 될 테니. 내 속을 터놓고 말을 할 수도 없다. 금지된 사랑이다. 이들은 만나자니 조심스럽고 안 만나자니 마음은 이미 가 있는, 그 경계에서 눈빛으로만 이심전심을 확인해왔던 사이는 아닐까. 시작부터 이별을 말해도, 그 앞에는 남모르는 만남, 감추어왔던 사랑, 잠 못 들고 뒤척였던 수많은 시간, 말 못 할 괴로움들이 생략되어 있다. 남모르는 사랑 없이는 남모르는 이별도 있을 수 없지 않은가.

　차마 내어놓고 말할 수 없는 그 사랑. 이제는 그마저도 영영 끝일지 모른다. 차라리 황토물 출렁이는 황하가 맑아질 날을 기다리고, 검은 까마귀의 머리가 희게 변할 날을 기다릴지언정, 우리 사랑은 훗날 다시 오마는 기약도, 끝내 기다린다는 약조도 주고받을 수 없다. 기약할 수 없음이 어찌 그 사랑 고리가 약해서랴. 약한 사랑 고리였다면 오늘 남모르는 이별도 필요 없이 이미 끊어졌을 터. 끝내 맺을 수 없는 사랑 고리, 이루어질 수 없는 사랑, 해서는 안 되는 사랑이었으리라.

　이제 그대가 떠나면 내 사랑은 꿈속의 사랑으로나 남겠구나.

099

긴 그리움

長相思

구월 들어 가을바람 거세져
달빛 차갑고 서리꽃 맺히면
그대 생각에 밤은 길고 길어
하룻밤에도 수없이 깬답니다.

이월이라 봄바람이 불어와
싹이 움트고 꽃이 만발하면
그대 생각에 봄날 더디 가니
하루에도 수없이 애태우지요.

소첩은 낙교 북쪽에서 살고
그대는 낙교 남쪽에서 살아
열다섯에 서로를 알게 된 후
올해 스물셋이 되었답니다.

마치 소나무 곁 여라초가

덩굴 짧은데 솔가지 높아

휘감아도 오를 수 없듯이.

흔히들 말하지요.

누구나 갖는 소원

그 소원 지극하면

하늘이 반드시 이루어 준다고.

바라건대

먼 곳의 짐승이 되어

걸음걸음 비견수로 걷고 싶어요.

바라건대

심심산골 나무가 되어

가지가지 연리지로 나고 싶어요.

九月西風興[1]	月冷露華凝[2]
思君秋夜長	一夜魂九升
二月東風來[3]	草拆花心開
思君春日遲	一日腸九回
妾住洛橋北	君住洛橋南
十五郎相識	今年二十三

有如女蘿草[4]	生在松之側
蔓短枝苦高[5]	縈回上不得[6]
人言人有願	願至天必成
願作遠方獸	步步比肩行[7]
願作深山木	枝枝連理生[8]

주석

[1] 西風서풍 : 가을바람.

[2] 露華노화 : 서리꽃.

[3] 東風동풍 : 봄바람.

[4] 女蘿草여라초 : 소나무에 붙어 자라는 이끼 종류.

[5] 蔓만 : 덩굴.

[6] 縈回영회 : 휘감다.

[7] 比肩비견 : 어깨를 나란히 하다는 뜻. 여기서는 앞 구의 '먼 곳의 짐승遠方獸'이
라는 표현과 관련지어, 비견수比肩獸라는 의미로 해석할 수 있음. 비견수는
암수가 어깨를 나란히 하여야 걸을 수 있는 상상의 동물로, 비익조比翼鳥나
비목어比目魚와 같이 남녀나 부부가 애정이 두터움을 상징하는 말.

[8] 連理연리 : 연리지連理枝. 두 나무의 가지가 서로 닿아 붙어서 자라는 가지를 말
하며, 부부나 남녀의 사이가 화목한 것을 비유.

감상

　창 밖으로 가을 서리꽃이 맺히고 오동잎 후드득 비 되어 내리면 그리움에
내 가슴은 저미듯 시립니다. 봄바람에 꽃들이 만발하고 새들도 꽃그늘 아래

즐겁게 노래할 때면 내 가슴은 타들어 가지요. 새들도 꽃 시절 고운 사랑을 나누는걸요.

열다섯에 그대를 알게 된 후 올해로 스물셋, 그리움에 애태웠던 세월이 어느덧 여덟 해랍니다. 그대와 나는 어쩌면 소나무와 여라초처럼, 오르지 못할 나무일지도 모르지요. 그래도 간절한 비원悲願을 세워보렵니다. 걸음걸음 비견수比肩獸로, 가지가지 연리지連理枝로 살고 싶다고.

이 시는 대략 장경 3년823 이전에 지은 작품으로 추정된다. 시 내용은 마치 한 젊은 여인이 사랑하는 이를 향한 가슴앓이를 풀어내듯, 쉬이 허락되지 않는 사랑과 긴 기다림이라는 운명 앞에서 이미 조각조각 부서져 버린 마음을 그러모아 써낸 간절한 기도문이다. 세상이 허락하지 않을수록 가슴앓이는 시리다.

어쩌면 낙천이 첫사랑 그녀 상령의 입장에서 쓴 시일 수도 있겠다. 두 사람의 이야기로 읽으면 상령의 간절함이 애틋하고 애잔하다. 이들의 사랑이 농염한 사랑이었을지 아니면 플라토닉 러브였을지는 알 수 없지만, 그녀는 야윈 가슴으로 하염없는 세월을 보냈으리라.

100

꿈속의 사랑
花非花

꽃이되
꽃이 아니요

안개로되
안개가 아니외다.

깊은 밤 찾아와
날 밝아 떠나니

올 때는
봄 꿈처럼
한순간이요

갈 때는
아침 구름인 양

간 곳 모를레라.

花非花　霧非霧

夜半來　天明去

來如春夢幾多時[1]　去似朝雲無覓處[2][3]

주석

[1]幾多時기다시: 시간이 얼마나 되는가의 뜻으로 시간이 짧다는 의미.

[2]朝雲조운: 아침 구름. 조운모우朝雲暮雨의 줄임말이며 '아침의 구름과 저녁의
비'라는 의미로 남녀의 애정 또는 남녀의 정교情交를 비유함.

[3]無覓處무멱처: 간 곳을 찾을 수 없다.

감상

꿈에서 그대를 보았소. 꽃다운 당신의 모습이 어렴풋이 보이기에, 너무 좋아 다가갔더니만 홀연 간곳없이 사라지더이다. 꽃인 듯이 안개인 듯이!

잡으려던 순간, 안타깝게도 어이없게도 꿈에서 깨어버렸군요. 짧디짧은 꿈이었소!

깨어보니 꿈인지 생시인지 알 수가 없군요. 꽃 같은 그대 모습, 본 듯도 아니 본 듯도. 흐릿한 안개, 꽃 같은 자태. 꽃이었던가요? 그대였던가요? 봄 꿈처럼 왔다가 꿈과 함께 사라져, 아침 구름처럼 잡을 수 없는 그대!

이 시는 사랑하는 이의 꿈을 짧게 꾸고 깨었을 때의 느낌을 표현한 시라고 할 수 있다. 짧은 몇 글자에 꿈을 꾼 것 같기도 하고 아닌 것 같기도 한, 꿈에서 그녀를 본 것 같기도 하고 아닌 것 같기도 한 아련함과 허망함이 잘 나

타나 있다. '꽃'으로 표현된, 깊은 밤 찾아왔던 그 이가 누구였을까 하는 짓궂은 마음이 살짝 들게 하는 시다. 아침 구름은 남녀의 애정 또는 남녀의 정교 情交를 비유한다. 대략 장경 3년823년 이전의 작품으로 추정된다.

꿈 속 짧은 한순간의 만남으로, 임 생각에 오늘 하루를 눈을 뜬 채로 꿈 속을 헤매겠구나!

역자 후기

좋은 시를 읽을 때의 기분을 어떻게 표현할까? 마음속 독기가 다 빠지고 세상의 온갖 시끄러운 소리가 사라져 들리지 않는다. 이 순간만큼 내가 내 마음 깊은 곳에 고요히 오래 머물 때가 있을까 싶다. 백거이의 감상시가 그러하다.

이 책에 담긴 감상시는 꽤 오래전 선후배들과 독회를 했던 작품들이다. 감상시 독회가 끝나고 그 성과를 모아 책으로 내자고 뜻이 모였었으나 각자의 현실에 쫓겨 흐지부지 되었었다. 그러다 작년 이맘때다. 논문 투고 마감일이 코앞으로 닥쳤는데도 논문이 주는 중압감이 싫어 딴청을 피우며 노트북 파일을 정리하다가 우연히 15년 넘게 묵은 그 감상시 독회 파일을 읽게 되었다. 오래 전에 읽었던 작품들. 그 이후의 내 세월이 짧지도 무의미하지도 않았던지, 옛날에는 언뜻 이해가 되지 않던 시구나 백거이의 마음이 무겁게 때로는 시리게, 가끔은 아프도록 가슴에 와서 박혔다. 그렇게 재번역이 시작되었다.

여행도 지인과의 만남도 거리를 두어야 했던 코로나19 환경은 내가 이 감상시 속에 온전히 녹아들어 삶을 돌아보는 행복한 격리 시간을 제공했다. 작품을 해석하고 이해하기 위해 애썼던 긴 독해의 시간. 거기에 더해 단어를 고르고 자구를 다듬고 어순을 갈무리하는 일은 참 좋은, 참 힘든 과정이었다. 그 과정은 원 저자의 마음에 조금이라도 더 다가갈 수 있도록 원시와 번역시의 간극을 최대한 줄이는 작업이었고 백거이의 뜻과 마음을 묻는 과정이자 백거이라는 사람에 대해 궁구하는 시간이었다. 이 시 번역이 원 저자에게 누를 짓지는 말아야 한다는 마음으로.

백거이의 감상시는 도시화된 생활 속에 욕망에 이끌리고 욕심에 채근 당하며 살아오던 삶에 한 줄기 바람같이 숨통을 틔워주는 작품이었다. 백거이는 낙천지명을 노래하면서도 현학적이지 않고, 높은 정신세계에서 내려다보듯 고매한 학자인 양 하지도 않는다. 쉬운 언어로 쉬운 내용으로 그러나 원숙하게 말한다. 그는 세상의 중심에서 멀리 떨어지라고, 현실에서 도피하라고 강요하지 않는다. 그런 삶은 큰 결단을 해야만 가능한, 쉽지 않은 '자가 격리' 삶이요, 요즘 사람들에게는 현실성이 떨어지는 삶이다. 그는 보통의 삶 속에서 천명을 수용하고 운명을 즐기는 삶, 분수를 편안하게 받아들이고 만족하고 즐기는 삶, '낙천지명'을 말한다. 그런 낙천지명은 설사 우리가 실천하지는 못해도 한번쯤 들어보고 생각해보았음직한, 나와 이웃의 마음속에 있는 꿈이자 생활 방식이다. 이것이 그의 낙천지명이 갖고 있는 깊이이자 우리가 어쩌면 지금까지 이 시를 곁에 두고 있는 이유인지도 모른다. 이 시를 우리 현실 속 실바람처럼 추천하는 이유다. 물론 이 역자의 부끄러움도 이미 들켰지 싶다. 나는 낙천지명하고 있나 계속 물어도 자신이 없음을.

글이 길었다. 역자의 의도가 무엇이던 독자 여러분의 마음으로 읽으시길 기원한다. 그렇게 해서 마음 속 깊은 곳에 고요히 머물며, 무거운 어깨를 잠시 쉬고 욕망도 가벼이 웃어버리고 욕심도 마음 편히 구경할 수 있다면 그것으로 되었다.

이 책의 출판을 위해 애써주신 소명출판 박성모 대표님과 꼼꼼하게 원고를 읽고 의견을 주신 조혜민 선생께 깊은 감사를 드린다.

2022년 6월

詩遊 강필임